개항기 한중 지식인의
조선개혁론 삼주합존

최우길·김규선 공역

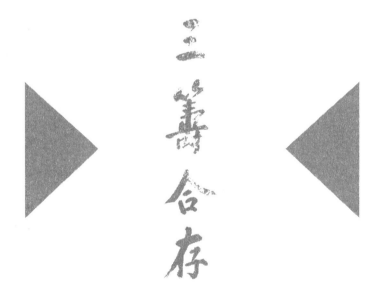

보고사

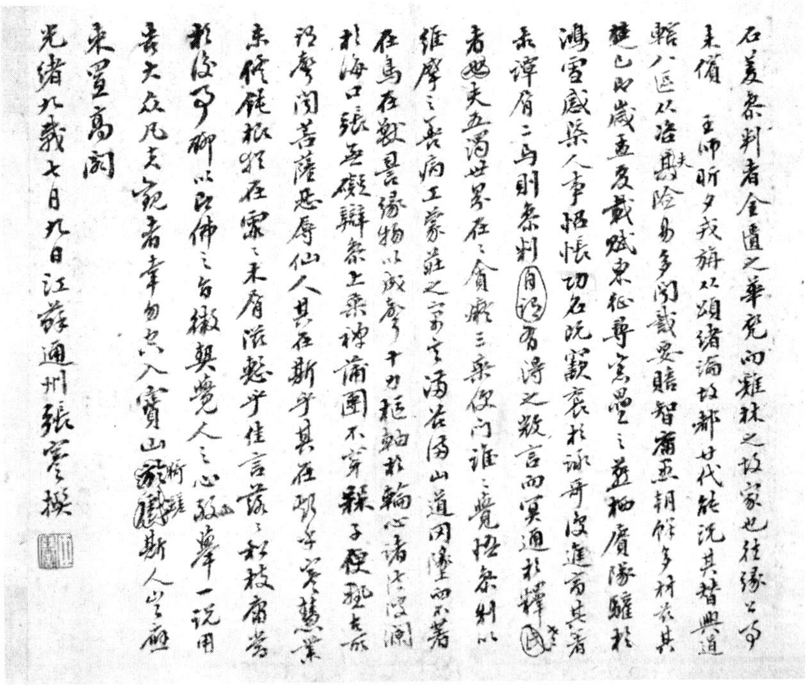

石菴叅判者金遺之華冕而耀珠之坊家也往緣之事
未備 主師昕夕我辦以頌諸福故卄代施況其替與道
輨人匠以治�多閒㦬要贍智蕭盃朝餘多材衰其
雖已㕮歲盡及載赋東尊寫覺主並栖質陽驊枝
鴻雪感藥人李招帳切名沆覩衰兆誶乎浚進有其荐
㳂譚有二与則叅判見泛看淂之數言而冥通松釋㊟
者㘴夫五濁世界在三貪癡三乘假門谁三覺㊟叅判以
維摩之長病工蒙莊之窅言沔於昜山道囙陸四妙著
在㫚在數昌揚物以成參十九延軸松輪心諸注泗瀾
松海工張无𣲘辦㳒上乘神蒲圜不穿㝡子便挺去㘴
㳂摩閒菩薩忿㫗仙人其在新浮其在邪乎於慧業
㮤依餓栣羿在眾々未脣㳒愍乎佳言藏々枝枝窗夢
那㳂多卿以㫖佛之旨徹與覺人之心殺卒一說用
㫗大众凡夫寬者孳勿㫗人寶山𥡴㫗斯人学囩
㮤罢高阅
光緒卅歲七月九日江蘇通州張謇撰

장건이 김창희의 『담설』에 제찬 형식으로 쓴 글

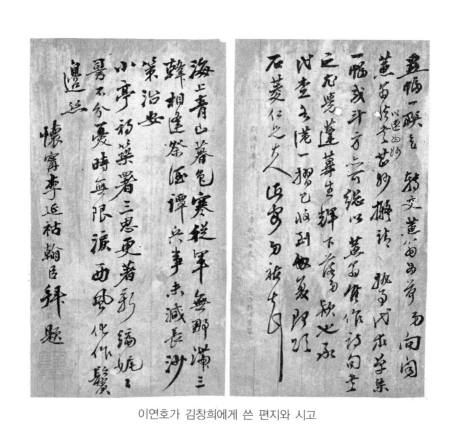

이연호가 김창희에게 쓴 편지와 시고

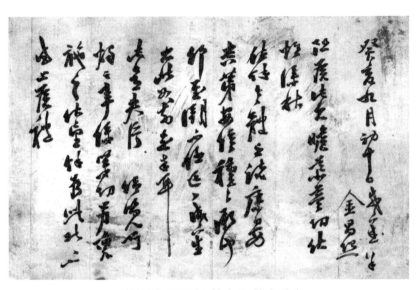

김창희가 1863년 9월에 쓴 친필 편지

임오군란 직후 청(淸) 종군 인사들의
조선 내정 개혁안 —『삼주합존』

『삼주합존(三籌合存)』은 1882년 7월 임오군란 당시 영접관이었던 석릉(石菱) 김창희(金昌熙, 1844~1890)가 엮은 책이다. 이 책의 맨 앞부분에는 김창희가 직접 쓴 「자서삼주합존서(自序三籌合存序)」가 있다. 그 다음에는 청나라 오장경(吳長慶)의 막료(幕僚) 장건(張謇, 張季直, 1853~1926)의 「조선선후육책(朝鮮善後六策)」과 이연호(李延祐, 1845~1910)의 「조선부강팔의(朝鮮富强八議)」가 실려 있다. 그 다음으로 김창희가 장건과 이연호의 글을 읽고 자신의 의견을 밝힌 「선후육책보(善後六策補)」, 「부강팔의보(富强八議補)」, 「육책팔의재보(六策八議再補)」 등을 수록하고 있다. 장건과 이연호의 글은 임오군란에 관한 여러 연구에서 그 존재가 알려져 왔으나 그 구체적인 내용은 알려지지 않았다.[1] 따라서 이는

---

1) 대표적으로 이광린(1994)은 다보하시 키요시(田保橋潔)의 『근대 일선(日鮮) 관계의 연구』(1940)를 인용하여 "장건은 「조선선후육책」이란 글을 썼다. 그 요지는 종주권 강화의 방편으로 한나라의 사군(四郡) 설치의 예에 따라 한국 국왕을 폐하고 중국의 한 성으로 하자는 것이었다."(99쪽)라고 기술하고 있다. 또한 김용구(2004)는 "조선 병합을 주장하는 그의 글인 「조선선후육책」은 이제 없어져 자세한 내용을 알 수 없으나 『장건전집(張謇全集)』, 6권에 실린 그의 일기에서 그 대강을 알 수 있다."(96쪽)라고 쓰고 있다. 이광린과 김용구는 「조선선후육책」을 직접 확인하지 못한 까닭에 이같이 '잘못된' 추론을 하고 있다. 그렇지 않으면 「조선선후

온전히 새로운 자료이다.

김창희는 『삼주합존』 서문에서 이 책을 엮게 된 경위를 다음과 같이 밝히고 있다.

> 광서 8년(1882) 임오 7월에 통주(通州) 장계직(장건)이 흠차 오소헌(吳筱軒, 오장경)의 군대를 따라 동쪽으로 와서 나와 매우 반갑게 어울렸다. 장계직이 당시 우리나라의 실정에 대하여 이야기했는데 그 내용이 매우 깜짝 놀랄 만한 것이었다. 그가 매우 훌륭한 사람이라는 것을 알아차리고 내가 조선의 미래를 잘 대비할 수 있는 내용에 대하여 묻자, 그는 여섯 조항으로 나누어 글을 지어 보내겠다고 약속했다. 하지만 군 업무에 경황이 없던 그는 약속을 바로 실천에 옮기지는 못하였다. 그 해 8월 장계직이 고국으로 돌아간 뒤 병고로 등주(登州)에서 머무르며 비로소 탈고를 해 결국 지난번의 약속을 실천에 옮겼다. 그는 편지에서, "「육책(六策)」을 탈고했으나 병고로 인해 많이 쓰지는 못하였습니다. 원수(元帥)가 머무는 곳에 맡겨 귀하에게 전해달라고 했으니 그 오류를 살펴주시기 바랍니다. 다른 나라의 일을 논하는 것이 비록 공허한 것이기는 합니다마는 반드시 그렇게 되기를 갈구하며, 일부러 겸손해 하는 것은 아닙니다."라고 하였다. 내가 「육책」을 읽고 그 고상한 식견에 탄복하였는데 편지를 받고 또다시 그 후의에 감사했다.

김창희는 자신이 장건의 글을 읽고 부족한 내용을 보완하여 「선후육책보」를 썼다고 밝히고 있다. 또 이연호와도 교류하며 그로부터 「부강

육책」의 상이한 사본이 존재할 가능성도 배제할 수 없다. 적어도 본고가 소개하는 『삼주합존』에 실린 「조선선후육책」에는 '청나라의 조선 병합'을 주장하는 부분은 없다.

팔의」를 받아 읽고 이를 보완하여「부강팔의보」를 저술하였으며 장건
과 이연호의 글에서 부족하다고 생각하는 부분을 써서「육책팔의재보」
를 지었다고 쓰고 있다. 이 서문은 1882년 11월 하순에 쓰여졌다.

김창희는 장건과 이연호의 논의의 의의를 다음과 같이 정리하고 있다.

> 아, 이 나라에서 태어나 살며 눈앞에 험난함이 가득한 때에 과거의
> 인습을 바꾸지 않고 다만 옛 것을 지키는 것을 편리함으로 여겨, 기존
> 의 테두리에만 기대고 남들의 정곡을 찌르는 비판을 싫어하며, 한 가
> 지 계책도 마련하는 일이 없이 세월만 허송한 채 백성과 국가의 안위
> 를 하늘의 운수에만 맡기는 것은 중병에 걸렸으면서도 치료약을 거부
> 하고 복용하지 않는 것과 같다. 한편으로는 조급하게 앞으로 나서기
> 만 하는 자세로 외국의 것을 뒤쫓아, 의복제도를 바꿀 것을 논하며 서
> 양의 겉모습만 닮으려 한다. 또 무엇이 먼저인지를 살피지 않은 채 갖
> 가지 새로운 시책들을 모두 거행하려 하며, 백성들이 즐겨하지 않는
> 것을 강제로 시행하면서도 신중해야 한다는 논의를 달가워하지 않거
> 나 무익한 일을 시험하려 하며 대목(大木)의 신뢰를 갑자기 보여주지
> 못하는 것을 한스러워하는 것은 어리석은 의사가 강한 성분의 약을 서
> 둘러 투입하는 꼴이다.

김창희는 "장계직(장건)의 대책은 외국만 뒤쫓는 것을 경계하면서
도 과거를 인습하는 근본 병폐를 바로잡는 것"이며 "이한신(이연호)의
논의는 대부분 다른 사람에게서 좋은 것을 취해야 한다면서도 역량이
닿는 것을 헤아리고 시대에 맞춰 실행해야 할 것들을 다 추출해 낸
것"으로, 조선을 구할 수 있는 좋은 방안이므로 경청할 것을 요청하고
있다.

장건은「조선선후육책」에서 당시 조선의 문제를 내치에서 찾고 있

다. 즉 그는 "오늘날 조선의 변고가 모두 외교에서 시작된 줄 알지만 그 원인은 외교에서 시작된 것이 아니다. 미래에 대한 대책을 세우는 자들에게서 근본 문제를 찾지 않으면 안 된다."라고 충고하고 있다. 장건은 당나라 구양수(歐陽脩)가 "작은 병이 찾아오면 정신을 가다듬고 기를 안정시킨 채 옷깃을 여미고 단정히 앉아, 기를 바르게 하고 쭉 펼치면 외부의 감기가 저절로 사라진다."라고 한 말을 인용하면서 "이 말은 국가를 다스리는 이치이기도 하다"라고 지적하고 있다.

또한 장건은 "오늘을 살면서 옛것에 빠져 있는 것(居今而泥於古)"과 "옛것을 멸시하고 현재의 것만 쫓는 것(蔑古而逐乎今)"을 경계하는 한편, "현재 조선의 시국을 조용히 살펴보고 보이는 것을 증명 삼아서 차례로 표본을 삼아(潛現時局 証以所見 次第標本)" 여섯 조항의 내정 개혁안을 제시하고 있다. 이는 서양의 근대에 대한 조선의 대응에 관하여 조언하면서 동도서기(또는 중체서용)적 입장에서 제안한 것이라고 보아도 무방할 것이다.

한편 이연호는 오장경의 막료 중 하나인데 생몰연대 등은 알려진 바 없다.[2] 이연호는 「조선부강팔의」의 마지막 부분에서 김창희와의

---

2) 서울대학교 규장각한국학연구원은 李延祜의 『晥友譚草』를 소장하고 있다. 규장각은 책과 저자에 대하여 다음과 같이 소개하고 있다. "晥懷 李延祜가 時局에 대한 所見을 밝힌 雜錄으로 1책 28절의 필사본이다. 李延祜의 生沒年 및 生涯는 未詳이다. 여러 편의 글이 제목 없이 이어져 있으며 필체에 따라 40여 편 정도의 글이 수록되어 있다. 앞부분의 상소문은 조선의 정치 상황과 富國策을 제시하고 있는 疏文인데, 그 내용은 富國保邦을 하기 위해 强兵을 해야 한다는 주장으로 요약된다. 이를 위해 저자는 〈1〉세금을 통해 재정을 확충할 것, 〈2〉광산을 개발할 것, 〈3〉개간 사업을 할 것, 〈4〉재화를 유통시켜 시장을 발전시킬 것, 〈5〉輪船을 두어 水軍을 훈련시킬 것, 〈6〉군대를 정비할 것, 〈7〉形勢를 살펴 海防을 굳건히 할 것, 〈8〉學院을 설립하여 인재를 양성할 것을 제안하고 있다. 주로 실무적인 산업을 조목별로 거론하고 있다는 점이 특징적인데 특히 海防에 주안점을 두어 선박에 대한 관심을 곳곳

만남을 다음과 같이 간략하게 기술하고 있다.

나는 장년의 나이에 무관이 돼 십여 년 동안 해역을 두루 다니며 시무를 익히고 관련 내용을 숙지했다. 올 가을에 절도사를 따라 동쪽으로 와 군막을 펼쳤는데, 조선의 이부(吏部, 吏曹) 김석릉(金石菱, 김창희)이 이따금 찾아와 정사를 언급해서 그가 남다른 사람임을 알았다. 그는 술이 얼큰해 귀가 빨개질 때면 홀로 시대를 걱정하는 마음을 보여, 남다른 재능을 가졌지만 기회를 얻지 못했다는 것을 알았다.

연이어 그는 「조선부강팔의」의 저술에 대해 "공무를 보고 남은 시간에 약간의 내용을 기술하여 훌륭한 물음에 답한다. 판 밖에서 방관하는 자가 어떻게 혀를 함부로 놀릴 수 있으랴만 지기를 만났기에 감히 속마음을 털어놓는다."라고 기술하고 있다.

이연호는 국방과 인사가 정치의 핵심이라고 지적하고 있다. "백성을 보위하기 위해서는 반드시 먼저 국가를 부강하게 하고 국가를 보호하기 위해서는 강력한 병사를 확보하는 것이 가장 중요하다"고 하면서, "조선 팔도 수천 리는 비옥한 땅으로 백성들이 번성하며 풍속이 고아하고 질박하니, 시세를 잘 살펴 이익을 이끌어내면 크게 일을 해낼 수가 있다"고 평가하고 있다. 그는 "나라를 다스림에 있어서는 무엇보다도 전체 형국을 파악해야 하는데, 가장 중요한 것은 사람을 다

에서 드러내고 있다." 이 소개 글에 나와 있는 疏文이 바로 「조선부강팔의」임에 틀림없다. 이 소개 글은 이연호가 어느 나라 사람인지 밝히지 않고 있다.
http://kyujanggak.snu.ac.kr/HEJ/HEJ_NODEVIEW.jsp?setid=76199&pos=0&type=HEJ&ptype=list&subtype=jg&lclass=10&cn=GR30793_00(검색일 2013.12.15)

스리는 것"이라면서 여덟 가지 정책을 제안하고 있다.

이연호는 자신에 대하여, 김창희와의 만남에 대하여, 그리고 「팔의」
를 지은 까닭에 대하여 글의 마지막 부분에 다음과 같이 밝히고 있다.

> 내가 장년의 나이에 무관이 돼 십여 년 동안 해역을 두루 다니며 시
> 무를 익히고 관련 내용을 숙지했다. 올 가을에는 절도사를 따라 동쪽
> 으로 와 군막을 펼쳤는데, 삼한(三韓. 조선)의 이부(吏部, 吏曹) 김석릉
> (金石菱, 김창희)이 이따금 찾아와 정사를 언급해서 그가 남다른 사람
> 임을 알았고, 술이 얼큰해 귀가 빨개질 때는 홀로 시대를 걱정하는 마
> 음을 보여 그가 남다른 재능을 가졌지만 기회를 얻지 못했다는 걸 짐
> 작했다. 공무를 보고 남은 시간에 약간의 내용을 기술하여 훌륭하신
> 물음에 답한다. 판 밖에서 방관하는 자가 어떻게 혀를 함부로 놀릴 수
> 있으랴만 지기를 만났기에 감히 속마음을 털어놓는다. 망령된 논의라
> 여기지 않고 가르침을 주신다면 매우 다행이겠다. 임오년(1882) 9월
> 상순, 옛 환강(皖江) 아우 이연호(李延祜) 삼가 씀.

『삼주합존』을 엮은 김창희는 19세기 경화 사족을 구성한 대표적인
명가 출신이다. 그는 당대의 유력인사이자 선진 문인들이었던 조면호
(趙冕鎬), 박규수(朴珪壽), 김영작(金永爵) 등과 교유하였다. 또한 22세
(1865년)의 나이에 동지사(冬至使)의 서장관(書狀官)이 되어 연행(燕行)
을 다녀왔다. 김창희는 조면호와 김영작의 시를 중국에 알리는 데 일
조하였다. 1866년 연행의 귀로에서는 당시 평안도관찰사로 부임한 박
규수에게 북경의 소식과 동문환(董文煥)과 왕헌(王軒) 등의 편지를 전
해 주었다. 이런 맥락에서 보면 김창희는 박규수의 북학사상의 영향
을 받았을 것이 분명하다. 김창희가 서세동점의 시대상황 속에서 동
(東)의 주체성을 지키면서 서(西)의 과학기술을 도입하고자 하는 동도

서기론(東道西器論)적 입장을 취하고 있었다고 짐작할 수 있다.

김창희는 1882년 7월 임오군란이 발생하여 청군이 진주하자 대진영접관(大陣迎接官)으로 오장경(吳長慶)의 군대를 영접하게 된다. 당시 오장경의 군막에는 구심단(邱心坦), 주가록(周家祿), 주명반(朱銘盤), 장건(張騫), 원세개(袁世凱), 이연호 등의 재사(才士)들이 모여 있었다. 김창희는 이들을 만나 청군의 정세를 살피는 한편, 조선의 선후책을 논의하였다. 특히 장건, 이연호와 깊은 대화를 나누었다. 김창희는 장건으로부터 조선의 내정개혁을 위한「육책」을 제공하겠다는 약속을 받는 한편, 이연호로부터는 광산 개발 등을 포함한 부강정책을 담은 글을 받게 된다. 김창희는 당시 영접관으로 활동한 일을 정리하여『동묘영접록(東廟迎接錄)』(1882년 7월 23일~8월 29일)을 남겼는데 이 책에 김창희와 장건 등과 나눈 대화의 대략적인 내용이 실려 있다.

『삼주합존』은 이제까지 그 제목만 알려져 있고 구체적인 내용은 알려지지 않았던, 장건의「조선선후육책」과 이연호의「조선부강팔의」를 담고 있다는 점에서 큰 의의가 있다.『삼주합존』에는 또한 장건과 이연호의 취지에 따라 김창희가 지은「선후육책보」,「부강팔의보」,「육책팔의재보」가 함께 실려 있다. 이 글은 김창희의 경세사상과 조선을 위한 부강정책을 담고 있다. 김창희의 글은 그의 문집인『석릉집(石菱集)』에도 실려 있다.

임오군란은 단순히 조선 내부의 사건만이 아니었다. 그것은 동아시아, 나아가 세계사적인 사건이었다. 그것은 동아시아적 사대질서와 유럽적인 공법질서가 충돌하면서 나타난 불가피한 현상이었다. 임오군란은 전통적 중화질서에 몸담고 있던 조선과 청나라가, 서세동점과 일본의 부상으로 인한 변환기 속에서 이질 문명권과 만나면서 발생한 반작용이었다. 청의 개입은 구체제를 존속시키려는 몸부림이었는데,

조선의 지위를 둘러싼 국제적인 논쟁을 촉발시켰다. 조선은 중국과 전통적인 조공관계이면서 더불어 근대적인 국제법 관계라는 특수한 관계(兩截體制)에 있었다. 청과 조선은 모두 '세계관 충돌의 국제정치'의 와중에서 양국관계를 정리할 필요가 있었다. 물론 역사는 동아시아의 편이 아니었다.

『삼주합존』은 임오군란이라는 변란의 와중에서 조선의 젊은 관리 김창희가, 청의 지사인 장건과 이연호를 만나 나눈 정책적 대화록이다. 장건과 이연호는 공히 조선의 내수자강(內修自強)을 충고하고 있다. 장건은 조선의 시급책으로 인심소통, 인재등용, 청렴관리, 재정확보, 군제개혁, 국방강화 등을 제시하고 있다. 이연호는 재정확충, 광산개발, 개간사업, 시장발전, 해군강화, 군제정비, 교육강화, 인재양성 등을 조언하고 있다. 비록 두 사람의 제언에 따라 작성된 김창희의 경세책이 현실정치에서 적용되지는 못했지만, 동아시아의 격동기이자 세계관 충돌의 시기에 양국의 젊은 지식인들이 글로 나눈 정치적 대화는 그 자체로 큰 의미가 있다.

차례

『삼주합존』 서문

광서 8년(1882) 임오 7월에 통주(通州) 장계직(張季直, 張謇)[1]이 흠차
(欽差)[2] 오소헌(吳筱軒, 오장경)[3]의 군대를 따라 동쪽으로 와서 나와 매
우 가깝게 지냈다. 장계직이 당시 우리나라의 실정에 대해 이야기했
는데 그 내용이 매우 깜짝 놀랄 만했다. 그가 매우 훌륭한 사람이라는
것을 알아차린 내가 조선의 미래를 잘 대비할 수 있는 내용에 대하여
묻자, 그는 여섯 가지 조항으로 나눠 글을 지어 보내겠다고 약속했다.
하지만 그는 군 업무에 경황이 없어 바로 실천에 옮기지는 못했다. 그
해 8월 장계직이 고국으로 돌아간 뒤 병고로 등주(登州)[4]에서 머무르
며 비로소 탈고를 해 결국 지난번의 약속을 실천에 옮겼다. 내게 보낸
편지에서 그는, "『육책(六策)』은 이미 탈고했으나 병고로 내용을 많이

---

1) 장계직(張季直, 張謇): 1853~1926. 자는 계직(季直), 호는 색암(嗇庵), 강소성 상
   숙(常熟) 출신. 중국 근대의 기업가·정치가·교육자로서 많은 활동을 했다. 1882
   년 오장경을 수행해 조선에 온 뒤 조선의 인물들과 교류했는데, 이때의 인연으로
   훗날 창강 김택영이 중국에 갔을 때 많은 도움을 주기도 했다.
2) 흠차(欽差): 황제의 명령으로 파견된 사신이다.
3) 오소헌(吳筱軒, 오장경): 1829~1884. 소헌은 자이며, 안휘성 여강(廬江) 출신이
   다. 강유위, 양계초 등이 제창한 유신(維新)에 적극 찬동했고 진삼립(陳三立), 담
   사동(譚嗣同), 정혜강(丁惠康)과 함께 '청말사공자(淸末四公子)'라 불렸다. 1862년
   이홍장 휘하의 군대에 들어가 각지에서 전공을 세웠고 1882년 민씨정권의 요청으
   로 조선에 들어와 군란을 진압하는 등 조선의 내정과 외교에 깊이 관여했다.
4) 등주(登州): 산동성 산동반도에 있는 지명이다.

쓰지는 못하였습니다. 원수(元帥, 오장경)가 머무는 곳에 원고를 맡겨 귀하에게 전해달라고 했으니 그 오류를 살펴주시기 바랍니다. 타국의 일을 논하는 것이 공허한 것이긴 합니다만 반드시 그렇게 되기를 갈구하며, 일부러 겸손해 하는 것은 아닙니다."라고 하였다. 내가 『육책』을 읽고 그 고상한 식견에 탄복하였는데 편지를 받고 또다시 그 후의에 감사했다.

그리고 나는 분에 넘친다는 걸 헤아리지 않고 위의 부족한 내용을 보완하여 『선후육책보(善後六策補)』라 명명했다. 그리고 다시 환강(皖江) 이한신(李瀚臣)[5]과 교류하며 그로부터는 『부강팔의(富強八議)』를 받았는데, 이에 대한 보완의 의미로 또 『부강팔의보(富強八議補)』를 저술하였다. 그리고 여전히 미진한 부분에 대해서는 여덟 개의 조항을 다시 만들어 『육책팔의재보(六策八議再補)』라 명명하였다.

아, 이 나라에서 태어나 살며 눈앞이 온통 험난한 때에 과거의 인습을 바꾸지 않고 옛것을 지키는 것만 편리하게 여겨, 기존의 테두리에만 기대어 정곡을 찌르는 비판들을 싫어하고 계책 하나도 마련하는 일 없이 세월만 허송하면서 백성과 국가의 안위를 하늘의 운수에만 맡기는 것은 중병에 걸렸으면서도 치료약을 거부하고 복용하지 않는 것과 같다. 한편으로는 조급하게 앞으로 나가려고만 하는 자세로 외국의 것을 뒤쫓아, 의복제도를 바꿀 것을 논하는 등 서양의 겉모습만 닮

---

5) 이한신(李瀚臣): 1845~1910. 한신은 이연호(李延祐)의 자. 한승(翰承)이란 자를 갖고 있기도 하다. 안휘성 회녕(懷寧) 출신이다. 1858년(동치 7) 회군(淮軍)의 오장경 막부로 들어가 북양수륙해방영무처제조(北洋水陸海防營務處提調) 등을 역임하며 『유촉기정(游蜀紀程)』·『치대만십의(治臺灣十議)』 등을 저술했다. 1882년(광서 8년) 오장경을 따라 조선에 온 뒤 여러 자료들을 남겼는데 김창희와 주고 받은 편지 외에도 그림과 글씨 등을 남겼다. 자편(自編) 『한승편년기사소보(翰承編年紀事小譜)』가 있다.

으려 한다. 또 무엇이 먼저인지를 살피지 않은 채 갖가지 새로운 시책
들을 모두 거행하려 하고 백성들이 즐겨하지 않는 것을 강제로 시행하
며, 신중해야 한다는 논의를 달가워하지 않거나 무익한 일을 시험하려
하며 대목(大木)의 신뢰6)를 바로 보여주지 못한 것을 한스러워하는 것
은 어리석은 의사가 강한 성분의 약을 서둘러 투입하는 꼴이다.

장계직의 대책은 외국을 뒤쫓는 것만을 경계하면서도 과거를 인습
하는 근본 병폐를 바로잡는 것이며, 이한신의 논의는 대부분 다른 사
람에게서 좋은 것을 취해야 한다면서도 역량이 닿는 것을 헤아리고
시대에 맞춰 실행해야 할 것들을 추출해 낸 것이니, 이는 진정 국가를
치료하는 편작(扁鵲)과 창공(倉公)7)이요 백성을 구제하는 뗏목이자 배
이다.

두 원고를 충분히 읽어본 나는 주요 정책을 담당하는 분들이 잘 짐
작하여 함께 실행에 옮기기를 간절히 바란다. 내가 보완한 내용은 내
용이 하찮고 문장이 졸렬해서 반문(班門)의 도끼8)나 담비꼬리를 잇
는9) 정도를 면치 못한다. 하지만 장계직이 말한 대로 인용하여 펼치

---

6) 대목(大木)의 신뢰: 대목은 도목수. 이와 관련해 다음과 같은 고사가 전한다. 『장
   자』「인간세(人間世)」에, "장석(匠石)이라는 도목수가 제(齊)나라로 가다가 곡원(曲
   轅)이라는 땅에서 그 곳 사당 앞 상수리나무를 보았는데, 크기가 수천 마리 소를
   가릴 만하여 재어보니 백 아름이나 되고 높이가 산을 굽어볼 정도였다. 하지만
   장석이 쳐다보지도 않고 가버리자, 제자가 이렇게 크고 좋은 재목을 쳐다보지도
   않고 가신 까닭이 무엇이냐고 물었다. 장석은, 저 상수리나무는 아무 데도 쓸모가
   없기 때문"이라고 하여, 도목수로의 남다른 안목을 내보였다.
7) 편작(扁鵲)과 창공(倉公): 모두 고대의 명의이다. 편작은 전국(戰國) 시대 사람으
   로 진월인(秦越人)이라 불리고, 창공은 한(漢)나라 때 사람으로 성은 순우(淳于),
   이름은 의(意)인데 태창장(太倉長)을 역임한 이유로 창공이라 불렸다.
8) 반문(班門)의 도끼: 반문농부(班門弄斧). 반은 노나라의 장인 공수반(公輸班). 도
   끼 기술이 아주 뛰어나 완벽한 목각을 구현했다 한다.
9) 담비꼬리를 잇는: 구미속초(狗尾續貂). 담비꼬리가 부족하여 개꼬리로 대신한다

고 짐작하여 최선의 방법을 도출해야 한다는 의의에는 다가갈 수 있을 것이니, 어찌 전혀 취할 만한 것이 없다 하겠는가.

이해(1882) 중동(仲冬, 11월) 하순에 해동 둔부(鈍夫)가 삼괴구옥(三槐舊屋)에서 쓰다.

三籌合存序

光緒八年壬午 七月 通州 張季直謇 隨欽差吳筱軒軍門東來 與余過從相懽洽 季直時言我邦事甚驚人 余知其爲大有心人 問以善後事宜 季直約以六條撰稿爲贈 仍軍務悤冗未果 八月 季直西渡 以病留登州 始克脫稿 竟踐前約 寄書余曰 六策已寫出 病中不能多寫字 稿存節帥處 屬示足下 審定其謬 計人家國 雖空言 必求至是 非故謙也 余讀稿而旣服其識高 得書而且感其意厚 不揆懵忘[10] 乃以愚見就補其所未及 命之曰善後六策補 旣而又與皖江李瀚臣延祐定交 得其富强八議 復著八議補 猶有所未盡 則另其八條 又命之曰六策八議再補

噫 居此邦而當艱虞溢目之時 猶不改因循之習 只以守舊爲便 自托老成 厭人激切 無一猷爲 虛送歲月 乃以民國安危 付之天數者 是病重而却藥不服也 又有以躁競之心 徒以逐外爲事 便議改衣服制度 以優俳泰西 且不擇何者可先 而思於一朝盡擧種種新務 强民之所不樂爲 而不悅持重之論 欲試無益之事 而恨不遽示大木之信者 是庸醫之亟投峻劑也 若夫季直之策 雖以逐外爲戒 亦矯本原因循之病 瀚臣之議 雖多取人爲善 亦皆量力所能 而度時不得不行者 洵爲醫國之扁倉 濟民之船筏

는 말로, 여기서는 하찮은 것의 비유로 쓰였다. 진(晉)나라 조왕(趙王) 윤(倫)의 패거리가 모두 높은 관직을 차지한 나머지 관의 장식으로 쓰는 담비 꼬리가 부족하자 개 꼬리로 장식했다는 고사에서 유래한다.

10) '忘'은 '妄'의 오류로 보여 '妄'의 의미로 수정, 번역했다.

吾熟讀兩稿 深願當局諸公 斟酌而幷行之也 至於余所補著 言淺文拙
雖未免爲班門之斧 貂尾之續 然亦庶幾乎季直所謂引而申之 斟酌以盡
乎善之意也 豈盡無可取者哉

是歲 仲冬 下澣 海東鈍夫 自識三槐舊屋

조선선후육책 朝鮮善後六策

장건(張謇)

오늘날 조선의 변고는 모두 외교에서 시작된 줄 알지만 그 원인은 외교에서 시작된 것이 아니다. 미래에 대한 대책을 세우는 자들이 정말 외교에만 힘쓰고 근본이 되는 곳에서 문제를 찾지 않는다면, 예컨대 일본이 수백 년 동안 이어온 의복제도를 바꾸어 서양의 배우가 된 것을 거론하면서 즉시 부강의 효과를 거둘 수 있다고 말하는 따위는 그 폐해가 단지 무익한 정도에 그치지 않는다.

옛날 구양문춘공(歐陽文忠公, 구양수)[1]이 작은 병이 찾아오면 정신을 가다듬고 기를 안정시킨 채 옷깃을 여미고 단정히 앉아, "기를 바르게 하고 쭉 펼치면 외부의 감기가 저절로 사라진다."고 했는데 이 말을 국가를 다스리는 이치에 적용할 수 있다. 무릇 오늘을 살면서 옛것에 빠져 있는 것은 마치 모난 바퀴를 돌리려다 여의치 않아 굴릴 수 없는 것과 같으며, 옛것을 멸시하고 현재의 것만 쫓는 것은 마치 공격적인 약을 마시다가 손상을 입어 어찌할 수 없는 것과 같다. 현재의 시국을 조용히 살펴보고 보이는 것을 증좌로 삼아서 차례로 표본을 만들어

---

1) 구양수(歐陽脩): 1007~1072. 중국 송나라의 정치가, 시인, 문학자, 역사학자. 자는 영숙(永叔), 호는 취옹(醉翁), 육일거사(六一居士). 문충(文忠)은 시호(諡號). 당송팔대가의 한 사람으로 후대에 많은 영향을 끼쳤다.

여섯 가지 조항으로 나열했다. 세상에 알아보는 자가 있어 이를 인용하여 펼치고, 살펴서 따르고, 짐작해서 최선의 방책을 도출해 낸다면 반드시 조선에 도움이 될 것이라 확신한다.

朝鮮善後六策

張季直

朝鮮今日之變 無不知由外交 而履霜堅氷 其漸之積 不自外交始也 善其後者 苟斤斤外交是務 而不復求諸本原之地 甚至如日本變其數百載之衣服制度 以優俳西洋 自謂可立致富强之效 此其弊 非徒無益而已

昔歐陽文忠 遇小疾則斂神定氣 整衿端坐 以爲正氣舒申 外感自去 此言之理 可喩治國 夫居今而泥於古 如御方楢之輪 格礙而不可行也 蔑古而逐乎今 如飮攻伐之藥 傷賊而不可爲也 潛現時局 証以所見 次第標本 分爲六條 世有知者 引而申之 覈而循之 斟酌以盡乎善 吾知必有裨於朝鮮萬一也

인심을 통합해 국맥을 굳건히 해야 한다

목전의 변고에서 난을 일으키는 사람은 한 둘이지만 부화뇌동하는 사람은 수천 명의 무지한 무리이다. 그런데 조선의 국경에 들어오고 나서 인심을 세심히 관찰해 보면 외국인에 대해 혐오를 가진 이가 십중팔구이다. 그런 마음을 먹게 된 원인을 추적해 보면, 다른 사람의 위협과 제압을 받아 억울해 하고 불평하면 국가가 반드시 시세를 모른다는 꼬투리를 잡아 죄를 뒤집어씌우지 않을까 두려워해서이다. 이런 상황에서 국가를 통치하는 자가 어떻게 백성을 다스릴 수 있겠는가.

뿐만 아니라 민심의 향배는 사대부들에 따라 좌우된다. 조선의 인사들은 정주(程朱. 정자程子와 주자朱子)의 학문을 수백 년에 걸쳐 익혀왔는데 이를 현실감이 없다고 하여 갑자기 바꾸어 버리면 이치상 불가능할 뿐만 아니라 형세 또한 그렇게 할 수가 없다. 설령 강제한다고 해도 마음속으로 굴복하지 않는다면 그것이 쌓이고 쌓여 결국 터지고 마는 문제가 발생할 것이다. 약소한 국가가 재앙과 혼란 속에서 자주 실험하는 것이 옳은 일이겠는가.

그러므로 외교를 잘 하려면 반드시 먼저 국맥을 견고히 해야 하고 국맥을 견고히 하려면 반드시 먼저 인심과 소통해야 하고 인심과 소통하려면 반드시 사대부에서 시작해야 한다. 그리고 소통하는 방법에는 네 가지가 있는데, 사람들에게 하고 싶지 않는 것으로 고통을 주어서는 안 되고(예컨대 광산을 개발하는 따위의 논의 등), 사람들을 익히 보지 못한 것으로 현혹시켜서는 안 되고(예컨대 의복제도 등을 모두 바꾸는 따위), 술수로 사람들을 우매하게 만들어서는 안 되고(예컨대 빚을 빌리거나 이자를 불리는 일 등) 사람들을 사적으로 봐서는 안 되는 것 등이다(예컨대 기무아문(機務衙門)을 별도로 설치하는 일 등). 일체의 정책을 진실하고 간절하게 마련하여 사람들로 하여금 집권자들에 대해 절대 의심하지 않게 하지 않고, 자신의 뜻을 굽혀 외국과 교류하는 것은 단지 일시적인 방편이라는 것을 알게 해야 한다. 이와 같이 한다면 크게는 와신상담의 효과를 거둘 수 있고 작게는 붕당이 날뛰는 싹을 제거할 수 있을 것이다. 그렇지 않으면 멀리는 육칠 년, 짧게는 삼사 년 안에 재앙이 뒤따를 것인 바, 어떻게 국가를 다스릴 수 있겠는가.

一 通人心 以固國脉

目前之變 雖倡亂者一二人 附和者數千百無知之輩 然自入朝境 體察人心 大約惡見外人 十居八九 原其心迹 亦維恐國家受人挾制 憤憤不平必執其不通時勢之一端 而槩加以罪 立國者 將何從易民而治也

且民心所向 視士大夫爲轉移 朝鮮人士 服習程朱之學 已數百年之朝目爲迂遠而驟革之 非特理所不可 勢亦有所不能 就使强之 而其心不服則日積月累 終必有潰決之慮 以弱小之國 而屢試於禍亂 尙可爲乎

故欲善外交 必先固國脉 欲固國脉 必先通人心 欲通人心 必自士大夫始 而通之之道 有四 不苦人以所不樂爲 如便議開礦等事 不炫人以所不習見 如盡改服制等事 不愚人以術 如以借債興利等事 不視人以私 如另設機務衙門等事 一切作爲 懇懇懃懃 使人絶不疑於君相 而曉然知屈意外交 特一時權宜之擧 如此 則大可收臥薪嘗胆之效 小亦泯朋黨搆煽之萌 否則遠而六七年 近而三四年 禍且踵至 何治之可圖

자격(資格)2)을 혁파하여 인재를 등용해야 한다

조선이 갖고 있는 소견은 육조(六朝)3)보다도 더해서 그 폐쇄성은 모두가 잘 알고 있다. 하지만 뛰어난 인재를 등용하고 찾는다는 시책이 여러 번 실시돼도 끝내 인재를 얻었다는 말이 들리지 않는 것은

---

2) 자격(資格): 자급(資級)과 격식. 벼슬한 기간에 따라 승진시키고 계급에 따라 관직을 제수하는 원칙을 가리킨다.

3) 육조(六朝): 후한(後漢) 멸망 이후 수(隋) 통일까지 지금의 남경(南京)에 도읍한 여섯 왕조. 오(吳), 동진(東晉), 송(宋), 제(齊), 양(梁), 진(陳).

무슨 까닭에서인가. 몇몇 집권자들은 평소 이에 대해 전혀 마음을 두고 있지 않고 있으며 대대로 관직을 갖고 국록을 먹고 지낸 자들은 수백 년 동안 그 지위를 그대로 유지하고 있다. 사판(仕版, 벼슬아치 명단)에 오르지 못한 집안사람들은 결코 진출할 길이 없음을 잘 알아, 묵묵히 자신의 일만 하고 인재선발이 무엇인지에 대해 더 이상 관심을 갖지 않으니 불가피한 현실인 것이다. 그렇다고 구해봤자 어쩔 수 없다는 문제를 해결하고자 결국 사람들에게 대목(大木)의 신뢰를 보이게 되면, 반드시 문책을 모면하기 위한 시책을 펼치게 되고 그에 따라 잘난 자나 못난 자나 모두 진출하게 되어 그 폐해가 결국 이전의 것과 다름이 없게 된다.

현재 상황에서 계책을 세운다면, 평소에 믿었던 인재 시험 방식 가운데 적용하기에 부적합한 것은 제외시키고, 한(漢)나라의 책사법(策士法)⁴⁾을 사용하여 팔도의 담당자로 하여금 뭇 사람들에게 포고해서 현재의 난국을 구제할 좋은 대책을 조목별로 논하게 한 뒤 이를 중앙에 올려 선택하도록 하고, 또 그 말한 내용을 가지고 구체적으로 실행해 옮길 수 있는 지 실험해서 실제 현실에 활용할 만한 것을 제시한 자에게 관직을 주되, 그 가운데 뛰어난 자를 즉시 발탁하도록 하는 것이 하나의 방법이다.

무관(武官)의 경우 갑작스레 그 능력을 알 수 없다면 상황을 설정해서 계책을 평가하고 담력을 실험하며, 또 반드시 다른 사람을 침해하거나 박탈하지 않고 거만하거나 느슨해지지 않는 자들을 찾아 바로 발탁해야 하며, 재능은 있지만 한쪽으로 치우거나 재능은 부족하지만

---

4) 책사법(策士法): 식자를 책시(策試)하는 법. 책시는 경사(經史)나 시사에 관한 문제를 내고 응시자에게 이에 대한 답을 구하는 형식의 시험이다.

마음이 착한 자는 그 다음으로 등용하며, 장교나 말단 중에서 뛰어난 자를 수시로 선발하여 임용하는 것도 한 방법이다.

하지만 그 요체는 재상과 대신, 팔도관찰사가 공평하고 충직하고 현명하고 포용하는 자세로 관심을 갖는 것이 관건이다. 재상과 대신, 관찰사의 태도는 국왕이 공손한 마음으로 자신을 비우고 정성을 다해 그들을 대우하는 데에 달려있다. 그렇지 않으면 신진들은 오직 사적인 통로만을 찾을 것이고 노숙한 자는 맡은 책무를 오롯이 다하지 않을 터이니 어떻게 파격의 역량이 다 발휘될 수 있겠는가.

一 破資格以用人才

朝鮮門地之見 甚於 其爲錮蔽 人所共曉 然登俊求才之敎 屢下而卒不聞 寔有所獲者 何也 二三執政 平時之絶不留心 固已世官世祿 積數百年 凡向不登仕版之家 其人自知必無路可以進身 守其業 而不復知何者 可造於才俊之選 亦勢也 因其求之不獲 而卒欲示人以大木之信 則必隨擧塞責 賢愚幷進 而其弊適如相等

爲目前計 除其平日所恃以考試人才之漫不中用者 用漢策士法 令八道布告士庶 各得條陳近日救時良策 封進以抉擇之 復就其所言 而試以察事 其實可用者官之 尤者不次擢之 此一法也

其武者倉卒無從而知其能將與否 則設爲事 以考其方署 驗其膽力 又必求其不侵剝不縱弛者 不次擢之 其有才而或有所偏 及才不足而行美者 次之 仍於將校末秩中 隨時甄引其優者 任用之 此一法也

然其要實攬於宰相大臣及八道觀察使之公忠明恕者 時時留心 而所以重宰相大臣及觀察使之權者 又在國王之寅恭虛己推誠相待矣 不然於新進則旁求維亟 於老成則倚任不專 何以盡破格之量耶

엄격한 잣대로 관리를 평가해야 한다

관리는 백성의 근본이다. 관리가 많으면 백성이 혼란스럽고 관리가 탐욕스러우면 백성이 곤란하다. 조선은 규모가 작고 재정이 빈약하며 백성들이 많지 않은데도 관직의 내용을 들여다보면 재단하고 병합해야 할 것들이 아주 많다. 외직(지방직)에 있는 자들이 내직(중앙직)에 있는 자와 결탁해서, 선물보따리를 싸들고 알선과 청탁을 일삼는 일들이 하나의 기풍이 되었다. 이것을 다스리지 않는다면 백성이 어떻게 안정될 수 있겠는가.

이것을 말끔히 정리하려면 불필요한 관리를 도태시키고 탐욕을 일삼는 관리를 징계하는 것이 가장 시급하다. 일은 같은데 이름이 여러 개인 것은 같은 이름의 일을 줄이고 관직은 같은데 관리가 여럿인 것은 관리의 수를 줄여야 한다. 그리고 규모가 크고 번잡스러운 것을 간소하게 만들어야 한다. 쓸데없는 관리가 사라지면 직무가 집중된다. 탐욕의 기풍은 위에서 시작되니 반드시 곧고 청렴한 관리를 내세워 표본으로 삼고, 탐욕의 피해는 아랫사람이 입게 되니 반드시 초야의 이야기들을 채집하여 근거로 삼아야 한다. 탐욕이 심한 자는 먼 곳으로 내쫓고 그 다음인 경우는 평생 등용하지 않아야 한다. 탐관오리가 징계를 받게 되면 정치가 제자리를 잡게 된다.

하지만 관에서 받는 녹봉이 본디 많지 않은데 백이(伯夷), 숙제(叔齊)[5]의 행실을 강요한다면 인정에 맞지 않을 뿐더러 혜택이 충분치 않은 자에게 위협을 가하는 것 또한 법의 의미를 다 담아내지 못한다.

---

5) 백이(伯夷), 숙제(叔齊): 중국 고대 은(殷)나라 때의 충신들로, 주 무왕(周武王)이 은나라를 정벌하자 수양산(首陽山)에 들어가 절의를 지키며 살다 아사했다.

따라서 도태시킨 관리들의 봉급을 자금이 부족한 관청에 주어서 뛰어난 자는 공명을 세우도록 권장하고 부족한 자는 염치를 함양하도록 해야 한다. 이 또한 관리를 관리하는 데 있어 지극한 사랑과 극진한 의리가 행해지는 하나의 방법이다.

一 嚴澄叙以課吏治

吏治爲生民之本 吏多則民擾 吏貪則民困 朝鮮國小財貧 閭閻窘蹙 而考其職官 可裁可幷者甚夥 卽外任交結朝官者 苞苴干謁 亦復相習成風 此而不治 民何由奠

是澄叙之方 莫亟於汰冗員懲墨吏 等一事而數名者 省其同名之事 等一官而數員者 省其備員之官 幷所以重大幷煩以歸簡 冗員去則職事專矣 貪之風兆於上 必先大吏之貞廉以爲表 貪之害中於下 必循草野之談議以爲憑 甚者屛以遐荒 次亦終身不用 墨吏懲 則政治修矣

然若官司奉祿本少 而强以伯夷叔齊之行 則其事爲不近人情 而恩未至者用威 亦不能盡法 莫若卽以所裁冗員之奉 量給於奉入校嗇之官司 俾賢者勸於功名 而不肖者養其廉恥 是亦澄叙中仁至義盡之一道也

삶을 도모하려는 사람들을 모아 재정을 확보해야 한다

오늘날 조선은 병사를 조련하고 방어태세를 갖추는 일 등에 모두 막대한 자금이 필요하다. 하지만 백성들이 세금 내는 것을 힘들어 하므로 징수를 늘릴 수가 없고 그렇다고 갑자기 차관을 내 광산을 개발하거나 해관을 설치해서 이익을 내는 대책을 세우게 되면 반드시 뭇사람들의 뜻을 거역하여 혼란이 야기될 것이다.

옛 사람의 경제 운영 방식은 단지 이익으로 유인하는 것이었다. 듣자하니 함경도 길주 이북의 열 개 읍은 러시아와 가까워서 중앙에 세금을 내지 않는다고 한다. 그런데 근래에 관리들이 탐욕을 부려 백성들이 힘들어 한 나머지 점차 자신의 생업을 버리고 수백 리에 걸친 황폐한 러시아 땅으로 숨어들고 있다. 또 강원도 울릉도의 이백 리 땅이 오랫동안 폐기돼 있는데, 그곳은 수목이 울창하고 온갖 곡식이 잘자라서 산의 나라라 일컬어지고 있다. 지금 공정하고 착실하고 사무에 밝은 고관을 선발해서 위의 두 곳을 다스리게 하여, 부근 백성들을 불러들여 차례대로 개간하게 하며 사랑으로 다독이고 잘 독려한다면 반드시 국가는 이익을 얻고 백성은 삶을 완수하며, 관리는 자신이 해야 할 일을 다하고 백성은 그 편리함을 누리게 될 것이다.

토목 일을 줄이고, 권력자에게 내리는 상을 신중히 하고, 은전(銀錢) 값을 조절하여 치우치지 않도록 하고, 물산의 상황을 짐작해 유통하도록 하고, 수리(水利) 사업을 일으켜 농사의 편리를 도모하고, 수목사업을 널리 펼쳐 많은 이익이 나도록 해야 하는데, 이는 호조에 제대로 된 사람을 임명하여 성심을 다해 계책을 세워서 돈이 땅에 흘러넘치는 효과를 서서히 거두도록 하는 것이 주된 관건이다.

一 謀生聚以足財用

朝鮮今日練兵設防 無在不需鉅款 民間瘠苦賦稅 旣必不可加 驟以借債開礦設關 爲興利之圖 其勢又必至違衆而召亂

古人理財 秪有因利 聞咸鏡道吉州以北十邑 其地與俄接壤 賦稅不貢王京 近來官吏貪縱 民苦其擾 漸棄其業 而遁於俄荒廢之地幾數百里 又江原道鬱陵島 周回二百里 廢棄亦久 其中樹木蕃盛 百穀咸殖 向以山國稱著 若及此時選公正樸實明於事體之大官 經營兩處 招募就近人民 次

第墾闢 恩以撫之 勤以督之 必使國獲其利 而民滲其生 官任其勞 而民
欣其便

至於斸土木之工 愼貴倖之賞 劑銀錢之貴賤 而使不偏壅 酌物産之盈
虛 而使之流通 興水利以便農 廣樹藝以生息 是在戶曹得人 悉心籌畫
徐以收錢流滿地之效也

군사 제도를 개혁하여 병사들을 조련해야 한다

국가가 잠시라도 대비하지 않으면 약해지고 병사가 잠시라도 훈련
하지 않으면 나른해지는 것은 당연한 이치이다. 조선은 지난 명나라
때부터 척계광(戚繼光)의『기효신서(紀效新書)』6) 법을 적용하여 부병(府
兵) 제도7)를 변경했는데 이것은 지난날의 왜병(倭兵)을 방어하는 데는
알맞지만 오늘날에 시행하기에는 결코 효용이 없으니, 처한 상황이
다르기 때문이다. 뿐만 아니라 의복이 쓸데없이 길어서 달리는데 이
롭지 못하고 무기가 정밀하지 못하여 공격에 이롭지 못하며 대오(隊
伍)가 정돈되지 않아 엄숙하게 할 수 없으며 말에 재갈을 물리지 않아
제어해 달릴 수 없다. 만일 이들을 정밀하게 만들려면 전립(氈笠)8)을

---

6) 척계광(戚繼光)의『기효신서(紀效新書)』: 척계광(1528~1588)은 명나라 후기의
　장수로, 자는 원경(元敬), 호는 남당(南塘).『기효신서』는 그의 저서로, 왜구가 명
　나라의 연해를 침범하자 새로운 전술로 대응한 경험을 토대로 지은 것이다. 조선
　에서도 왜란 후 군제를 개편할 때 이 책을 많이 참고했다.

7) 부병(府兵) 제도: 서위(西魏)에서 시작되어 수당(隋唐) 시대에 정비된 병농일치
　(兵農一致) 성격의 병법제도. 균전(均田)의 농민에서 군인을 선발하여, 농한기에
　훈련을 시키는 대신 조세를 면해주고 개인 장비나 의류, 식량 등은 자신들이 직접
　조달하게 하는 내용으로 돼 있다.

포건(布巾)⁹⁾으로 바꾸고, 긴 옷을 짧은 소매옷으로 바꾸고, 면버선을 선족(跣足, 맨발)으로 바꾸고, 모(矛, 창)는 찌르기 쉬운 긴 막대로 바꾸고, 총은 공격하기 쉬운 화승(火繩)¹⁰⁾으로 바꾸고, 대오는 분산을 정렬로 바꾸어 적으로 하여금 덤빌 수 없도록 하고, 말은 늑(勒, 굴레)을 함(銜, 재갈)으로 바꿔 스스로 제어할 수 있도록 해야 한다. 이러한 것들은 모두 중국 상군(湘軍)¹¹⁾과 회군(淮軍)¹²⁾의 군사제도를 모방해야 한다. 그리고 앉고 서고 나아가고 물러나는 규칙을 실제로 체득하고, 오르고 풀고 나오고 숨는 법을 함께 적용하여, 적의 장점은 피하면서 나의 장점을 활용하고 나의 단점은 제쳐두고 적의 단점을 공격하게 해야 한다. 이것이 가장 중요한 관건이다.

가장 좋은 대책은 지속적인 훈련이다. 조선의 병사들은 모두 대대로 관적에 올라 있는데 만일 인원 정리가 본격적으로 이뤄지면 필히 직업을 잃고 생업을 유지할 수가 없을 것이다. 따라서 군영 안에서 정예병 약간 명만 선발하고 선발되지 못한 자들에게는 별도로 생업을

---

8) 전립(氈笠): 조선 시대, 군대에서 죄수를 다루는 병졸이 군장(軍裝)을 갖출 때 쓰는 갓 형태의 모자이다.

9) 포건(布巾): 마포 등으로 만든 단출한 형태의 건이다.

10) 화승(火繩): 화약 등에 불을 붙이는 데 쓰는 노끈이다.

11) 상군(湘軍): 1853년 초 증국번(曾國藩)이 황제의 명을 받고 호남 순무(湖南巡撫)를 도와 단련(團練, 지주계급의 지방무장조직)을 정비하여 태평천국의 군대를 진압한 뒤, 그 병사를 바탕으로 확대, 재편성한 군사 조직이다. 인원은 수군 5,000명, 육군 6,500명, 기술자, 잡역부 등을 포함하여 총 1만 7,000명이었다가, 그후 점차 확대되었다.

12) 회군(淮軍): 청 말기에 이홍장(李鴻章)이 편성한 군사 조직. 1853년 이홍장이 고향 안휘성 합비(合肥)에서 민병을 이끌고 홍수전(洪秀全)의 태평천국 군대에 대항하면서 1861년 겨울 증국번(曾國藩)의 지지를 받아 6,000명의 군사로 조직했다. 이후 서양식 무기를 갖추고 부대를 대규모로 편성해 6만 명에 달하는 조직으로 발전했다.

유지할 대책을 마련해주어야 한다. 예컨대 그들을 길주 북쪽 열 개 읍과 울릉도 등에 투입하여 둔전(屯田)13) 개간법을 적절히 사용해 농사에 전념토록 하는 것도 괜찮을 것이다.

그리고 한 집안에서 병사가 다섯인 경우는 셋만 선발하고, 셋인 경우는 둘만 선발하고, 둘인 경우는 하나만 선발하며 선발된 자에게는 먹을 것을 주어 삶이 넉넉하게 해줘야 한다. 중요한 것은 정예이지 숫자가 아니다. 병사의 요충지를 대략 꼽자면 경기, 함경, 경상 세 도인데 각 도는 사오천 명이면 충분하다. 서울은 규모가 아주 작지만 칠팔천 명이 필요하다. 나머지 각 도는 요충지인지 아닌지를 살펴 수요를 결정해야 한다. 요컨대 정예병은 하나가 열을 당할 수 있고 적 앞에 당당한 정예병은 하나가 백을 당할 수 있으니, 이는 병사를 거느리는 자의 능력에 달려 있다.

一 改行陣以鍊兵卒

國一日無備則弱 兵一日不鍊則疲 勢也 朝鮮自前明用戚繼光紀效新書法 一變府兵之制 此爲備昔日之倭則可 施之今日 斷乎無用 情形不同也 且衣服冗長 不利驅走 器械不精 不利攻戰 隊不整 不能嚴肅 馬不銜 不能馳御 如欲精鍊 則易氈笠以包 巾易長衣短衫易綿襪以跣足 矛易長竿利刺 槍易火繩利擊 隊易散以整 使敵不能衝 馬易勒以銜 使人各自控 一一仿中國湘淮軍制 而又實體坐作進退之義 兼用騰縱起伏之法 使能避敵所長 而用我長 舍我所短而攻敵短 此最要之畧也

至於策求盡善 非抽練不可 盖朝鮮兵 皆世籍 若沙汰過甚 其人必失業而無以爲生 不如就一營之中 選其精壯者若干人 其不中用者 別給以生

---

13) 둔전(屯田): 변경이나 군사 요충지에 설치해 군량을 조달하는 토지이다.

業 如徙其人 以實吉州北十邑及鬱陵島 雜用屯墾法 使務於農亦可

　或就一家之中 凡五隷兵者 選其三 三選其二 二選其一 其與選者 量
加以餉 使足瞻其私 務造貴精不貴多之實 約計須重兵之地 京畿咸鏡慶
尙三道 每道各四五千人足矣 王京內外極少 須七八千人 其餘各道 可審
其當衝與否而多寡之 要之兵精者一當十 兵精而臨敵氣盛者一當百 是
在將兵者

방어에 신중을 기하여 변방을 굳건히 해야 한다

　종래의 전쟁 대책은 반드시 수비에 대한 대책을 먼저 세우는 것이
었으며 수비의 어려움은 공격에 뒤지지 않는다. 조선의 지세를 논하
면 수비하기 쉽고, 조선의 형세를 헤아리면 수비하기 편리하다. 왜냐
하면 큰 바다를 국경으로 삼고 있어서 방어하기에 아주 좋고 수비하
기에 아주 편리하기 때문이니 이것은 굳이 서양 사람들을 본받을 필
요가 없다. 또 수십 만금의 돈을 들여야 전선 한 척을 구매할 수 있는
데 조선에는 이러한 여력이 없다. 하지만 항구와 중심지가 모두 첩첩
의 산으로 이루어지고 드높은 산마루가 이어져서 어디나 방어막을 설
치할 수 있고, 어디나 요새 아닌 곳이 없다. 그래서 지키는 것이 편리
하고 지키는 것이 쉽다고 한 것이다.

　재정을 헤아리고 형세를 살펴서 이익에 따라 편리함을 취해야 하는
데, 예컨대 십전을 기준으로 하여 사푼은 창을 구입하고, 삼푼은 포를
구입하고, 이푼은 수뢰(水雷)[14]를 구입하고, 일푼은 한뢰(旱雷, 지뢰)를

---

14) 수뢰(水雷): 물속에서 발사하여 목표물에 부딪히면 폭발하도록 고안된 무기이다.

구입해야 한다. 수뢰는 해안 방어의 선구이며 한뢰는 진지 방어의 선구이다. 포는 해상과 육지에 모두 필요하며 창은 적을 격파하고 예봉을 꺾는 중요한 도구이다. 네 가지 중에서 창과 포는 가장 견고하고 예리한 것을 구해야 하며 수뢰와 한뢰는 알맞은 것을 찾으면 되는데 무게가 좀 나가는 것도 괜찮다. 승리를 획득함에 있어 이것에만 오롯이 기댈 수는 없지만, 힘을 절약할 수 있다면 창과 포를 많이 제작해야 한다.

인천 구내와 강화와 수원은 서울을 감싸고 있으므로 방어를 엄격하게 해야 한다. 부산은 대마도와 가깝고 원산은 블라디보스토크와 가깝다. 경원(慶源)과 경흥(慶興)(러시아와 작은 강 하나를 사이에 두고 있다), 거제도와 밀양(거제도는 부산포 밖에 있고 밀양은 부산 관내에 있다), 강릉(울진도가 속해있다) 등지에 있는 요새가 한두 곳이 아닌데 병사를 파견해 지키게 한다면 한 사람이 함곡관(函谷關)[15]을 지키는 효과를 거두는 데에 무슨 문제가 있겠는가. 변방이 굳건해야만 전쟁과 수비의 권한이 내 손 안에 있게 된다.

一 謹防圍以固邊陲

從來策戰 必先策守 守之難不亞於戰也 而論朝鮮之地 守易 揆朝鮮之勢 守便 何者 以大海爲疆場 禦之不勝防 得之不能守 此不必效泰西人所爲 且費數十萬金 以購一戰船 朝鮮亦無此餘力 而海口及腹地 皆重岡疊巘 峻嶺崇山 無處不可設防 卽無處不可扼要 故曰守便而守易也

量財度勢 因利乘便 譬如十錢以四分購槍 三分購砲 又二分購水雷 又

---

15) 함곡관(函谷關): 진(秦)나라 수도 함양(咸陽)을 방어하는 요충지. 한 사람의 병사가 수만 명의 병사를 방어할 수 있는 요새로 유명하다.

一分購旱雷 水雷爲防海先聲 旱雷爲防陣先聲 砲則水陸皆須 而槍又陷
陣摧鋒之要 具四者 惟槍砲必求最堅最利 水旱雷但求適用 雖稍笨重者
亦可 盖取勝本不必專恃此 節其力亦可多製槍砲也

至於仁川口內江華水原近蔽王京 固須嚴兵扼堵 釜山近對馬島 元山
近海蔘威 就近慶源慶興〔與俄界隔一小江〕巨濟密陽〔巨濟在釜山浦外
密陽在內〕江陵〔蔚珍島屬之〕其間險要形勝不一而足 有兵以抱之 何
難收一夫當關之效 邊陲固而後戰守之權 操之我矣

조선부강팔의 朝鮮富强八議

이연호(李延祜)

백성을 보위하기 위해서는 반드시 먼저 국가를 부강하게 하고 국가를 보호하기 위해서는 강력한 병사를 확보하는 것이 가장 중요하다고 했다. 옛날 관자(管子, 춘추시대 제나라의 재상)가 제나라를 다스릴 때 관산부회(官山府海)[1]의 재정을 마련하고 궤리연향(軌里連鄕)[2]의 제도를 만듦으로써 모든 폐해가 사라지고 결국 패업을 완성했으니 이것은 지난 역사에서 증명할 수 있는 일이다.

지금 조선 팔도는 수천 리에 걸친 비옥한 땅을 가지고 있고 백성들이 번성하며 풍속이 고아하고 질박하다. 따라서 정말 시세를 잘 살펴 이익을 이끌어내면 큰일을 해낼 수 있다. 전체의 형국을 파악해 다스

---

1) 관산부회(官山府海): 춘추시대 제나라 재상 관중이 실시한 염업(鹽業) 관련 정책. 백성들이 주로 제조를 하고 관에서는 이를 수매, 운송하여 보좌 역할만 하는 내용으로 이뤄져 있다.

2) 궤리연향(軌里連鄕): 춘추시대 제나라 재상 관중이 실시한 징병제의 하나. 5가구를 1궤(軌), 10궤를 1리(里), 4리를 1련(連), 10련을 1향(鄕)이라 하고 거기에 각각 궤장(軌長), 유사(有司), 연장(連長), 양인(良人)을 둔 뒤, 이에 기반 해 궤 안의 5인을 1오(伍)로 만들어 궤장이 통솔하고, 1리의 50인을 1소융(小戎)으로 만들어 유사가 통솔하고, 1련의 200인으로 1졸(卒)로 만들어 연장이 통솔하고, 1향의 2000인을 1려(旅)로 만들어 양인이 통솔하며, 5향을 1수(帥)로 하고 10000인을 1군(軍)으로 하여 5향의 장수가 통솔하도록 하는 것이다.

리는 법이 있는데, 가장 중요한 것은 사람을 다스리는 것이다. 지금
상황에서 가장 중요한 것은 대략 여덟 가지가 있다.

朝鮮富強八議

李瀚臣

蓋聞衛民必先於富國 保邦莫要於強兵 昔管子治齊 興官山府海之財
創軌里連鄉之制 百廢俱擧 覇業卒成 此前事之效可徵焉 今案朝鮮八道
之地 沃野數千里 生齒蕃滋 風俗文樸 苟揆時勢以導利 固大有可爲也
斡旋全局 有治法 貴有治人 近日所最要者 約有八焉

상업 정책을 기획하여 이익을 확보해야 한다

서양 각국은 상업을 본무로 삼고 그로부터 나오는 세금을 거둬들여
병사를 양성한다. 그들이 나날이 부강해지는 것은 실로 상업에 기인
한다. 지금 이미 그들과 통상 조약을 맺었다면 지금부터 각 상인들이
국가의 중심지에 운집하여 갖은 재화를 준비해 매매를 하게 될 것이
고, 이런 일들이 지속적으로 이루어지게 되면 반드시 백성들의 재화
가 국외로 유출돼서 이권이 줄줄 새는 것을 막을 수 없을 것이다.

그런데 만약 관각(關權, 해관)만 믿고 십분의 일의 세금만 걷는다면,
수입 재화의 세금이 수출 재화보다 갑절인 영국의 제도를 모방한다고
해도 그 이익은 결국 줄어들게 될 것이다. 더구나 해금(海禁, 쇄국)이
열렸다면 반드시 이익이 되는 것을 찾아야 하는 바, 변화에 맞춘 방편
을 마련해서 무역의 이익을 일으키는 문제를 서둘러 마련하지 않아서
는 안 된다. 예컨대 화석 연료, 철, 면사, 차는 서양인들이 매우 중요

하게 쓰는 물품이니 서둘러 백성들로 하여금 채취하고 제조하는 것을 강구토록 해야 한다. 이 밖에 팔도의 토산품들도 모두 무역을 통해 교역할 수 있다.

그리고 또 중국 초상국(招商局)3)의 장정(章程)을 모방하여, 자금을 모아 주식을 산다. 백금(百金)인 1주(株)를 1속(束)이라 한다. 각자가 1주, 10주, 백여 주 등을 두루 사들일 수 있다. 처음 시작하는 해에는 60만의 자금을 모아 10만은 한강 포구와 부산포에 해당 국을 설치하는데 쓰고, 10만은 조약을 맺은 국가 부근에 먼저 구안(口岸)4)을 설치하는데 쓰고, 나머지 40만은 길이 20여 장(丈)5)에 천여 톤을 실을 만한 깊이의 선창을 가진 네 척의 상선을 구입하는 데 쓴다. 그리고 이를 한강과 부산에 나누어 정박시킨다. 그리하여 본국의 화물을 운반하고 판매하게 하는데, 해마다 주식 수를 늘려 부두를 개설하고 선박을 늘려야 한다. 동쪽으로는 일본의 나가사키, 요코하마, 오사카, 고베, 하코다테와 교역하고 남쪽으로는 중국의 천진, 연태, 상해, 영파(寧波) 및 복건성, 광동성과 교역하며, 더 멀리는 싱가포르, 멜버른, 샌프란시스코에서부터 영국, 미국, 프랑스 등과도 교역하여, 시장 규모가 갈수록 커지고 상선이 나날이 많아지게 되면 거기서 나오는 많은 이익금으로 군 재정을 충당할 수 있다. 유사시에는 병사들을 실어 나르거나 군량을 운반하기도 해, 활용의 편리를 도모할 수도 있다. 상무(商務)를 잘 아는 관원이 알맞은 시기를 엿보아 계책을 세워서 안으로는 실제 일을 추구하고 밖으로는 이웃나라와의 교류를 잘 꾸리기를

---

3) 초상국(招商局): 윤선초상국(輪船招商局). 양무운동(洋務運動) 시기인 1872년 이홍장(李鴻章)이 중국 상해에 설립한 중국 최초의 근대적 윤선회사이다.

4) 구안(口岸): 국가에서 지정한 대외통상 항구이다.

5) 장(丈): 길이의 단위로 척(尺)의 10배인 3.33미터이다.

바라는 바, 이것이 어찌 변화에 맞춘 계책을 세워 구제와 보완의 효과
를 거두는 것이 아니겠는가.

一日籌商務以收利益也

日臻 寓餉於賈也 今旣與之通商立約 從此各商雲集於國中 設百貨暢
銷 將見源源而至 必致民財外溢 莫塞漏巵 若僅恃關權 收十一之稅 雖
仿英國進口之貨 稅倍出口 以利計之 終恐無盈有絀 海禁況開 必求神益
此不得不亟思因變達權以興互市之利 如煤鐵絲茶 爲西人需用大宗 急
宜敎民講求采製 此外八道土産 皆可互相貿易

再仿中國招商局章程 合商湊股 每股百金爲一粟 每人或一股數十股
百餘股 均可入夥 創始之年 集貲六十萬 以十萬在漢江口釜山浦 設局立
準 再以十萬在和約之國近處 先立口岸 餘四十萬 購造商船四號 船長二
十餘丈 艙深可載千餘噸 分泊漢江釜山 凡本國貨物往來運販 逐年添股
開埠增船

東賈日本之長崎橫濱大坂神戶箱舘 南賣中國之天津烟台上海寧波 及
於閩粤 遠極新加坡新舊金山 以迄英美德法諸邦 市易日廣 商舶日多 其
有羨贏 以充軍實 有事載兵轉粮 供億自便 惟望在熟諳商務之員 乘時籌
畫 內求實事 外睦隣交 豈非因變計而收補救之效乎

광산을 개발하여 재정을 확보해야 한다

해서(海西, 황해도)와 영남은 양질의 철이 생산되어 왔다. 매탄이 왕
성한 곳은 실제로 철과 인연이 있다. 관북과 관서는 금 생산지인데,
광산에서 채취되는 것은 백광(白鑛), 동, 아연 따위들이 섞여있으며

그 생산량이 아주 많다. 이를 물로 씻어 사금만을 취택하는데 소득이 비교적 적다. 따라서 오금(五金)[6]을 함께 채취하면 이익을 동시에 거둘 수 있다. 채광을 잘 아는 사람을 초빙하여 광의 실태를 두루 조사하도록 하고 별도로 매기사(煤機司), 철기사(鐵機司), 기기사(機器司)를 초빙하여 광산개발기를 이용, 산에 들어가 채취하도록 해야 한다. 이는 관의 감독 하에 백성들이 채굴한 것을 판매하도록 하거나 상업자금을 모아 추진할 수도 있어야 한다.

광 근처에 용광로를 설치해서 불을 지펴 철을 녹이도록 한다. 철을 녹일 때는 먼저 철 안의 강(鋼) 성분을 끄집어내야 하는데, 강이 많으면 철의 질이 정밀해져서 도구를 만들기에 아주 좋다. 강에는 순강(純鋼)과 연강(軟鋼)이 있고 철에는 숙철(熟鐵, 軟鐵)과 생철(生鐵)이 있어서 각기 가치가 다르다. 가열을 할 때는 가열되는 매탄 안에 물이 몇 푼인지, 기(氣)가 몇 푼인지, 유황와 석회가 각기 몇 푼인지 살펴야 하는데, 매탄의 질이 어떠냐에 따라 그 우열이 결정된다. 예컨대 금은 적색과 황색으로 구분되고 동은 네 가지 색으로 나뉘는 따위이다. 이러한 것들을 상세하게 살펴야만 큰 이익을 얻을 수 있다.

한편으로 유휴지를 개척하여 차나무와 뽕나무를 두루 심어야 하는데, 바람이 닿지 않는 산지가 적당하다. 음력 곡우절 전에 잎을 채취하여 만든 차가 최상품이고 곡우절 뒤에 채취한 잎은 색이나 맛이 떨어진다. 서양 사람들은 홍차와 녹차를 즐겨 마시는데, 예컨대 중국의 안휘성과 복건성에서 채취, 제조하는 법을 잘 본받아야 한다. 뽕나무는 평원지대가 알맞은데 습기를 싫어하고 비옥한 것을 좋아하며 일정한 간격을 두고 심어야 하고 옆으로 넓게 퍼지게 해야 한다. 초봄에

---

6) 오금(五金): 금, 은, 구리, 철, 주석 등 다섯 가지 금속이다.

잎을 채취하여 누에에게 먹이고 누에가 자라면 고추씨를 뽑는데 흰 실이 상품이고 황색 실이 그 다음이다. 중국의 호구현(湖口縣)[7]에서는 아녀자들이면 누구나 이 일을 해, 잠업에서 얻는 이익이 세상에 으뜸 이니 그 방법을 몰라서는 안 된다. 그 다음으로 산에서 생산되는 유황 (硫磺), 장뇌(樟腦)[8], 수은(水銀), 운모석(雲母石), 나무, 풀, 약초 따위를 모두 채취해 광산과 같이 그 이익을 증대해야 한다. 다만 제대로 된 사람을 임명해야만 바로 효과를 볼 수 있다. 국가를 넉넉하게 하고 백 성을 이롭게 하는 계책 가운데 이보다 앞선 것은 없다.

二曰 開礦井以裕財用也

查海西嶺南 向出良鐵 其煤旺之處 實與鐵緣 而關北關西 金之所産 采於礦者 襍白鑞銅鉛之類 出産最多 淘於沙者爲金砂 所得較寡 須五金 幷采 利可兼收 博聘精諳礦師 廣驗礦苗 另延煤司鐵司機司 用開礦機器 入山采取

由官督民售 或集商貸合辦 近礦設爐 就煤鎔煉 煉鐵先提鐵中之鋼 鋼 多則鐵質精 最宜製造 鋼有純脆 鐵有熟生 値亦因之增減 試煤則驗煤中 水幾分氣幾分硫與灰各幾分 煤質若干 以定佳劣 如金辨赤黃 銅分四色 凡此類推詳察 價可居奇

再闢餘地 廣植茶桑 宜山土避風就陰 穀雨節前采苗 爲茶品最上 節後 收葉 色味乃下 西人喜飲紅茶 綠茶如中國徽閩兩省采製之法 是宜仿效

---

7) 호구현(湖口縣): 양자강 중하류 남쪽 지역에 있는 곳으로, 지금은 강서성 구강시 (九江市)의 직할 현이다.

8) 장뇌(樟腦): 장목(樟木)을 증류(蒸溜)하여 얻은 백색 고체. 향료 또는 방충제(防虫 劑), 방취제(防臭劑)로 쓰인다.

植桑宜於平原 惡濕喜肥 疎栽低護 春初采葉 以飼蚕 蚕長繰絲 白絲爲
上 黃色次之 中國湖口 無論婦孺 皆勤其業 故蚕桑之利 甲於天下 其法
不可不知也 其次 山産硫磺樟腦水銀雲母石樹木草藥 均可探采 與礦利
並興 但經理得人 成効可以立見 裕國利民 計無踰於此者

전답과 농작물을 조리 있게 관리하여 둔전(屯田) 개간사업을 일으켜야 한다

국가의 세금이 백성에게서 나오고 백성의 소득이 땅에서 나온다는
것은 고금의 변함없는 이치이다. 땅은 비옥한데 비워둔 채 개간하지
않고 전답에 파종은 했는데 그 관리가 엉성하다면 이는 실로 국가의
중대한 문제이다. 가장 중요한 것은 공전(公田)을 측량하여 세금의 액
수를 분명하게 정리하는 것이다. 비탈진 곳과 유휴지를 농부들이 스
스로 개간토록 하되, 씨앗과 함께 밭 가는 소를 제공해 그들을 도운
뒤 결실을 거둘 즈음에 작황에 따라 이익을 나누도록 하는 것을 신전
(新田)이라 명명한다. 그리고 그 자손들로 하여금 대대로 농사를 짓도
록 하고 그 근면 여부에 따라 상벌을 가한다. 이와 같이 하면 공급이
풍족하여 집집마다 충분한 양식을 확보하게 된다.

그리고 러시아와의 접경지대인 길주(吉州) 북쪽 수백 리 황폐지를
조사하여 둔전법을 적용한다. 관에서 전체를 정리한 뒤 농부들을 불
러들여 수리 시설을 건설하고 적당량의 영오(營伍, 군영)를 설치한다.
영오는 백 명을 기준으로 하여 한 명마다 밭 20묘(畝)를 공급하며 일
이 발생하면 징집해서 바로 모이도록 하고 일이 없을 때는 자유롭게
지내도록 한다.

그밖에 바다를 끼고 있는 각 도마다 수목이 잘 자라 경작할 수 있는 곳은 모두 차례대로 소작농을 모집해서 개간하도록 하고, 수 년 뒤에 그들을 모아 훈련시키면 들판에는 버려두는 땅이 없고 국가에는 노는 백성이 없을 것이니, 이는 국가나 백성이 쌓인 저장물로 인해 여유롭게 할 뿐만 아니라 변방에도 견고한 방어가 구축돼서, 빈틈을 엿보려는 강력한 이웃나라의 생각을 단절시킬 수 있을 것이다.

三曰淸田畝以興屯墾也

蓋國之賦稅 出於民 民之供億 出於土 此今古不易之論 若地有膏腴 曠而不墾 田已播種 科畝不淸 實國計之大關係也 最上 丈量公田 淸釐賦額 凡阡陌餘土 許農自墾 量給籽種畊牛以助其力 待成熟升科酌減半賦 名爲新田 使其子孫世佃 仍課其勤惰 予以賞罰 似此正供取足 戶有宿粮

再査與俄接壤吉州以北數百里荒廢之地 行屯田之法 官爲經紀 招徠農夫 興修水利 量置營伍 營伍百人 人各授田二十畝 有警則徵調立集 無事則自食有餘

凡沿海各道 有樹木蕃息可畊殖之區 皆宜次第募佃 墾闢荒蕪 數年生聚而訓鍊 庶野無曠土 國無游民 不獨上下之積儲賴以饒裕 而防邊有捍衛之固 强隣杜覬覦之心矣

은초(銀鈔, 화폐)를 유통시켜 거래를 편리하게 해야 한다

조선의 도서 자료에 실린 내용을 살펴보면, 애초에 민간에서 물물을 교환할 때 은병(銀瓶)[9]을 사용하는 제도가 있긴 했지만 사용한 지 얼마 안 돼 바로 폐지되었다. 호조(戶曹)에서 상평전(常平錢, 상평통보)

을 주조해 재화와 함께 통용하도록 하였는데, 그로부터 수십 년 뒤에야 비로소 용광로를 분산 설치해 화폐를 주조하였다. 이 정도로는 본국의 용도로도 부족한데, 더구나 외국과 상무를 개통하며 손쉬운 사용을 중시해야 할 이때, 그 중요성은 더 말할 필요가 없다. 뿐만 아니라 각국의 무역에서는 백강(白鋼)과 양전(洋錢)으로 화물을 교역하고 은양(銀洋, 銀錢)이 부족하면 금전(金錢)으로 보완하기도 한다. 따라서 먼 거리에 있는 곳에서도 통용이 되고 이권이 손아귀에서 움직일 수 있다. 앞으로 조선에서 오금(五金) 광산을 개발하게 되면 그 유통이 더욱더 중요한데, 옛것을 짐작하고 오늘을 기준 삼을 때 이는 제때 맞춰 변통하고 계획해야 한다.

시장 중심가에 은국(銀局)을 설치하여 백은(白銀)을 전담 주조케 하되, 50냥을 보(寶)로, 10냥을 정(錠)으로 하거나 또는 4~5냥을 단위로 해도 된다. 금도 그와 같이 한다. 그리고 별도로 은국 옆에 공우포(公佑鋪)를 설치하여 거래되는 금은과 양전(洋錢) 값을 정하되 그 질량에 따라 기존 도형 위에 새로 인장을 가해 그 내용을 보장한다. 그리고 동전 주조를 전담하는 초국(鈔局)을 설치하여 지속적인 생산을 유지하게 해 일정한 균형을 이루도록 한다. 그 밖에 수세포(收稅鋪)를 설치하여 주조한 돈을 저장하도록 하되 시장의 경제 여건에 따라 돈의 가치를 결정하는 바, 날마다 설명판을 내걸어 각 항목을 공지하도록 한다.

일반 백성이건 상인이건 금과 은으로 지폐를 바꾸거나 지폐로 금과 은을 바꿀 때 일률적인 기준이 적용돼야 하는데, 그날 정해진 값에 맞

---

9) 은병(銀甁): 고려 시대에 사용한 화폐의 일종으로 숙종 6년(1101)에 처음 사용하였다. 무게 1근의 은으로 우리나라 지형을 상징하여 만든 병의 형태였으며 속칭 활구(闊口)라 하였다.

취 교환하도록 한다. 그리고 사주(私鑄)와 백성들이 개인적으로 모아
두는 것을 엄금하여 한곳으로 돈이 몰리는 문제를 단속해야 한다. 이
익을 발생시키려면 반드시 먼저 폐단을 제거해야 한다. 이것을 팔도
에 확대하면 부세(賦稅)도 은전으로 납입할 수 있고 포곡(布穀)도 은국
과 공우포를 모방해 거래할 수 있으니 이는 참으로 국가를 이롭게 하
고 백성을 편리하게 하는 큰 계획으로, 단지 통상에만 유익한 것이 아
니다.

四曰通銀鈔以便市廛也

攷朝鮮圖籍所載 初民間交市以貨互易 雖有銀甁之制 旋用旋停 迨戶
曹鑄常平錢 與貨幷行 嗣後數十年 始一開爐分鑄 雖本國之用 且有慮其
支絀者 況今商務始通 首重利用 且各國商賈間 以白鋼洋錢交易貨物 或
銀洋不畀 以金錢濟之 故萬里通行 利權在握 將來朝鮮 開五金之礦 尤
貴流通 酌古準今 是宜及時變計

若於通衢 設一銀局 專鑄白銀 以五十兩爲寶 十兩爲錠 四五兩亦可
金亦如之 另於局旁 設公佑鋪 凡市中金銀洋錢出入 歸其估 看成色加盖
戳記 以憑交易 再設一鈔局 專鑄銅錢 源源相濟 平其準式 一律重輕 另
立收稅鋪 存儲所鑄之錢 按市上生意長消 以定錢價低昂 逐日懸牌 註明
數目

無論民商 以金銀易鈔者 或以鈔易金銀者 平戥劃一 均照本日定價兌
之 並嚴禁私鑄以及民間蓄聚 庶責有專歸 興利必先除弊 從此推廣八道
賦稅固可與銀錢幷納 布穀亦可仿局鋪行商 誠利國便民之大計 不特於
通商僅有裨益也

윤선(輪船, 증기선)을 마련해 수군을 훈련시켜야 한다

지금 시국을 정돈하고 해안방위를 구축하려 함에 있어 병선이 아니면 국경을 견고히 하고 외국의 침입을 막을 수 없다. 하지만 해당 창(廠, 공장)을 설치해 모방 제작하는 것은 많은 경비가 들므로 배를 잘 만들 줄 아는 인원을 선발하여 중국 또는 서양 각국에 문의해 수평식 윤전기를 설치할 수 있는 목병선(木兵船) 몇 척을 구입하게 하되, 본국 부두의 너비를 고려하여 배의 길이 등을 확정하도록 한다. 배는 몸체가 견고하고 와로(鍋爐, 보일러)는 매연이 적으며 윤전기는 민첩하고 포는 정교한 것을 구입해야 한다.

그런 다음 배를 잘 운행할 줄 아는 인원을 선발하여 그에게 관리를 맡기고 제도를 정비하도록 한다. 매 병선에는 배를 총괄하는 관리 1인, 대장 2~3인, 부(副)와 정(正) 2~3인, 윤전기 관리자 6명, 포용(砲勇, 포사수)과 수수(水手, 선원)가 각 4~50명, 조타수와 승화(升火, 포에 불을 붙이는 병사) 각 7~8명을 정원으로 하되, 모두 우두머리의 관리를 받도록 한다. 그밖에 별도로 힘이 좋고 총명한 아이를 선발하여 함께 승선하게 해 파도와 사선(沙線, 항로)과 기계와 증기기계를 연습하도록 한다. 이 배들은 한강, 대동강, 부산 각 포구에 주둔하게 한 뒤, 날마다 전선에서의 포사수 단련법과 보병이 언덕에 올라 진지를 구축하는 법을 조련하도록 한다. 물속으로 들어가 수뢰창(水雷槍)10)을 방사하는 것은 열흘에 한 번씩 연습하고 포 발사 연습은 한 달에 한 번씩 하되, 목표 지점을 정확히 명중시키는 데 힘써야 한다. 수수는 높은 돛대를 오르내리거나 물속을 헤엄쳐 상황을 탐지하고 돛과 닻줄과 산판(舢板,

---

10) 수뢰창(水雷槍): 수뢰로 발사되는 총탄이나 포탄이다.

보트)과 받침 도구 등을 모두 담당하거나 관리하게 하여 우수한 자는 장려하고 열등한 자는 징계한다. 그렇게 하여 반드시 기술을 충분히 익히고 담력을 굳건하게 해서 일이 발생하면 굽힘없이 맞서게 해, 포탄이 정신없이 날아들어도 전혀 물러서는 일이 없게 해야 한다. 이것은 또한 장군이 어떻게 지휘하느냐에 달려 있다.

그리고 서양에는 철판으로 된 충선(衝船)과 철갑으로 된 전선(戰船)이 있는데, 적선의 견고한 철각을 꺾는데 더욱 유리하다. 그리고 문자선(蚊子船)11)의 부수포대(浮水砲臺)는 위험 상황을 잘 지켜낼 수 있는데, 뱃머리에 각기 거포 한 문씩이 배치되고 포탄의 무게는 7백 파운드에서 1천 2백 파운드에 이르니 참으로 적을 공격하는 데에 뛰어난 무기라고 할 수 있다. 이는 미래에 마땅히 준비해야 할 것들이다.

五日置輪船以練水師也

今欲整頓時局 捍衛海防 非兵船不足以固疆圉而禦外侮 然設廠仿製 經費甚鉅 莫若簡熟諳造船之員 問中國或外洋 購造諸輪臥機猶木兵船 數號 察本國海口之廣狹 以定船式之短長 務取船身堅固 鍋爐省煤 輪機 靈捷 砲械精緻

再選精於駕駛之人 畀予管帶 定制 每船管駕官一員 大二三 副正二 三 管輪等六弁 砲勇水手各四五十人 舵工升火各七八人 均以頭目管之 另揀精壯聰穎之童 隨船練習風濤沙線器械汽機 其船分駐漢江大同江 釜山各口 逐日勤操 砲勇在船練手法 步伐登岸演陣法 入水放水雷槍 按旬一次 把靶砲 按月一次 把靶務在取準命中 水手 則登高跕桅泅水

---

11) 문자선(蚊子船): 적의 철갑을 뚫을 수 있는 거포를 안착한 배로, 주로 근해를 방어하는 임무를 띠는 선체가 비교적 작은 포선(砲船)이다.

探物風帆繩纜舳板槁具 杓使摻之 優者記獎 劣者示懲 必使技藝嫺熟
心胆俱壯 有事折衝海上 雖火彈紛飛 人無却懼 此亦在乎爲將者又考外
洋有鐵板衝船鐵甲戰船 尤利摧堅鐵殼 蚊船浮水砲臺 可恃守險 其船頭
各配巨砲一尊 彈子重有七百磅 以至千二百磅 洵爲攻敵利器 是將來亦
宜籌備者也

군의 구조를 정비하여 전투와 수비에 대비해야 한다

예로부터 세상에 훈련시키지 못할 병사는 없으며 그들을 어떻게 다
루느냐가 중요하다고 했다. 더구나 현재와 과거는 전쟁의 내용이 다
르므로 마땅히 시대에 따라 그 제도를 바꿔야 한다. 중국의 경우 상
(湘, 호남성)군과 회(淮, 안휘성)군을 모집하면서부터 녹영(綠營)[12]의 적
폐를 깨끗이 씻었다. 그 내용을 살펴보면, 보영(步營) 제도는 5백 명을
1영으로 하여 영관이 통솔하고 방대관(幫帶官)[13]이 부관이 된다. 영은
5초(哨)로 나누는데 각 초는 초관(哨官)이 관리하며 초장(哨長)이 부관
이 된다. 그리고 매 초는 8대로 나뉘어 각 대는 십장(什長)이 거느린
다. 매 대는 정용(正勇, 병사)이 열 사람인데 양창(洋槍, 서양 총)을 전문
적으로 사용한다. 진지에 임했을 때의 정용은 십장의 대기(隊旗)를 따
르고, 십장은 초관의 초기(哨旗)를 따르고, 초관은 영관의 명령을 들

---

12) 녹영(綠營): 청나라 때 만든 상비군의 하나로, 영(營)을 기본 단위로 하고 녹기
   (綠旗)를 표지로 삼은 군 조직이다.
13) 방대관(幫帶官): 청나라 때의 무관으로 관대(管帶, 관직 명. 무관직의 장에 해당)
   의 부관이다.

으며, 영관은 또 통수의 명령을 듣는다. 전진과 후퇴, 기동과 매복은 모두 북소리에 의거한다.

마대(馬隊)의 제도는 250명을 1영으로 하고 영은 5초로 나뉘며 매 초는 5대로 나뉘고 매 대는 십장 10명과 연계하되 한 사람마다 말 한 필을 가져 모두 254필의 말이 된다. 그리고 기병총(카빈)을 전문적으로 사용한다. 영과 초의 관리(官吏)는 보대와 그 수가 같다. 예봉을 꺾거나 뒤를 쫓을 때는 기마대가 장점을 갖고 있고 매복과 높은 곳에서 굽어보는 것은 보병의 힘을 빌려 승리를 쟁취할 수 있으니, 이 점이 기마대와 보병대 가운데 어느 한쪽도 폐지할 수 없는 이유이다.

갑옷 병사 십 수만을 거느린 조선에서 일률적으로 과거의 법을 변경하여 새로운 군영제도를 마련하기 위해서는 약한 것을 도태시키고 강한 것을 선택하며, 장수를 잘 택해 강한 군사로 훈련시키고 특히 상벌을 엄정하고 분명히 하면서 무기를 정밀하게 갖추어야 한다. 근래에 태서(泰西, 서양)에서 만든 총과 포는 정밀에서 더 정밀함을 추구하는데, 예컨대 병창(兵槍, 총)인 모슬(毛瑟)[14], 합걸극사(哈乞克司)[15], 임명(林明)[16], 고마제니(敲馬梯呢)[17]와 기마총인 운자사득균(吽啫士得均)[18],

---

14) 모슬(毛瑟): 모제르 소총. 본래 독일제지만 1870년대 후반 이후로는 청나라에서도 제조되었다.

15) 합걸극사(哈乞克司): 호치키스 기관총. 1860년대에 미국의 벤자민 호치키스가 프랑스로 건너가 설립한 병기메이커 호치키스 사에서 개발했다.

16) 임명(林明): 레밍턴 소총 혹은 산탄총. 1816년 설립된 미국 레밍턴 사에서 제조되었다.

17) 고마제니(敲馬梯呢): 영국의 마티니 헨리 소총. 영국군의 식민지 건설에 널리 사용되었다.

18) 운자사득균(吽啫士得均): 윈체스터 카빈. 1857년 세워진 미국의 윈체스터 연발총 제조회사에서 개발되었다.

후당진자속서(後膛進子速西)[19]가 이에 속한다. 그리고 준포(準砲, 포)의
경우에는 독일 회사 극로백(克虜伯)[20]의 후당포(後膛砲)[21]가 철강의 질
이 견고하기로 으뜸이며 그 다음으로 아몽사당(阿蒙士唐)[22], 와와사(瓦
瓦司)[23], 안사득룡(安士得龍)[24] 역시 뛰어난 제품이다. 탄약의 경우에
는 처음에 육각 칠성(六角七星)[25]을 사용하였지만 뒤이어 면화(棉花)와
강수(强水, 硝酸)로 제조하였는데 성능이 더욱 뛰어나다.

이것이 이른바 일을 잘 성사시키려면 먼저 도구를 예리하게 만들어
야 한다는 것이다. 이것은 의당 내용을 강구하고 준비해 실제 활용에
필요토록 해야 한다. 하지만 장군이 갖춰야 할 기본 원칙으로는 형세
를 인식하고 적의 정황을 헤아리는 것이 중요하다. 전쟁의 찰나적 상
황에서 무수한 변화를 적용해야 한다. 뿐만 아니라 서양 각국은 화기

---

19) 후당진자속서(後膛進子速西): 후장식 총. 소총은 전장식에서 후장식으로 발달했
   는데 전장식은 화승총처럼 총구에 화약을 쏟아 넣어 다지고, 그 위에 탄환을 넣은
   다음, 심지에 불을 붙여 화약을 터트려서 탄환을 쏘는 방식인 반면, 후장식은 격발
   장치가 있는 뒷부분에 탄알과 화약이 일체화가 된 총알을 장전한 다음 공이쇠로
   강하게 화약을 쳐서 총알이 나가게 하는 방식이다. 전장식보다 빠르게 쏠 수 있고
   조준 사격을 할 수 있으며 재장전도 쉬웠다.

20) 극로백(克虜伯): 크루프 대포. 독일의 무기 등 기계류 제조회사인 크루프 사에
   의해 1850년대에 개발되었다.

21) 후당포(後膛砲): 포신의 뒷부분에 폭약을 장전하는 방식의 대포이다.

22) 아몽사당(阿蒙士唐): 암스트롱 대포. 1855년 영국의 발명가 조지 암스트롱에 의
   해 개발되었다.

23) 와와사(瓦瓦司): 대포의 일종. 원래는 영국 런던의 대포를 주조하는 상사이다.
   처음에는 생철이나 구리로 주조했다가 연철로 바꾸었고 또 가볍고 단단하기 위해
   강철로 바꾸었으며 무게는 1톤 반, 5톤, 27톤 등 여러 가지 있었다. 자세한 내용은
   청나라 유석홍(劉錫鴻)의 『영초사기(英軺私記)』「와와사포(瓦瓦司炮)」조에 보인
   다.(호남인민출판사湖南人民出版社, 1981, pp.146~147.)

24) 안사득룡(安士得龍): 대포의 일종으로, 영국과 독일에서 모두 제조되었다.

25) 육각칠성(六角七星): 상수리 모양의 탄환으로 보이는데, 자세한 것은 미상이다.

만 믿고 힘으로 몰아붙이는 데에 중점을 두지 않고 지혜로 싸우는 데
중점을 두고 있으니 이 점이 오늘날의 용병이 옛날과 다른 점이다.

六曰簡營伍以資戰守也

嘗聞天下自古無不可練之兵 但求救法何如 況今昔戰事不同 是宜因
時變制 中國自募湘淮軍以來 一洗綠營積習 按步營之制 五百人爲一營
以營官將之 幇帶官副之 營分五哨 各以哨官管之 哨長副之 每哨分八隊
各以什長領之 每隊正勇十人 專用洋槍 臨陣時勇視什長隊旗 什長視哨
官哨旗 哨官聽營官號令 營官又聽統帥號令 進退起伏 悉聽鼓號

馬隊之制 二百五十人爲一營 營分五哨 每哨分五隊 每隊連什長十人
人各一馬 共馬二百五十匹 專用馬槍 其營哨各官 與步隊同數 惟摧鋒逐
北 則騎隊獨擅其長 伏隱臨高 則步兵佐以制勝 此騎步不可偏廢也

朝鮮帶甲十數萬 若一律變通古法 仿立營制 汰弱選强 擇將練成勁旅
尤須嚴明賞罰 軍械精良近來泰西所造槍砲 精益求精 如兵槍之毛瑟哈
乞克司林明敲馬梯呢 馬槍之吶喏士得均後膛進子速西 且準砲 以德國
克虜伯後膛鋼質堅利爲最 其次阿蒙士唐瓦瓦司安士得龍 亦炮之佳者
至於火藥 始用六角七星 繼以棉花强水爲製 其性尤烈

所謂欲善其事 必先利其器也 是宜講求置備 以資摻演 然爲將之道 貴
識形勢料敵情 雖戰陣瞬息之間 妙用千變 且西國全恃火器 不在鬪勇 重
在鬪智 此今之用兵所以異於古也

지형과 지세에 의거해 해안방위를 굳건히 해야 한다

옛날 사람들은 방여지(方輿誌, 지리지)에 근거하여 천하의 요새와 평이한 지대를 거론했지만, 지금은 증기선이 마음대로 드나드는 해안지역이 막중해졌다. 그러므로 수군을 훈련시키는 자는 반드시 수로를 충분히 익혀야 하고 해안방위를 논하는 자는 빈드시 해안지도를 상세히 고찰해야 한다. 조선의 형세를 살펴보면 동, 서, 남의 삼면이 대양을 바라보며 곳곳에 항구가 있고 섬들이 펼쳐져 있다. 그중의 요새로, 예컨대 한강 입구 이백 리는 곧장 경기도와 도성 문 앞까지 연결되어 있으므로 이곳을 우선적으로 방어하는 것이 중요하다. 부산포의 경우는 대마도와 아주 가까우며 동쪽의 울타리이기도 하다. 지금 통상(通商)의 통로로도 쓰이고 있는데, 관리와 감독을 소홀히 해서는 안 된다. 서북쪽의 대동강은 공사(貢使, 조공사절)의 길과 연결되어 있고 가까운 산에 광물 생산이 아주 많다. 따라서 앞으로 그 물자를 운반할 배나 수레를 우선 비치하지 않으면 안 된다. 다음으로 거문도와 울릉도는 바다 에 외떨어져 있는데 모두 둘레가 이백여 리에 달하는 곳으로, 배의 피항지이기도 하고 수목이 울창한 곳이기도 하다. 따라서 관리 인원을 배치해 거기서 발생하는 이익을 거둬들여야야 한다.

위에서 거론한 곳들에는 각기 포대를 축조하고 수군들을 훈련시키며 전함들이 고리처럼 서로 연결되게 해서 영구히 중요한 진지로 남아있게 해야 한다. 포대를 축조하는 법은, 세 겹 흙으로 담장을 쌓고 채석(砌石. 주춧돌)으로 기단을 만들되 아래는 넓고 위는 뾰족하며 바깥에는 호(濠, 해자)를, 안에는 지(池, 연못, 해자)를 만든다. 자약(子藥. 탄환과 화약)의 창고는 포대 뒤에 설치하고 병사가 주둔하는 방은 담장 안에 빙 둘러 설치하며 거포는 정 중앙 요지에 설치하고 기타 포들은

조밀하게 배치해서 보조 역할을 하도록 한다. 포대 앞이 바다를 굽어
보아서 시급한 일이 닥치면 화약을 넣어 발사할 수 있고, 산림을 등져
서 신속하게 물자를 운반할 수 있고, 높은 곳을 차지해서 먼 곳을 공
격할 태세를 갖출 수 있고, 언덕을 마주해서 협공의 효과를 거둘 수
있도록 한다. 지세에 따라 적당한 방법을 찾는 것은 담당자의 계책에
달려 있다.

어느 날 갑자기 경고가 뜨면 다시 각 해구마다 수뢰(水雷, 기뢰)를
몰래 설치하고 멀리 화벌(火筏, 화공용 뗏목), 목패(木牌, 뗏목), 마색(蔴
素, 밧줄)을 배치하면 적선을 막을 수 있다. 하지만 포대가 있으면 반
드시 적을 물리칠 포를 설치해야 하고 포가 준비되면 정밀한 훈련을
받은 병사가 필요하다. 대포 1준(尊, 포를 세는 단위)은 12명을 1대로 하
여 4개 대를 교체, 근무토록 하고, 소포 1준은 7명을 1대로 하여 2개
대를 순환, 관장토록 한다. 바다 위에는 나무를 표지로 세우되 포대와
의 거리는 가깝게는 1천 마(碼, 야드)나 2천 마 정도, 멀리는 4~5천 마
로 한다. 달마다 포를 연습하되, 표척(表尺, 照尺, 가늠자)에 기준해서
거리를 측량해 명중토록 한다. 반드시 정절선(正切線, 탄젠트)을 지켜
조금도 좌우로 벗어나서는 안 된다. 정신을 집중하고 내용을 훤히 꿰
뚫어 완숙함에 이르면 빼어난 기교를 발휘할 수 있다. 좁은 해구를 수
비하며 산림에 매복병을 둘 경우에는 바퀴 달린 작은 포나 십관격림
포(十管格林砲)[26] 또는 사관신기포(四管神機砲)[27]를 사용해야 한다. 야
전에서는 마차에 포를 싣고 다니며 편리에 따라 발사할 수 있다. 이것

---

26) 십관격림포(十管格林砲): 미국인 리처드 조던 개틀링(Richard Jordan Gatling
   1818~1903)이 발명한 기관총이다.

27) 사관신기포(四管神機砲): 노르덴펠트 속사포 (Nordenfelt Gun)를 이른다. 구경
   이 보병용 총과 유사하며 현대 기관총의 전신이다.

이 전투에 있어서의 간소하고 편리한 것의 전반적인 내용이다.

七日 據形勢以固海防也

昔人據方輿而言天下險易 今則輪舶縱橫 海疆偏重 故練水師者 須習知水道 議海防者必詳考海圖 查朝鮮東西南三面 濱臨大洋 港汊分岐 島嶼羅列 其間要隘 如漢江口二百里直達京畿 乃王城門戶 先事預防於此 爲重 至於釜山浦 偪近對馬島 亦東道藩籬 今幷爲通商之處 扼要控制 是不可疎 其西北大同江 連接貢使之道 近山礦産最多 將來轉運舟車 不可不先爲之備 再巨文島鬱陵島 孤懸海邊 皆周回二百餘里 或爲避風泊船之地 或爲樹木蕃盛之區 亦宜布置經營 以收地利

凡此數口 分築砲臺 訓練水師 戰艦聲勢相聯 永爲重鎭 然築臺之法 以三夾土爲墻 砌石爲基 下廣上銳 外濠內池 子藥之庫 藏於臺後 駐兵之房 圍在墻中 巨砲獨中要害 群砲密布爲援 臺前臨海 有急溜礁砂 背倚山林 有轉運捷經 踞高恃遠攻之勢 對岸收夾擊之功 因地制宜 又存乎作者一旦有警 更於各口 暗置水雷 遙排火筏木簰蔴索 皆可攔阻敵船 然有臺須設克敵之炮 有砲須駐精練之兵 每大砲一尊分十二人爲一隊 以四隊輪替摻之 小砲一尊分七人爲一隊 以二隊循環摻之 於海中設木爲標 離臺近約千碼或二千碼 遠則四五千碼 每月一演砲 準比校表尺 測筭度數命中 必由正切之線 不得左右過差 神而明之熟 能生巧 至於扼守隘口 設伏山林 則用輪車小砲 以及十管格林砲 四管神機砲 或野戰以馬車載砲 皆取其便捷隨放 亦可隨行 此又行軍簡便之大槩也

학원을 설립하여 인재를 축적해야 한다

지금 자강의 방법을 강구하려면 인재 양성에 더욱 중점을 두어야 하며 상대를 제압하려면 반드시 완성된 법을 숙지해야 한다. 예컨대 과거를 통한 선발 제도에서 새로운 학문 영역을 확대하여 어린 학생들을 정선해야 하는데, 공부를 통해 어느 정도 지식을 갖춘 12세에서 18세에 이르는 학생들 가운데 그 자질을 살피고 그 문장을 살펴서 우선 총명하고 빼어난 160명을 선발하도록 한다. 그런 다음 네 개의 학원을 설치하여 명사를 초빙, 교육시킨다.

예컨대 수사학원(水師學院, 해군학교)에서는 해상에서의 선박 운행, 총과 포, 수뢰(水雷), 언어, 서양글 따위를 가르치도록 하고, 격치학원(格致學院)에서는 산학(算學, 수학), 천원(天元, 천문), 역학(力學), 화학(化學), 광학(光學), 광물학 따위를 가르치고, 무군학원(武軍學院)에서는 병법, 전투, 지리, 화전(火箭), 무예(武藝) 등을 가르치고, 기예학원(技藝學院)에서는 기기(汽機, 증기 기계), 전보, 채광(採鑛), 도기와 야금 제조 따위를 가르친다. 매일 본 과정을 마치고 난 여유시간에는 경전과 역사서, 병서들을 익혀서 원리를 쉽게 이해하는데 도움이 되도록 한다. 입학하면 석달에 한 번씩 작은 시험을 실시하고 성적을 삼등으로 나누어 상등에게는 고화(膏火, 학비) 전부를, 중등에게는 그 절반을, 하등에게는 수여하지 않는다. 일 년을 주기로 한 차례 큰 시험을 실시해 그 우열을 판정한다. 이밖에도 매월 한 차례씩 시험을 실시해 우수한 자에게는 상으로 화홍(花紅, 축하금)을 수여하고 부족한 자에게는 약간의 벌칙을 가한다.

삼 년이 되어 학업을 완성한 자에게는 봉급을 충분히 주어 각기 스승을 따라 각국을 유람하며 식견을 넓히도록 하되 이 년 안에 귀국하도록 한다. 재능과 기예가 뛰어난 자는 격식에 얽매일 것이 없이 바로 채용하고 시무에 밝고 단련된 자에게는 일정한 권한을 부여한다. 나머지는 재능에 따라 직책을 나누어 준다. 그리고 이를 규정화한다. 매해 각 원에서 새로운 학동을 공고 모집해서 시험을 통해 입학시켜 학업을 수행토록 한다. 사(士)와 민(民)의 자제가 모두 선발시험에 응시할 수 있도록 하고 길이 멀어 참여할 여력이 없는 자는 해당 지방관에게 보고해 서류를 만들도록 한다. 그리고 그 인원에 맞춰 양식을 제공한다. 시험에 응시해 입학할 인원은 제한을 둬야 하지만 인재의 취택에는 장애가 없도록 해야 한다. 필요한 경비들은 물론 관에서 준비해야 하지만 상인에게도 보조금을 낼 수 있도록 한다. 정원이 이미 찼다고 해도 자비로 입학하려는 자에게는 입학을 허락하도록 한다. 이러한 이유로 국가에서 인재를 키우려면 반드시 교육을 앞세워야 하는 것이며, 더구나 오늘과 같은 시작의 즈음에는 시무를 간과해서야 되겠는가.

혹자가 이르기를, "이 일이 성공한다면 참으로 유익하다. 경영을 시작하는 즈음에 큰 자금을 마련할 수 없는 상황이지만 큰일을 도모하려는 자가 어찌 작은 비용을 아낄 일이 있겠는가. 쓸데없는 것들을 없애고 실제로 활용할 수 있는 것으로 채워 그 효과가 나타나면 이익이 저절로 생길 것이다. 병력은 드넓은 바다에서 승리를 다툴 만하고 재물은 본국으로 들여오게 할 수 있다. 따라서 오늘날 통상조약을 맺는 것은 실로 자강의 길을 여는 일인데 어찌 시행할 필요가 있지 않겠는가. 구라파 각국은 처음에는 모두 섬나라였지만 군신이 혼신의 힘을 다하여 드넓은 바다에서 대국이라 떵떵거리고 있다. 그런데 조선은 문화 국가로서 근본이 튼튼하니 제대로 된 인재를 얻어 다스린다면 그들보다 위에 있지 않을 리가 있겠는가."라고 했다.

내가 장년의 나이에 무관이 돼 십여 년 동안 해역을 두루 다니며 시무를 익히고 관련 내용을 숙지했다. 올 가을에는 절도사를 따라 동쪽으로 와 군막을 펼쳤는데, 삼한(三韓. 조선)의 이부(吏部, 吏曹) 김석릉(金石菱, 김창희)이 이따금 찾아와 정사를 언급해서 그가 남다른 사람임을 알았고, 술이 얼큰해 귀가 빨개질 때는 홀로 시대를 걱정하는 마음을 보여 그가 남다른 재능을 가졌지만 기회를 얻지 못했다는 걸 짐작했다. 공무를 보고 남은 시간에 약간의 내용을 기술하여 훌륭하신 물음에 답한다. 판 밖에서 방관하는 자가 어떻게 혀를 함부로 놀릴 수 있으랴만 지기를 만났기에 감히 속마음을 털어놓는다. 망령된 논의라 여기지 않고 가르침을 주신다면 매우 다행이겠다.

임오년(1882) 9월 상순 고 환강(古皖江) 아우 이연호(李延祜) 삼가 씀.

八日設學院以儲人才也

今夫立自强之道者 尤重在儲才 欲制勝於人者 必知其成法 若於科選之條 推廣新學 遴選幼蒙 讀書已有知解 自十二歲至於十八歲 相其姿質 考其文字 先取最聰俊者約百六十名分 設四塾延名師教之

如水師學院 教以駕駛輪機海道槍砲水雷語言洋文之類 格致學院 教以箕學[28]天元力學化學光學金石之類 武軍學院 教以兵法戰陣地輿火箭武藝之類 技藝學院 教以汽機雷報采礦陶冶製造之類 每日餘暇 傍及經史兵書 使其易於明理 俟入學三月小考一次 分爲三等 上等酌給膏火 中等給半 下等無給 周年期流 大考一次 定其升降 此外按月一考 優等賞以花紅 劣等示以薄罰 迨至三年學成者 優給薪費 使其隨師游歷各邦 以廣見識 定兩年回國 以才藝超羣者 破格擇用 明練時務者 稍假事權

---

28) '箕學'은 '算學'의 오류로 보여 수정, 번역했다.

其餘量材分授職事 仍定例 每年各院 招考新童 入塾肄業 無論士民子弟
均令赴選 或道路遙無力之家 許其報明地方官造冊 按口粮送 其入院投
考人數 雖有限制 取才不妨 其多經費 雖由官籌 亦許商民捐助 或收額
已滿 有願自備貲斧入學者 亦聽 故國家欲儲人才 必先教育 況今日伊始
可不講求時務哉

或曰此事獲成 洵有利矣 經營之始 鉅費不資 不知欲圖大事者 豈惜小
費何如 汰冗袪浮實用足濟成效旣著利益自興兵則可使爭勝重洋財則可
以灌輸本國 所以今日立通商之約 實啓自强之機 何不舉以試之 夫歐州
各邦 其始皆島國也 彼君臣聘其心力 尙能稱雄海州 況朝鮮文物之邦 根
本篤厚 得人治之 謂不駕乎其上者 有是理哉

余壯投筆 歷行間海域十餘年 時務習問 心焉默識 今秋隨節東渡開幕
三韓金石菱吏部 時或過從 訪及政事 知其爲有心人也 每於酒酣耳熱 獨
抱憂時 知其亦懷才未遇也 公餘之暇 筆述若干 以答盛問 夫局外旁觀
何能饒舌 得遇知己 敢布腹心 不以妄議而教之 則幸甚

　　　　　　　　壬午 九月 上澣 古皖江 弟 李延祜 拜稿

선후육책보 善後六策補

김창희(金昌熙)

총론

우리나라 사람들이 읽은 책은 모두 중국의 것이다. 그것에만 의지해 역사를 이야기하고 논하는 것은 모두 꿈속에서 꿈을 더듬는 격이다. 더구나 바닷가 외진 곳에 처해 있어서 듣고 보는 것이 고루하여 우물 속 개구리와 다름없으니 더 말할 나위가 있겠는가. 한낱 기자(箕子)의 옛 책봉지라는 이유로 '동방예의지국'이라 자칭하고, 또 문벌을 중시하는 풍습에 젖어 스스로 '사대부'라 우쭐대며, 오늘날 세계의 대세를 모른 채 지난날 관문을 폐쇄한 주장만 굳건히 지키고 있으니, 이는 참으로 본질을 바꿀 수 없는 우매한 자들로서 굳이 크게 책망할 것조차 없다. 그밖에 총명한 자가 외교에 관심을 갖고 개화의 논의에 기대어 관세의 이익과 배와 수레와 무기의 제조법에 대하여 장황하게 이야기하곤 하지만, 요체를 터득하지 못한 상태의 조악한 지식은 국사를 망가뜨려, 앞에서 거론한 우매한 자가 애초에 개입하지 않았던 것만 못하게 된다. 왜냐하면 그 요체라는 것은 자신에게서 찾아야 하지 남에게서 찾으면 안 되기 때문이다.

이 나라에 살면서 신라와 고려의 옛 자취에 대하여 본조(本朝)의 전적 등에서는 그 내용을 고찰할 수가 없다. 따라서 산천의 형세와 백성의 풍속, 물산, 농토, 호구와 군사정책, 소송 등에 대해 마치 담장을 마주한 것처럼 어둡기만 하다. 설령 모든 나라의 정세를 꿰뚫고 있다 하더라도 그들과의 교섭이 타당하지 못한 채 통상의 이익이 발생할 수 있겠는가. 그래서 지금 계직(장건)이, "조선의 미래를 계획하는 자가 오직 외교에만 몰두하여, 근본 문제는 되돌아보지 않은 채 곧장 부강의 효과를 얻을 수 있다고 떠드는 것은 그 폐해가 그저 이익이 없는 데만 그치지 않는다."라고 말한 것이다. 근본을 되돌아보는 것을 외교의 요체로 삼자고 하는 것은 외교 자체를 부정하는 것이 아니다. 외교에 있어서 그 요체를 터득하면 빈약한 형세가 부강의 기틀로 점차 발전하지만 요체를 터득하지 못하면 부강의 계책이 도리어 위험과 혼란의 싹을 키울 수 있으니 신중하지 않아서야 되겠는가.

태서(泰西, 서양)의 기술 강구와 도구의 제조, 광산 개발, 화폐 주조, 도로 건설, 해안 설비, 군사 행정, 변방 방어 등은 모두 수십 년에 걸쳐 온갖 정성과 지혜를 모아서 이룬 것들이다. 이러한 것은 모두 우리 백성들이 눈으로 보지 못하고 귀로 듣지 못한 것들인데, 새로운 것을 좋아하는 생각에 사로잡혀 어느 날 갑자기 보고서를 작성해 갖가지 새롭고 기묘한 법을 재빠르게 얻으려고만 할 뿐, 국가의 기강을 크게 떨치고 민심의 큰 변화를 먼저 살펴야하는 사실을 모른다면 이 어찌 단계 없는 헛된 욕심이 위험한 행동을 통해 요행을 바라는 것이 아니겠는가. 그 폐해는 단지 무익에만 그치는 게 아니라 거론할 것조차 없는 내용에 머물 것이다.

善後六策補

總論

我國人士所讀之書 皆爲借購中國 談說歷代 無非夢中占夢 況處海角

一隅之地 聞見固陋 無異井蛙 徒以箕子之舊封自稱曰禮義之國 又以地
閥相高之俗習自尊曰士大夫 不知當今宇內之大勢 膠守前日閉關之論
是誠不移之愚 固不足深責也 亦有聰明之人 留心外交之事 自托開化之
議 津津說關稅之利 舟車鎗礮之制 然不得其要之所在 則其所粗知 適以
僨敗國事 反不如彼愚之初無干預也 何者 其要之所在 可以求諸己 不可
以求諸人矣 居此邦也 羅麗故蹟 本朝典章 未嘗稽考 凡山川形勢民俗物
産田結戶口軍政詞訟 無不茫昧 如面墻然 縱使洞悉萬國情形 亦不能交
涉得宜 而通商有利哉 是以 季直纔開口 便說善其後者 苟斤斤外交是務
不復求諸本原之地 自謂立致富強之效 此其弊非徒無益而已 盖以求本
原爲外交之要 非謂外交爲不可也 得其要 則貧弱之勢 漸化富強之基 不
得其要 則富強之術 反滋危亂之萌 可不愼哉

夫泰西講藝制器開礦鑄幣築路備海行軍防邊等事 無非殫精竭智屢十
年而成者 皆爲吾民目所未睹 耳所未聞 而乃以好新之念 欲一朝建白 亟
效種種新奇事法 不知先求國綱之大振 民心之丕變 是豈非以無階之虛
慾行險而徼倖者歟 其弊之非徒無益 猶屬歇語矣

인심을 소통시켜 국맥을 굳건히 해야 한다

계직이, "인심을 소통시키려면 반드시 사대부로부터 시작해야 한
다."라고 했는데 나는, 사대부로부터 시작하는 것은 내용을 함께 공
유하는 것에 지나지 않는다고 생각한다. 그런데 왜 병자년(1876) 이후
조정에서 생각이 미치지 못해 일본에게 오십만 전을 배상하는 일이
발생하고 말았단 말인가. 지나간 일은 거론할 필요가 없다고 해도 미
래는 충분히 대비할 수 있다. 『서경』(書經)에서, "일에 있어 옛것을 스

승삼지 않는 것은 저 부열(傳說)이 들은 바가 아니다[1]."라고 했으니 지금 사람들이 어렵게 여기는 일은 앞선 위인들이 쉽게 생각했던 것이다. 우리 조정이 오백 년을 이어오며 국가에 큰 논의거리가 발생할 경우 비록 대내(大內, 궁)에서 계책을 정했지만 반드시 먼저 외정(外庭, 지방)의 논의를 수합하여 모두의 의견을 통합하는 대동(大同)을 추구했다. 이러한 행위가 형식에 가까운 듯하지만 이런 절차가 없으면 모든 이들이 갖는 의혹을 해소하기 어렵다.

근래 조정의 일본에 대한 조처에서는 서계(書契)[2]를 물리친 단서도 없고 또 우리 쪽이 문제를 야기한 점도 없다. 하지만 무지한 사람들의 입장에서 보면 외국과의 통상을 일찍이 없었던 대단한 사건이자 대단히 의심스러운 것이라 여기지 않겠는가. 앞서 서울 주둔을 허락하고 개항을 허락한 것, 이후 원산과 인천을 개항지로 확정한 일들은 조정에서 서둘러 모두에게 물어봐야 할 일인데도 눈앞의 다른 의견들이 귀찮은 나머지 이미 실행하고 있던 법을 따르지 않은 것이다. 이로써 사람들로 하여금 그 일의 옳고 그름을 들을 수 없게 만들었으니, 국내외에 걸쳐 의심과 비난이 갈수록 심해지는 것이 당연하고 고을마다 욕을 하고 돌을 던져도 이를 금할 수 없는 것이 당연하며 일본 관청에서 결국 군민(軍民)의 변란이 일어난 것이 당연한 것이다.

만일 두루 자문을 구하고 나서 붕당이 생기고 재앙의 싹이 틀 것을 염려한다면, 더욱더 사람들로 하여금 저마다의 생각을 담은 글을 짓도록 한 뒤 그것을 취사, 변별해 인재를 선발하는 자료로 활용해야 한다. 그렇게 되면 그 형세는 반드시 몰림을 당하지 않을 것이고 귀책의

---

1) 일에……아니다: 『서경』「상서(商書) 열명 하(說命下)」의 내용이다.
2) 서계(書契): 조선시대 일본과 내왕한 공식 외교문서이다.

사유 또한 한곳에 집중되지 않을 것이다. 더구나 붕당은 반드시 국론을 남몰래 농단하는 데서 시작되고 재앙은 뭇사람들의 의견을 널리 수용하는 데에서 발생하지는 않음에야 더 말할 나위가 있겠는가. 설령 그러한 일이 발생한다고 해도 잠복된 상태에서 끊임없이 문제가 발생하는 것보다는 아예 터뜨려서 바로 소멸시키고 잠시 소요가 일다가 이내 안정을 되찾게 하는 것만 하겠는가.

계직의 계책에 따라서 사람들에게 자신을 낮추는 외교는 임시방편인 것임을 분명히 알게 하고 일이 발생할 때마다 바로 조정의 의견을 두루 취합한다면, 어리석은 사람들을 계도함에 있어 집집마다 찾아가 내용을 설명해 주는 것과 같은 효과를 거두게 될 것이다.

通人心以固國脉

季直曰欲通人心 必自士大夫始 愚謂欲自士大夫始 不過爲轉移間事 奈之何 丙子以來 廟堂之上 念不到此 馴致日本五十萬賠款之事也 往雖不陳 來猶可追也 書曰事不師古 非說攸聞 今人之所難 前碩之所易也 我朝五百年來 國有大論大議 雖自大內已有定計 必請先收外庭之議 以求大同 雖近文具 苟無此例 難以解惑四方也

頃者 朝家於日本 旣無書契退却之端 又無自我啓釁之義 然而自無知之輩觀之 豈不以外國通商爲前所未有之大事大疑也 前之許駐京許開港 後之定元山定仁川 皆宜自廟堂亟請博詢 而但苦目前岐議 不遵已行成憲 使士庶無從而聞其可否 宜乎中外疑謗日滋 宜乎巷罵投石無以禁斷 宜乎日館終起軍民之變也

若慮博詢之後 朋黨有漸 禍機將生 則尤宜使人各自爲說 辨別取捨 以選人才 其勢必不孤 而歸咎亦不專矣 況朋黨必起於陰擅國論 而禍機不生於廣採物議乎 縱或有之 與其伏而潛長 闖發無已 曷若洩而卽消 暫擾

旋定也 苟依季直之策 使人曉然知屈意外交 爲權宜之擧者 惟遇事輒收
廷議 其在開導愚蠢 可以當家喩戶說矣

자격(資格)을 혁파하여 인재를 등용해야 한다

계직은 문벌과 계급의 폐해를 발견하고 자격을 혁파하여 이를 바로
잡으라 하였다. 하지만 인재를 찾다가 여의치 않을 경우 책임 회피 수
단으로 아무나 천거하여 현자나 우매한 자 모두 선발하면 그 폐해는
원래의 것과 차이가 없다는 것을 알아야 한다. 나는, 자격을 혁파하는
과정에서 폐해가 발생하면 반드시 계직을 구실로 내세울 자가 있을
것이라는 우려에서 다음과 같이 논변하려 한다.

살며시 살펴보면 애초에 자격제도를 만든 것은 인사를 담당하는 부
서에서 인재를 알아볼 방법이 없는 상태에서 알아낼 방법을 찾는 데에
서 시작됐다. 결국 인재를 추려내는 방법을 구전을 통해 반드시 전수
해 공적인 틀을 확보한 상태에서 품행을 살피기도 하고 이력을 고찰하
기도 해 문벌제도의 폐해를 부족하나마 바로 잡았다. 이는 한두 사람
이 사적으로 만든 것이 아니라 자연스러운 원칙에 의해 이루어진 것이
다. 조선 중엽까지도 자격제도가 존재하면서도 인재를 얻을 수 있었
는데 근래에 와서 자격제도가 망가지면서 인재도 함께 잃게 되었다.

가문과 문벌의 선정은 대략 한림(翰林)과 주서(注書)[3], 옥당(玉堂)[4],

---

3) 한림(翰林)과 주서(注書): 예문관 검열(藝文館檢閱)과 승정원 주서(承政院注書).
이들은 번갈아 입직(入直)하여 임금의 행사에 따라다니며 내용을 기록하므로 한주
(翰注)라 약칭한다.

반(泮)[5], 전조(銓曹)[6], 제학(提學)[7]을 중요시하는데 그중에서도 학문적 재능과 지조를 고찰하여 그 순서를 정한다. 낭묘(廊廟, 의정부), 대훤(臺垣, 사헌부와 사간원), 금곡(金穀, 호조), 형옥(刑獄, 형조), 번얼(藩臬, 감사나 절도사), 수목(守牧, 수령과 목사) 등은 단지 재능만을 보고 문벌은 묻지 않는다. 자신을 영화롭게 해 가문을 빛내려는 경우에 청, 화직(清華職)[8]에의 선정도 집안의 업으로 간주하지만, 참으로 큰 뜻을 품고 세상에 공을 세우려는 경우 반드시 일상의 직책에 대해서도 가진 능력을 마음껏 펼칠 수 있다. 그리고 재능이 서로 엇비슷할 때는 국가를 위해 공을 세운 집안의 후예를 우선 천거하는 것은 이 나라만의 예가 아니다. 공로가 남들보다 뛰어나도 가문에 제한을 두는데, 여기에도 그 억울함을 해소시켜주는 규칙이 마련되어 있다. 크게는 재상의 임명에서부터 작게는 낭관(郎官)[9], 서리에 이르기까지 모두 각각의 직분에 따른 자격이 있다. 정말 공평한 마음을 가지고 그 경중을 헤아린다면 저마다 정해진 값이 있어 등급과 구분이 저절로 매겨진다. 하나의 관직에 궐석이 생기면 이를 대신할 사람이 많아도 두세 사람에 지나지 않아, 여대(輿臺)에서 모두 아무개가 반드시 그 일을 맡을 만하다고 예측하면 실제 현실에 부합하였으니 이것이 세상의 공론이

---

4) 옥당(玉堂): 홍문관(弘文館)의 별칭. 조선시대 궁중의 경서(經書), 사적(史籍)의 관리와 문한(文翰)의 처리 및 왕의 각종 자문에 응하는 일을 관장하던 관서이다. 사헌부(司憲府), 사간원(司諫院)과 함께 삼사(三司)라 불렸다.

5) 반(泮): 반궁(泮宮)의 준말로 성균관의 이칭이다.

6) 전조(銓曹): 문관과 무관의 인사권을 가진 이조와 병조를 가리킨다.

7) 제학(提學): 예문관, 집현전, 홍문관, 규장각 등의 종2품 관직이다.

8) 청, 화직(清華職): 청환(清宦)과 화요(華要)의 관직. 학식이 높은 사람을 임명하는 홍문관, 예문관, 춘추관, 사간원, 사헌부 등의 벼슬이다.

9) 낭관(郎官): 정5품 이하의 당하관(堂下官) 또는 실무를 담당하는 6품관을 이른다.

었던 것이다.

그런데 지금은 문서만 보고 지명해 아무개는 오랫동안 그 일을 익혔고, 아무개는 정세에 밝고, 아무개는 겪어보지 않았고, 아무개는 직함을 빌렸다는 따위의 평가에 지나지 않으니 이것이 어찌 지난날의 자격제도에서 인정한 것이겠는가. 계직이 혁파하려는 것은 오늘날의 잘못된 자격제도이지 과거의 아름다운 자격제도가 아니다.

그리고 계직이 말한, "문과시험은 한나라의 책사법(策士法)을 사용해야 한다."는 것에 대해서는 그가 말한 대로 부여한 사무로 실험하여 그 실제 내용을 살펴야 한다. 무과의 경우 업무를 주어 책략을 고찰하고 담력을 증명하는 것인데, 이러한 것은 모두 자격을 파괴하는 것이 아니라 과거에 급제하여 관직에 들어가는 한두 가지의 새로운 자격을 증설한 것일 뿐이다. 이에 의거한 법을 만들어 인재를 취하는 방법을 확장한다 해도 옛 자격을 분명하게 강구하고 승진과 이동의 과정을 엄격히 해야만 과거의 폐해가 바로잡힐 수 있고 관직 임명에 하자가 없게 될 것이다. 그렇지 않으면 저마다 자격 혁파를 빌미 삼아 본분을 요구하지 않고 순서 없는 발탁만 찾아 나설 것이다.

무릇 국가를 위해 일을 하는 사람은 일을 두려워하거나 일을 싫어해서도 안 되지만 그렇다고 일을 좋아하거나 일을 만들어서도 안 된다. 지위가 낮고 미천한 처지에 있는 사람이 재능을 뽐내려는 생각을 가지고 윗사람의 귀를 솔깃하게 하려는 것은 그 이면에 일을 좋아하거나 일을 만들어내지 않으면 자신을 드러낼 기회를 얻을 수 없다고 여기기 때문이다. 그러니 이 어찌 요행으로 진출하는 문을 열어 조급하게 다투는 풍조를 조장하고, 무너뜨리고 위태롭게 하는 인물을 얻어 망가뜨리고 실패할 문제만 늘리며, 격정적이고 절실한 논란이 날마다 들리고 분란과 변경의 폐해만 늘게 해서, 자격을 혁파해 인재를 등용해야 한다는 계직의 본래 뜻을 크게 어기는 것이지 않겠는가.

혹자가, "정말 당신 말처럼 자격제도를 없애지 않는다면 정말 초야에는 버려진 인재가 없을 테고 지위가 낮고 미약한 부류에게서 재능 있는 자가 나오지 않을 것이며 설령 있다고 해도 발탁할 수 없지 않겠는가."라고 문제를 제기한다면 다음과 같이 답하려 한다. 인재가 배양되지 않은 지는 오래되었다. 타고난 자질이 아주 뛰어나다고 해도 일찍이 학문이 무엇인 줄 모르고 또 어떤 것이 재능 있는 자로 선발되는 조건임을 모른 채, 한낱 공령문(功令文)10)을 백지로 내지11) 않는 정도로 문장에 능하다고 생각하고 음양과 오행 따위를 조금 이해하는 정도로 유식하다고 자랑하는 이들이 팔도에 넘쳐난다. 그 가운데 선발할 만한 한두 명의 인재가 있긴 하지만 그들 역시 조급해하고 경쟁하며 자신을 자랑하려고 하는 무리와 뒤섞여 있다. 정말로 자격을 설정해서 어떤 재능이 시대에 필요한 것임을 분명하게 제시하지 않는다면 어떻게 광물을 녹여 금을 제련하는 것처럼 범람과 허위를 제거하여 진정한 인재를 선발할 수 있겠는가.

그리고 현직에 있는 사대부들이 자기 자손에게 문호를 열어주려는 계획은 다만 통청(通淸)12)에 다가가려는 구구한 허명만 있을 뿐이다. 만일 문벌의 자격을 모두 없애, 귀한 자나 천한 자가 뒤섞여 진출하여 기회를 얻은 자가 영화로 여기지 않고 기회를 잃는 자가 아쉬움으로 여기지 않는다면 조정에서 무엇을 빌미 삼아 격려하고 권장하겠는가.

---

10) 공령문(功令文): 과체문(科體文). 과거시험 때 쓰이는 문체이다.
11) 원문의 예백(曳白)은 과거를 보는 장소에서 글을 짓지 못하여 답안지를 백지로 내는 일을 가리킨다.
12) 통청(通淸): 청(淸)은 청환(淸宦)으로 이조와 삼사 등을 가리키는데, 벼슬하는 사람이 청환에 들어가는 것을 말한다.

옛날 연(燕)나라 소왕(昭王)이 인재를 구할 때 곽외(郭隗)가 "저부터 시작하라."[13]라고 했다. 지금 시점에서 가장 타당한 계책을 세움에 있어, 조정에서 이미 실험한 결과를 잘 관찰해 고안해낸다면 비록 인재가 드물다 하더라도 반드시 저것이 이보다 나은 결과를 얻어낼 수 있을 것이다. 미세한 것까지 계산해 그 선후를 정하여, 세상 사람들로 하여금 언제나 공평하다는 평가를 듣게 한다면 몇 년이 지나지 않아 초야에서 소문을 듣고 밖으로 나와 우월한 능력으로 선발자격에 드는 자가 생기게 될 것이고, 지위를 갖고 있는 자 역시 유념해서 그들을 찾아가 현자를 진출시키는 정성을 게을리 하지 않으면 될 것이다. 그런데 어떻게 오늘 자격을 혁파한다는 명령을 내린 뒤 내일 사적인 통로로 부탁을 일삼는 무리들에서 인재를 선발하고서는 "이 사람이 바로 인재이니 집안은 대단히 한미하지만 곧장 높은 반열에 임명할 만하고 자격은 매우 하찮지만 순서를 걸러 발탁시킬 만하다."고 하겠는가.

아, 인재는 참으로 얻기 어렵지만 인재를 알아보는 사람은 그보다 열 배 더 만나기 어렵다. 나는 오늘날 인재를 천거하는 사람이 누구인지 모르지만 자산(子産)이, "아름다운 비단이 제 역할을 할 확률이 높지 않겠는가."[14]라고 한 말이 바로 오늘날 자격을 없애서는 안 된다

---

13) 곽외(郭隗)……시작하라: 전국 시대 연(燕)나라의 현자. 연의 소왕(昭王)이 제(齊)나라를 공격하려 할 때, 인재등용 책을 권유하며 자신부터 먼저 기용할 것을 권유했고, 그것이 받아들여져 결국 많은 인재가 모이는 결과를 낳았다는 고사가 전한다. 『전국책(戰國策)』「연책(燕策)」.

14) 자산(子産)이……않은가: 자산은 정(鄭)나라의 재상. 자피(子皮)가 윤하(尹何)를 읍대부(邑大夫)로 삼으려 하자 자산이, 아름다운 비단을 기술 없는 재단사에게 맡겨서는 안된다는 비유를 들며, "제대로 재단을 배운 사람에게 재단하게 해야만 아름다운 비단이 아름다운 옷이 될 확률이 높지 않겠는가."라고 했다. 『춘추좌전(春秋左傳)』「양공(襄公) 31년」.

는 것에 합당한 표현이라 생각한다.

破資格以用人才

季直 見門地之弊 欲破資格以矯之 然亦知其求之不獲 而隨擧塞責 賢愚幷進 其弊 適與相等 愚恐破格生弊 必有以季直爲口實者 預爲之辨

竊稽當初資格之設 盖爲銓家知人無術 務爲可知之法 擇才之方 相與口傳必授 以恢公道 或視品行 或考踐歷 以畧矯門地之弊 非一二人之私設 乃自然而然者也 中葉之時 資格存 而人才猶得 挽近以來 資格壞 而人才愈失

夫家世之選 大略以翰注玉堂泮銓提學爲重 然猶考其文學志操 以爲次第 至於廊廟臺垣金穀刑獄藩臬守牧 但視之器 不問閥閱 士欲榮其身 以光門戶 雖以淸華之選 看作世業 苟志事業以圖報效 必於庸常之職 可展其蘊 且才能相等 而先擧世勳 非獨此邦爲然 勞績過人 而限於門地 亦有疏鬱之格 大自卜相 小至郞署 各隨職事 莫不有格 苟秉公心 衡其輕重 士有定價 品流自別 一官有闕 可以代擬者 多不過二三人 輿臺皆料誰必爲之 已而果然 此一世公議也 今則按簿唱注 不過曰某也久閑 某也情勢 某也未經 某也借銜云云 是豈古格所許哉 季直之所欲破者 乃今之謬格 非古之美格也

且季直所謂文試之用漢策士法 就所言而試以事 察其實 武擧之設爲事而考方畧驗膽力 皆非所以破格 乃增設登科入仕之一二層新格耳 儘可依此爲式 廣取才之道 亦宜講明舊格 嚴陞遷之程 庶科弊可矯 名器無玷矣 否 則人人憑藉破格 不要本分 以求不次之擢矣

凡爲國辨事之人 雖未嘗畏事厭事 亦不當喜事生事 夫以卑微處地 思衒才能 以聳動在上者之聽顧 其勢如不喜事生事 無以得發身機會也 豈不徒開倖進之門 而長躁競之風 只得傾危之士 而益僨敗之咎 日聞激切

之論 而滋紛更之弊 大違季直破格用才之本意乎

或曰資格之不可破 誠如子言 則草野果無遺賢 卑微不産才俊 設或有
之 亦不可拔擢歟 曰人才之不培養久矣 雖有天姿極優之士 曾未知學問
之爲何事 亦不知何者可造才俊之選 徒以功令之不曳白[15] 自許以能文
陰陽術數之粗解 自誇以多識者 八域皆是也 其有一二可選之才 亦爲躁
競自衒之輩所混 苟不設立資格 明示何藝可以需時 則何以選眞才祛 濫
僞 如銷鑛而揀金也

且職俸本薄簪紳 所以計子孫門戶者 只有漸次通淸之區區虛名而已
如其破盡門地之格 使貴賤混進 而得者不爲榮 失者不爲戚 則朝家又將
何藉以磨礪激勸之乎 昔燕昭王求士 郭隗對以先自隗始 爲今之計 惟亟
於朝廷之上 察其已試之蹟 則人才雖曰渺然 必有彼善於此者矣 較其錙
銖 以爲先後 常使物議翕然稱公 不過數年 而草野有聞風興起優入選格
者矣 在位者 亦留心訪門 不懈進賢之誠 則可矣 豈可今日發破格之令
明日選人於干謁圖囑之中 曰此人乃才俊也 其閥甚微 可以卽擬淸班 其
資甚淺 可以不次超遷云爾乎

嗚呼 才俊固難得 識才俊之人 尤十倍難得也 余未知今之薦才俊者爲
誰也 子産云其爲美錦 不已多乎 政爲今日不可破格之準備語也

엄격한 잣대로 관리를 평가해야 한다

계직은, "관직은 하나인데 관원이 여럿인 경우 그 관원의 수를 줄

---

15) 예백(曳白): 과거를 보는 장소에서 글을 짓지 못하여 답안지를 백지로 내는 일을
가리킨다.

여야 한다."고 했는데 나는, 관원이 쓸모없이 많은 데에서 오는 폐해
는 그나마 적고 관원이 쓸모없이 많으면서도 자주 교체하는 폐해가
이보다 훨씬 크므로, 예비 관원의 수를 줄이는 것보다는 자주 교체하
는 오류를 바로잡는 것이 더 중요하다고 생각한다.

　한 관직에만 오래있지 않는 경대부들이 두루 옮겨 다니는 것을 중
시하고 한 자리에 오래 머무는 것을 수치로 여겨서, 아침에는 재정 일
을 담당하다가 저녁에는 법을 다루는 일을 한다. 그래서 어느 날 갑자
기 직책을 맡게 되면 휘하 관리들의 말만 들으니, 이는 흡사 처음 시
집온 신부가 시부모만 의지해 지내는 것과 같다. 그리고 언제 자리를
옮기게 될지 모르는 마당이므로 정신을 집중해 해당 관청의 업무를
보려 하지 않는다. 지방직은 중앙직에 비해 자주 교체되지는 않지만
백성들의 마음을 알 만한 정도가 될 때 임기가 차서 바뀌게 되고, 앞
사람이 시행한 조처들을 후임자가 그대로 따르려고 하지 않아 잘난
사람이나 못난 사람이나 모두 치적이 없게 된다. 또 차임(差任, 임명)
과 대임(代任)이 빈번하므로 승진이 갈수록 쉬워지고, 승진이 갈수록
쉬워짐에 따라 자리가 갈수록 많아지고, 자리가 많아졌다 해도 그 자
리를 해당 관원들이 날마다 돌며 차지해도 언제나 부족한 문제를 안
고 있다. 이것이 관직이 날마다 더럽혀지고 공공의 격이 날마다 망가
지는 이유이다.

　아, 하나의 관직에 관원이 여럿인 경우도 그 수를 줄여야 한다는
논의가 있는데, 하물며 해당 관직을 한 해에 여러 사람이 맡는 경우야
더 말할 나위가 있겠는가. 이 때문에 재상에 이름이 나열되고 대내(大
內, 궁중)에서 임금을 모시고 있으면서도 일을 맡는 실제 권한이 없고
관직에 종사할 자리도 부족해서 모두들 가뭄에 무지개를 바라듯 외직
만 구하려 한다. 정말 명분과 절조가 이미 무너져서 자리를 얻기가 매

우 어렵고 채장(債帳, 차입금)만 쌓여간다면 어떻게 엄격한 관리의 의지와 관리(官吏)의 양호한 공적을 논할 겨를이 있겠는가. 또한 문신이 이러한데 무신에게는 무엇을 더 요구하겠는가.

이에 대한 대책을 다음과 같이 제시하고자 한다. 재능과 식견이 뛰어난 자를 발탁해서 원래 설치한 관직에 충원하여 큰 사고가 없는 이상 교체를 허락하지 말고, 실제로 병이 든 것이 아니면 사직의 상소를 올리지 못하도록 하며, 정사(呈辭)16)를 몇 년간은 내지 못하도록 하고, 상을 내리는 것을 매우 신중히 해야 한다. 청직(淸職)에 있는 원로는 퇴직할 때를 미리 계산해두고 나이가 어리고 학문이 얕은 사람은 사가독서(賜暇讀書)17)를 부여한다. 감사에서 아주 나쁜 평가를 받은 관리는 벼슬길을 영원히 막는다. 직책에 대해 책임을 부과하면 내직을 경시하는 폐해가 저절로 없어질 것이고 관직이 갈수록 적어지면 외직 임명의 어려움도 없어질 것이다.

옛사람이 이르기를, "탐욕을 저지른 뒤 징계하는 것보다 본디 탐욕을 갖지 않도록 하는 것이 중요하다."고 했는데, 탐욕을 갖지 않도록 하기 위해서는 그런 사람을 찾아 나서지 않아도 저절로 얻는 것이 가장 중요하다.

嚴澄敍以課吏治

季直曰等一官而數員者 省其備員之官 愚謂官冗之弊猶小 官冗而又復數遞之害乃更大也 與其省備員之官 不若矯數遞之謬也 卿大夫皆不

---

16) 정사(呈辭): 벼슬아치가 사직 또는 휴가를 청하는 원서를 제출하는 것이다.
17) 사가독서(賜暇讀書): 학자 양성의 한 방법으로 젊은 관료 가운데 총명한 자를 선발하여 휴가를 주고 독서당에서 학문에 전념할 수 있도록 하는 제도이다.

常厭官 周流爲貴 久居爲恥 朝聞金穀 暮理刑獄 倉卒擧職 只聽吏胥 恰似初來新婦 惟姆保是憑 且未知明日或移或遞 未嘗專精會神講究一曹之務 外官雖不比京職數遞 然纔諳民隱 瓜期已熟 前人施措 後來不肯一遵 賢愚同歸無治 且差代日頻 故陞遷日易 陞遷日易 故位著日衆 位著日衆 故雖以備員之窠 日周流之 常患不足 此名器所以日褻 公格所以日壞也

嗚呼一官數員 尙議汰省 況以備員之官 一歲數人可共其職乎 是以名列卿宰侍從居內 而無任事之權 乏從宦之資 皆思外職 如旱望霓求之甚 苟名節已壞 得之甚難 債帳已高 尙何論澄淸之志 循良之績乎 文臣如此 韎韋何責

爲善後計 拔才識尤者 充原設之官 苟無大故 不爲許遞 如非實病 無得陳疏 呈辭限幾年不出 賞賚愼惜 淸選癃老 計其休退 年少學淺 給暇讀書 貶下繡罷 永杜仕塗可也 職事有專 自無內輕之弊 位著日少 亦無外任之難 古人云與其旣貪而後懲 不若使之不貪 使之不貪之道 先在乎其人未嘗求而得之也

생업을 도모하는 사람들을 모아 재정을 충족해야 한다

계직은, 세금은 더 거둘 수 없고 차관은 피해가 발생하므로 관북(關北, 함경도) 열 개 읍과 울릉도를 재정 이익을 발생하는 곳으로 삼으라 했는데, 이 두 곳에서 개간을 위해 백성들을 모으는 것은 방어를 하는 데 족할 뿐 국가 재정을 충족하기에는 부족하다는 사실을 모르는 것이다.

관북의 세금은 본디 서울에 보내지지 않았다. 개국 초에 백성들을 모집한 데에는 변방을 수비하려는 원대한 계책이 담겨 있었는데, 결과적으로 무관들의 사적인 차지가 되고 순영(巡營, 감영)과는 길이 멀어 백성들이 왕의 교화를 모르고 지냈다. 그래서 문곡(文谷) 김문충(金文忠, 金壽恒)이 마천령 이북에 별도로 도(道) 하나를 세우자는 논의를 내기도 하였다. 그런데 근래 탐관이 갈수록 기승을 부려 포(布), 가채(加髢), 인삼, 녹용, 담비, 수달 등을 절제 없이 찬탈하거나 농작물의 매매에 농간을 부리기도 하고, 채포(債逋, 결손 세금)에 대한 이징(里徵)과 족징(族徵)[18]이 하루도 빠짐없이 이어진다. 그래서 그곳 백성들이 구렁텅이에 나뒹굴어도 호소할 곳이 없어 다른 국경으로 넘어가는 것을 지켜만 보는 실정이 된 것이다. 결국 조만간 민변이 발생할 지경이지만 도의 책임자가 거리가 멀어 그들을 다독일 수가 없고 또 갑작스레 그들을 안심하고 모이게 하기도 어려운 상황이어서, 머지않아 러시아가 힘들이지 않고 차지해버리고 말 것이다. 만에 하나 육진(六鎭)[19]에 문제가 발생하면 내지에 사는 사람이 어떻게 베개를 높이 베고 편하게 잘 수 있겠는가.

지금이라도 문무와 함께 청렴과 능력을 갖춘 장수를 발탁, 열 개 읍의 전권을 맡겨서 재정과 법률, 포상권과 함께 읍과 진(鎭)의 수령과 목사에 대한 전결권을 갖도록 해야 한다. 그리고 백성들을 불러들여 토지를 개간하는 업무와, 병사를 훈련하고 포(砲)를 만드는 일을

---

18) 이징(里徵)과 족징(族徵): 조세 징수 방법의 하나. 족징은 지방 고을의 이속(吏屬)들이 조세를 내지 못할 처지에 있는 사람의 조세를 그 일가붙이에게 대신 내게 하는 것이고, 이징은 조세를 각 마을 전체에게 책임 지우는 것이다.

19) 육진(六鎭): 조선 세종 때, 동북 방면의 여진족이 침입할 것에 대비하여 두만강 하류 지역에 설치한 여섯 개의 진. 종성(鍾城), 온성(穩城), 회령(會寧), 경원(慶源), 경흥(慶興), 부령(富寧).

십 년 내에 완성하도록 하는 책무를 줘야 한다. 마치 옛날 명나라가 변방을 방호한 이목(李牧)[20]을 영원백(寗遠伯)에 책봉한 것처럼 한다면 국가를 위한 계책으로 애초에 손해될 것이 없다. 북쪽의 문이 굳게 닫혀 중요 진으로 우뚝 서있으면 러시아가 호시탐탐 노린다 해도 어떻게 쉽사리 빈틈을 엿볼 수 있겠는가.

울릉도는 옛날 우산국(于山國)이다. 개국 초에는 내지의 백성들을 옮겨 살게 했는데 지금은 황폐한 채로 있다. 동서가 60리, 남북이 40리, 둘레가 245리이며 부산과 원산 두 항구 사이에 놓여 있는데, 일본 사람들이 곧잘 이곳에 정박하여 섬이 비어있는 것을 보고 오랫동안 침을 흘리고 있다. 만일 이전처럼 폐기한 채로 놔두면 정말 일본 사람들의 소유가 되지 않을까 염려된다. 해당 섬은 수목이 마치 등림(鄧林)[21]처럼 잘 보존돼 있고 지기(地氣)가 온전해서 곡식이 잘 자란다. 이곳 역시 지금이라도 공정하고 충직하여 국가를 자기 몸처럼 생각하는 신하를 발탁해 동쪽 변방 업무를 맡겨서 백성을 모집토록 하고, 청렴하고 능력이 있는 관리를 선발해 섬에 대한 모든 권한을 주어 섬을 개척토록 해야 한다. 나무를 베어 집을 짓고 물고기를 잡아 생업을 유지하며, 재해가 발생하지 않으면 한 해 수확만으로 몇 년의 양식을 구비할 수 있으니 섬을 안정시키는 데에 무슨 어려움이 있겠는가. 그리고 닭 소리, 개 짖는 소리가 들릴 정도로 사람들이 산다면 일본이 어찌 주인 있는 섬을 엿보겠는가. 선박을 제조하고 곡식을 축적하며 해

---

20) 이목(李牧): 전국시대 조(趙)나라의 명장. 일찍이 흉노를 크게 격파하여 그들로 하여금 다시는 조나라를 침범하지 못하게 하였고, 또 진(秦)나라 군사를 크게 무찔러 그 공으로 무안군(武安君)에 책봉됐다.

21) 등림(鄧林): 전설로 전해지는 숲으로 아름다운 숲에 대한 비유로 쓰인다.『산해경(山海經)』「해외북경(海外北經)」.

군을 조련할 수도 있으니 어찌 국가에 있어 하나의 병풍이 되지 않겠
는가.

지금 세상의 대세는 땅이 넓든 좁든 근면하면 스스로를 보존할 수
있다. 조선 팔도는 땅이 넓지 않은 것이 아니고 백성이 많지 않은 것
이 아니지만, 문제는 풍속이 퇴락하고 사람들이 안주해서 새로운 일
을 착수할 수 없다는 데에 있다. 하지만 이 섬을 새롭게 개발하는 데
있어서 새롭게 시작하는 여세를 잘 이용한다면 충분히 힘을 펼칠 수
있을 것이다.

재정을 충족시키는 데는 네 가지 방안이 있다. 첫째, 그 토대를 마
련하는 것인데, 토대를 마련하기 위해서는 관리(官吏)의 관리를 체계
화하는 것이 가장 중요하다. 둘째, 이익을 널리 나누는 것인데, 이익
을 널리 나누기 위해서는 가장 먼저 인심이 넉넉한 사회가 되도록 해
야 한다. 셋째, 과도한 관리의 숫자를 정비하는 것인데, 과도한 관리
의 숫자를 정비하기 위해서는 가장 먼저 기강을 진작시켜야 한다. 넷
째, 새나가는 것을 절약해야 하는데, 새나가는 것을 절약하기 위해서
는 가장 먼저 쓸데없는 것들을 도태시켜야 한다.

이 네 가지를 놔둔 채 관세와 광산 개발 등에서 재정의 충족을 찾는
다면 그 이익이 아주 크다고 해도 마치 강물을 아무리 많이 끌어와도
결국 새는 바가지를 채울 수 없는 것과 같다. 더구나 그 이익의 권한
이 남에게 있고 내게 있지 않음에야 더 말할 나위가 있겠는가.

謀生聚以足財用

季直 知賦稅之不可加 借債之又有害 乃欲經營關北十邑鬱陵島 以爲
理材之因利 殊不知兩處墾闢生聚 只可以謹防圉 不足以裕國計也 關北
財賦 本不輸京 卽國初募民 奠邊遠謨 而徒歸武倅私費 巡營路遠 民不

知王化 文谷金文忠 有摩天以北另設一道之議 挽近貪墨日盛 布髦蔘茸
貂獺之屬 奪之無節 糶糴幻弄 債遝族里之徵 殆無虛日 使之顚連無訴
任其流越他境 早晩民變 固宜有之 爲道臣者 隔遠無以撫定 倉卒難以安
集 俄人必不勞而有 之 苟六鎭有警 居內地者 何能高枕安臥乎

誠宜及今擇文武廉能之帥 擧十邑專界之 財賦刑賞 邑鎭守牧 惟意裁
處 凡招徠墾闢之務 練兵製砲之事 限十年 責其成效 若李牧之禦邊 前
明之封齎遠伯 在國計 初無所損 北門鎖鑰 屹爲重鎭 俄人雖耽耽 何能
容易啓釁哉 鬱陵島

古之于山國也 國初移民內地 今爲天荒 東西六十里 南北四十里 周圍
二百四五十里 介在釜元兩港之間 日人常停泊 見島空無人 久爲流涎 若
比前廢棄 誠恐終爲日人所有矣 該島樹木長養 宛似鄧林 地氣旣全 升種
斛出 亦宜及今擇公忠體國之臣 界以東藩 使之募民 選廉能吏 界以全島
使之開拓也 伐樹爲屋 捕魚爲業 不菑不畬 一秋之穫 可備數年之食 其
冪接何難也 苟狗鷄相聞 日人亦何能窺覘有主之島哉 可以造船積穀 操
鍊海軍 在國家 豈不爲一屛藩也 今宇內大勢 地無廣狹 惟勤可以自保
八道地非不廣 民非不衆 奈俗頹人恬 無以着手 惟此島新闢 因其草刱
方興其勢 可以展力有爲也

至於財用求足 其道有四 一曰開其源 開之之道 莫如先課吏治 二曰通
其利 通之之道 莫如先厚民俗 三曰整其數 整之之道 莫如先振紀綱 四
曰節其流 節之之道 莫如先汰冗濫 舍此四者 而求其足於關稅礦務等事
縱使其利甚鉅 譬如引江河之水 終無以實許多漏巵矣 況其利權在人 而
未嘗在我者乎

군사 제도를 개혁하여 병사들을 조련하고, 방어에 신중을 기하여 변방을 굳건히 해야 한다

계직이, "지난 명나라 때의 『기효신서(紀效新書)』 법은 과거 왜적에 대한 대비책으로는 알맞지만 오늘날 시행하기에는 결코 쓸모가 없다."라고 하고, 또 "조선의 지세는 지키는 것이 용이하고 조선의 형세는 지키는 것이 편리하다."라고 한 견해는 실로 나의 평소 생각과 부합한다. 만일 이에 의거하여 병사를 훈련시키고 이에 의거하여 수비 대책을 마련한다면 한사람만 관문을 지켜도 되는22) 실효를 거두는 데 무슨 어려움이 있겠는가.

우리나라가 외국의 침략을 방어함에 있어 비록 약한 것으로 강한 것을 상대하지 못할 정도이지만 주객의 형세가 없지 않고, 작은 것으로 큰 것을 대적하지 못할 정도이지만 산하의 견고함이 없지 않으며, 작은 무리로 많은 무리를 대적하지 못할 정도이지만 공격과 수비의 차이가 없지 않다. 정말 병사들을 길러낼 방법을 찾아 내부의 강한 힘을 도모하고 보살펴주는 방식이 알맞게 이루어져 빈틈이 우리로부터 발생하지 않는다면 설령 뜻밖의 침략이 있다고 해도 스스로의 힘으로 시간을 끌어 상국(上國, 중국)의 구원을 기다릴 수 있을 것이다.

우리나라는 삼한시대부터 고려시대까지 강국이라 불리었고 본조(조선)의 창업도 무력의 성공에 의한 것이었다. 비록 수백 년 동안 편안하게 지내왔다고 해도 그 폭이 일찍이 줄어들지 않고, 재산도 일찍이 감소되지 않고, 백성의 수효도 일찍이 줄지 않았다. 따라서 지금이

---

22) 한사람이……되는: 험난한 요새를 비유. 당나라 이백이, "한 사람만 관문을 지켜도 만 명 군사가 열 수 없다.(一夫當關 萬夫莫開)"(「촉도난(蜀道難)」)고 한 데서 온 말이다.

라도 다스림을 도모한다면 여전히 스스로 진작할 수가 있다. 옛날 율곡(이이)이 경연(經筵)²³⁾에서 십만양병설을 제기했을 때, 서애(류성룡)가 시급한 일이 아니라고 했으나 임진년의 난이 발발하고 나서 비로소 그 선견지명에 탄복하였다. 더구나 지금은 바닷길이 사방으로 열리고 외국의 선박이 나날이 찾아오는데 아직도 늦었다는 탄식을 해서야 되겠는가.

육군에 대한 훈련은 함경도, 평안도, 강원도가 가장 알맞다. 북관 지역은 러시아와 국경이 맞닿아 있는데 주요 요새를 굳게 지키려면 많은 육군이 필요하다. 관서(關西)와 관동(關東)은 본디 납포(獵砲, 私砲手)가 많다. 만일 육진(六鎭)에 일이 발생하면 남관(南關, 함경도)의 병력을 먼저 동원하고 이어서 양도(兩道, 평안도, 강원도)의 군사를 출병시켜야 한다. 해군의 훈련은 경기 해서(海西, 서해) 삼남(三南, 충청도, 전라도, 경상도)이 알맞다. 서울은 마군(馬軍)과 보군(步軍)을 보유하고 있어 이미 육군이 많고 경기 연안에만 해군을 배치할 만하다. 해서(海西)와 호서(湖西)는 해군을 배치하고 선박을 구비하도록 해서 만일 경기 연안에 일이 발생하면 아침에 명령을 내려 저녁에 바로 도착할 수 있게 해야 있다. 영남 연안은 선박의 제조와 선박의 운행에 알맞은데, 바다를 운항하고 수로를 계측하는 것은 해군의 일에 속한다. 호남 또한 해군을 배치해서 영남과 힘을 합쳐 위세를 떨치게 해야 한다. 오도(五道)²⁴⁾에는 산읍(山邑)이 많아서 육군을 배치할 만하니, 4~5개 읍을

---

23) 경연(經筵): 고려나 조선시대 임금의 학문 수양을 위해 신하들이 임금에게 유학의 경서와 역사를 가르치는 일, 또는 그런 자리를 이르는 말이다.

24) 오도(五道): 중부 이남의 다섯 구역으로 고려 시대에 설정된 행정 구역이다. 즉 양광도(楊廣道), 경상도(慶尙道), 전라도(全羅道), 교주도(交州道), 서해도(西海道)이다.

1진(鎭)으로 삼거나 6~7개 읍을 1진으로 삼아서 창과 포(砲)를 전문적으로 다루는 보병을 설치해도 된다. 서울 이외 지역의 병사를 총괄 계산할 때 육군은 5분의 3을, 해군은 5분의 2를 차지하도록 한다. 중요한 것은 정예를 중시하고 숫자만 많은 것을 중시해서는 안 된다는 것이다.

계직이 건의한 대책에 따라 서북지역의 큰 진(鎭) 하나를 선택하여 육국의 영(營) 하나를 설치하고, 양남(兩南, 호남, 영남) 사이에 큰 항구를 선택하여 해군의 영 하나를 설치한다. 흠차대신(欽差大臣) 오군문(吳軍門, 吳長慶)에게 요청하여 해군과 육군에 각기 편장(偏將)[25] 파견을 요청해서 법식에 맞춰 군사들을 교련시킨다. 기예를 익히고 나면 훈련한 병사들을 각 부대에 파견해서 각 진에서 새로 모집한 병정들을 훈련시킨다.

혹자가, "군사를 훈련시키려면 먼저 군수품을 준비해야 하는데, 이미 피곤에 지친 백성들에게 다시 세금을 거두려 하면 혼란만 초래할 뿐 군비를 마련하는 길이 아니며, 그렇다고 재정을 논하지 않으면 군수품을 마련할 길이 없으니 이를 어떻게 해야 하는가?"라고 의문을 제기한데 대해 다음과 같이 대답한다.

병사란 반드시 기탁한 바가 있어야만 먹을 것이 있게 되니, 옛날에 병사를 농업에 기탁한 것[26]은 그 이유가 있었던 것이다. 후세에는 병사와 농업이 둘로 나뉘었다. 우리 조정은 임진왜란이 있고 나서 향군(鄕軍, 지방군)의 신포(身布)[27]를 거둬 서울의 병사를 돌보는 데 사용했

---

25) 편장(偏將): 전군(全軍)에 대하여 일부 군대를 다스리며 대장을 보좌하는 장수이다.
26) 병사를……것: 농민들에게 군사 훈련을 시켜, 평소에는 농사에 종사하게 하다가 유사시에 전투에 동원하는 것을 말한다.
27) 신포(身布): 평민이 신역(身役) 대신에 바치는 무명이나 베이다.

는데, 옛날에는 이를 파(疤)라 불렀고 지금은 동포(洞布)라 일컫는다. 각 읍에는 속오(束伍)[28]와 아병(牙兵)[29]이 있어서 관의 점검에 응한다. 그런데 지금 서북지역은 신포를 거두지 않으며 여전히 어린아이 장난 같은 모습을 보여주고 있고, 각 도의 경우도 어떤 곳은 신포를 거둬 병조(兵曹)에 납입하고 어떤 곳은 아예 신포를 걷지 않으며 어떤 곳은 한 읍의 속오군을 수합하기도 하고 수합하지 않기도 하면서 마치 어린아이 장난처럼 처리해 단순한 형식에 그치고 만다. 설령 신포를 면해 병사가 된다고 해도 전쟁에 임하여 적과 대적할 수가 없다.

　병사와 농업을 따로 나누는 것은 참으로 현실과 동떨어진 논의인데, 살며시 생각해 보니 현재에 가장 알맞은 계책으로 병사를 사냥에 기탁하는 것보다 더 좋은 것이 없다. 육군을 수렵과 채취에 기탁하면 산과 물에 대한 금지령을 시행할 수 있고, 해군을 어업에 기탁하면 포(浦)와 진(津)의 세금을 거둬들일 수 있다. 우리나라는 바다를 빙 둘러 산들이 많아 어업과 수렵의 이익이 농업에 뒤지지 않는다. 정말 그 이익을 침해하지 않고 항산의 토대를 마련해준 뒤 사냥하는 틈틈이 기예를 익히고 물고기를 잡는 틈틈이 배를 항해토록 하면, 그 신포를 시골과 농가로 옮겨 관의 점검과 검열이 필요치 않게 될 것이다. 또 각 읍의 아전과 서리들을 도태시키고 무관과 교위들을 증가시키며, 힘없고 작은 현들을 병합하고 육지와 연결된 진(津)들을 개혁하여 관에 드는 자금을 줄이고, 가좌(家座)[30]에 대한 문서를 분명히 정리하여 백성

---

28) 속오(束伍): 속오군. 역(役)이 없는 양인(良人)과 천민으로 편성한 지방 군대. 평시에는 군포를 바치게 하고 나라에 일이 있거나 훈련할 때에 소집하였다.
29) 아병(牙兵): 조선 후기에 설치된 군병으로, 대장을 수행하는 임무를 맡는다. 중앙의 오영(五營)과 각 도의 감영, 병영 등에도 있었으나 대다수가 지방군대에 배속되었다.

들의 생업을 안정시킨다면 군에 드는 비용이 저절로 충족될 것이다. 이를 변통, 적용하는 즈음에 일마다 저촉이 뒤따르는 것은 필연적인 문제인데, 지역과 풍습에 따라 백성들을 교화하고 인도하는 것은 오직 제대로 된 도(道)의 책임자와 수령을 찾는 데에 달려 있다.

改行陣以練兵卒 謹防圍以固邊陲

季直曰 自前明用紀效新書法 此爲備昔日之倭 則可 施之今日 斷乎無用 又曰 論地守易 揆勢守便 泂合平昔愚見 若依此練兵 依此策守 何難收一夫當關之效也 夫我國之禦外侮 雖曰弱不敵强 非無主客之勢 雖曰小不敵大 非無山河之固 雖曰寡不敵衆 非無攻守之異 苟能籌餉養兵 以圖內强 懷柔得宜 釁不由我 則設有意外侵伐 自可挺延時月 以俟上國之援也

我邦自三韓高麗 號稱强國 本朝剏業 亦因武烈 雖恬嬉數百年之久 幅圓未嘗蹙 財產未嘗減 民丁未嘗少 及今圖治 猶可以自振也 昔栗谷 於筵中 發十萬養兵之議 西崖謂非急務 及壬辰亂作 始服先見之明 況今海道四闢 外泊日至 有尙云晩矣之嘆乎

練陸軍 宜咸鏡平安江原三道也 北關 地接俄境 固守關扼 多需陸軍 關西關東 素多獵砲 若六鎭有事 可先調南關 繼發兩道也 鍊海軍 宜京畿海西三南也 京營馬步 已多陸軍 只於畿沿 可治海軍 海西湖西 宜治海軍備船艦 若畿沿有事 可朝發令夕赴召也 嶺沿宜造船運船 而航海測水 爲海軍之事 湖南亦治海軍 倂力嶺南 以壯聲威 五道亦多山邑 可置陸軍 或四五邑爲一鎭 或六七邑爲一鎭 專治槍砲 以作步兵可也 計京外之兵 五分之內 陸軍居其三 海軍居其二 務貴精不貴多之實

---

30) 가좌(家座): 집터의 위치와 경계를 이르는 말이다.

如季直所策 就西北之中 擇巨鎭 先設陸軍一營 兩南之間 擇大港 亦設海軍一營 請欽差吳軍門 派遣海陸二偏將 敎鍊如法 技藝旣熟 乃復分遣所練兵弁 以敎各鎭新募之丁可也 或曰 練軍宜先辦軍需 若議重斂已困之民 是召亂 非修備也 如不議生財 軍需又無從而辦 奈何 曰 兵者必有所寓而後有食 古者寓兵於[31]農 有以也 後世兵農分二 我朝壬辰亂後收鄕軍身布 以養京兵 昔以名疤 今稱洞布 各邑亦有束伍牙兵 以應官門點閱 西北不收布 尙見如兒戲之狀 諸道或收布納兵曹 或不收布 或一邑束伍 收不收不齊 幷與兒戲歸於文具 借使免布爲兵 無以臨陣赴敵

兵農各一 誠爲迂論 竊謂爲今之計 莫如寓兵於虞也 陸軍寓於獵採 而山澤之禁可施 海軍寓於漁梢 而浦津之稅可還也 我國環海而多山 漁獵之利不下於農 苟無侵其利 以制恒産 獵隙課藝 漁暇航海 移其身布野村農戶 而官門點閱可罷也 且汰列邑吏胥 以增武校 倂殘小之縣 革連陸之鎭 以省養官之需 明家座之簿 以定四民之業 則餉需自足充用矣 若夫變通之際 事事掣肘 勢所必有 而因地隨俗 化導愚氓 惟在道帥臣守令之得其人也

---

31) '寓兵農於'는 '寓兵於農'의 오류로 보여 수정, 번역했다.

부강팔의보 富强八議補

김창희

상업 정책을 기획하여 이익을 확보해야 한다

우리나라는 원래 동쪽 외진 곳에 자리해 땅이 비좁지만 붉은 벼와 향기로운 쌀은 제례의 곡물로 쓰기에 충분하고, 잠사와 마(麻)는 제사의 의복을 만들기에 충분하고, 과일과 희생은 제사의 반찬으로 나열하기에 충분하고, 소금과 철은 다른 나라에서 빌리지 않아도 된다. 백성들은 통상(通商)의 이익이 무엇인지는 잘 몰라도 살아있는 사람을 봉양하고 죽은 사람을 영결할 때 드는 재료가 충분하여 아무 여한이 없다. 비록 배와 수레가 있다 하더라도 탈 일이 없고 갑옷과 병기가 있다 하더라도 펼칠 일이 없으니 참으로 천하의 낙원이다. 서쪽 먼 바다에 사는 구라파 사람들과는 바람 난 말과 소가 멀리 떨어져 만날 수 없는 것과 같으니, 예전처럼 아무 일 없이 지내며 변화에 대응할 계책을 세울 줄 모른다 해도 무슨 문제가 있겠는가. 그런데 어찌된 일인지 근래에 윤선(輪船)들이 다가와 우리와 몇몇 항구에서 상업을 논하고자 하며 날마다 난잡하고 기묘한 물건들을 보내 우리의 유용한 재화와 바꾸려 하니, 장차 우리의 재화는 점차 감소하고 저들의 물품은 끝없이 늘어나게 될 것이다. 가난에 찌든 형세에서 미려(尾閭)[1]가

열리는 상황을 만났는데도 저들의 권한을 되가져와 우리의 이익을 일으킬 방안을 생각하지 않는다면 사람의 마음을 가졌다 할 수 있겠는가. 그래서 한신(瀚臣, 이연호)이 입만 열면 상업 정책을 잘 세워 이익을 확보해야 한다고 한 것이다.

나 역시 관문을 개설하고 부두를 세우고 증권을 모으고 선박을 구입하는 것이 절박하고 시급한 업무라고 생각한다. 하지만 그 가운데 투자금(股, 주식)을 모으는 일은 가장 견제와 저항이 따르는 일이어서 훌륭한 관리가 나타나 우매한 백성들을 계도하지 않으면 불신하는 백성들로 하여금 투자금을 내게 할 수 없을 것이다. 그렇다고 이를 강제하면 계직이 말한 대로 뭇사람들의 뜻을 위반하여 혼란을 낳는 단서만 제공할 것이다. 예를 들어 근자에 영남의 도백(道伯)이 각 읍에 공문을 내 뽕나무 식재를 권장했을 때 백성들이 잠사에 대한 세금을 의심하여 뽕나무를 심지 않았을 뿐 아니라 이미 심은 뽕나무까지 뽑아버린 적이 있다. 하물며 이 일은 뽕나무를 심는 것보다 더 큰 일인데 본디 이해가 불분명한 형국에 재산을 투자할 리 있겠는가. 그만둘 수 없는 일이지만 그렇다고 법을 만들어 강제할 수도 없다면 차라리 조용히 지혜와 방법을 모색해서 잘 유도하는 것이 옳을 것이다.

인심의 향배는 사대부를 보고 따라간다. 따라서 반드시 신망이 두텁고 힘을 가진 한두 사람의 정승이 동지들을 사적으로 모으고 장정(章程)을 만들어서 먼저 사재를 출연해 선도하고, 다음으로 장리(長吏, 장급 관리)들로 하여금 포저(苞苴)[2]의 수입을 단절하고, 자신의 쓰임새

---

1) 미려(尾閭): 바닷물이 쉴 새 없이 빠져나간다는 동해 밑바닥의 골짜기 이름인데(『장자莊子』「추수秋水」), 끝없는 탐욕이 벌어지는 상태를 비유하는 말로도 쓰인다.
2) 포저(苞苴): 물건을 싸는 것(苞)과 물건 밑에 까는 것(苴)을 가리키는데, 뇌물에 대한 비유로 쓰인다.

를 절약하고, 봉급의 여유분 등을 투자하고, 한편으로는 자제들과 문생들에게 상업에 참여해 이익을 발생시켜서 훗날 자신을 돌볼 자금으로 삼도록 하고 다음으로 장리의 후예들을 엄격히 관리하여 부자들을 흔들지 않는 것을 가장 중요한 요건으로 삼게 한다. 만일 상업을 일으킨 자가 있으면 관에서 반드시 최선을 다해 돌보고 지도해서 낭패를 당해 실패하는 일이 없도록 한다. 그리고 별 관심이 없는 사람에 대해서는 혹시 관에서 강요하여 의심을 사는 일이 없게 한다. 다음으로 한 사람이 열 주 이상의 주식을 마련한 경우는 반드시 넉넉한 상을 내린다. 그 다음으로 서울 밖에 생각은 있지만 돈이 없는 자가 어찌 한둘이겠는가. 친지들에게 권유하여 열 주의 주식을 모은 자가 있으면 본국(本局)에 이름을 올려 주식 한 주의 이익을 누리도록 한다. 이 다섯 가지는 모두 차근차근 순리에 맞춰 잘 이끄는 방법이다. 육십만 원을 갑자기 다 못 모은다고 해도 날마다 칙령을 반포해 백성들이 놀람과 두려움에 떠는 것과는 같이 논할 수 없는 것이다.

그리고 내가 일찍이 살펴보니, 우리나라 사람들이 연경(燕京) 시장에서 사오는 물건은 대부분 기호품으로 실용성이 없는 것들이고 품질 또한 낮아 오래가지 못하는 물품들이어서 가게 주인들이 모두들 뒤에서 비웃는다. 이것으로 유추할 때 인천항과 원산항에서 외국과 통상을 하면 이른바 수입되는 재화는 반드시 이익은 없고 손해만 있는 물품들이어서 장차 사치와 낭비가 이어져 줄줄 새는 밥그릇 꼴을 보게 될 것이니, 이 어찌 식자들이 미리 가슴 아파할 일이 아니겠는가. 내 생각에는 수입 재화 가운데 구슬, 옥, 비단, 자수 따위는 백성의 일상에 반드시 필요한 것이 아니므로 몇 곱절의 세금을 부과해야 한다. 이것은 본디 가난한 백성에게 해가 되지 않을 뿐더러 부유한 사람에게도 무슨 큰 문제가 있겠는가. 그런데 유익하고 손해가 없는 재화 가운데 예컨대 곡식의 열매, 나무뿌리처럼 옮겨 심을 수 있는 것들과 농기구와 직조기계 등 새로운 것을 만들어낼 수 있는 제품들은 모두 세금 부가를 하지 않아, 근저에 해당하는 것을 광범위하게 확보해야 한다. 그리고 새로운 씨앗을 만들거나 새로운 기계로 효과를 거두는 사람들은 아낌없이 승진시키고 상을 내려 권장해야 한다.

　수출품의 경우는 저들이 어떤 것이 좋은 것인지 모르고 우리 백성들 또한 어떤 것이 잘 팔리는 것인지 모른다. 일본 사람이 원산에서 무역을 한 지 벌써 몇 년이 지났지만 해당 도에서는 아직까지 지역에 알맞은 상품을 구비하지 못하고 있는 실정인데, 처음 오는 영국과 미국의 상인들이야 더 말할 나위 있겠는가. 내 생각은 큰 이익을 발생시키는 데 작은 비용을 아낄 필요가 있겠느냐는 것이다. 백성들을 유도해 상업을 일으키려면 이미 증명된 것을 제시해야 한다. 그러므로 서둘러 각 도와 읍의 물산들을 조사하되, 각각의 생산품을 구비토록 하고 반드시 한 물품을 많이 내보내지 않게 해야 한다. 물품 가운데 싼 것은 한두 짐에 지나지 않게 하고 귀한 것은 몇 근 또는 몇 냥 정도로 하여, 모두 공금으로 사서 잘 포장해 통상이 이루어지는 관문에 진열하고 물목이 적힌 책자에 가격이 얼마인지, 운수 비용이 얼마인지를 적는다. 수출할 때는 약간의 돈(관세)을 받는다는 내용도 적는다. 이들 내용을 적은 책자를 중앙과 지방에 배포해서 어떤 물품이 중한 재화의 대접을 받고 어떤 생산물이 작은 이익이 발생하는지 분명히 알도록 한다.

　천연 생산품 가운데 매 해 그 양만 생산되는 경우는 그대로 두지만, 지력에 의해 생산되는 것은 광범위하게 씨앗을 옮겨 심어야 하고 인력에 의해 완성되는 것은 해당 전문인을 모집하여 업무를 관장토록 해야 한다. 책임자를 잘 선택하여 책무를 부여한다면 어찌 상업이 왕성하지 못할 리가 있겠는가.

富强八議補

籌商務以收利益

我國 原來雖僻在東隅 壤地徧小 其紅稻香粳 足以供粢盛 絲麻足以備祭服 菓牲足以列籩豆 塩鐵不藉他邦 雖民不知通商利用之爲何事 而其養生送死 足以無憾矣 雖有舟輿 無所乘之 雖有甲兵 無所陳之 誠天下一樂國也 若使歐巴之人 仍處西海 如風馬牛不相及 雖貿貿如昔 不知變計 亦復何害 其奈近日輪泊駛至 欲與我較計商利於數三港口 日輪淫奇之物 易我有用之貨 將見我財漸竭 彼物無窮 以積貧之勢 值尾閭之開 而不思所以反彼之權可興我利者 尙謂人而有心乎哉 是以瀚臣纔開口 便說籌商務以收利益

愚亦以設關立埠湊股購船爲切急之務 然其中湊股一事 最爲牽掣 非得循良之吏先之以開導愚蠢 則無以使未信之民出貲入股也 强以使之 是又季直所謂違衆召亂之一端也 假如頃者嶺伯發關列邑 勸課種桑 民疑稅絲 不惟不種 乃反拔去已有之株 況其事有大於種桑 而肯損財素昧利害之局乎 夫以不可已之事 而又不可立法以强使之 則無寗陰用術智以善誘之也

人心所向 視士大夫爲轉移 必有一二望重有力之卿宰 私集同志 仿立章程 先出私財倡之 其次使長吏絶苞苴之輸 節身家之用 及至廩俸有餘 勸以子弟門生 入商興利 以爲歸後自養之資 其次課長吏之後 以無撓富民爲第一件事 如有興商者 官必曲爲周旋指導 免至良貝失業 其無意者亦不許自官勒使反生疑端 其次如有一人獨湊十股以上者 必施優賞 其次京外有志無財者 亦何恨 如有勸其親知湊合十股者 亦許參名本局 以享一股之利 凡此五者 皆爲循循善誘之術 縱未能驟集六十萬款 其與日

頒令飭 而民愈惶駭者 不可同日語也

且余嘗觀我人之買東西於燕市者 多爲玩好無用之物 亦取薄劣不耐久之品 其主顧無不譏笑也 以此推之 仁川元山通商之後 所謂進口之貨必皆無益有損之物 將見侈靡虛費莫塞漏卮矣 豈非識者預切傷心之事乎 愚謂進口之貨 如珠玉錦繡之類 非民生日用之所必需 宜加數倍之稅固無妨於貧民 亦何害於富室也 其有益無損者 如穀實樹根可以移種之類 鉕械織機可以剏始之類 并宜勿稅 以廣來源 如見新種 成養新器收效雖勿各爵賞以獎勸之可也

至於出口之貨 彼旣不知有何佳產 我民亦莫曉何物可得善買也 查日人之元山貿易已數年矣 該道土宜 尙未齊備 況初來之英美各商乎 愚謂將興重利 何吝小費 導民興商 必示已驗 亟查各道各邑物産 只求各産畢具 不必一物多輸 物之賤者 不過一二擔 産之貴者 或若干斤或若干兩皆以公錢給價貿取 精其封裹 列之商關 且於物目冊子 懸註價錢若干輸費若干 及其出口 亦註受銀若干 刊布中外 使之曉然知何物可獲重貨 何産亦有微利可也

夫天物之每歲只産此數者 任之而已 其由地力而生者 可以廣植移種也 其待人力而成者 可以募工課業也 苟能愼擇長吏 責其成效 則商務豈有不旺之理乎

광산을 개발하여 재정을 확보해야 한다

한신은, "재정을 확보하기 위해서는 가장 먼저 광산을 개발해야 한다."고 하고 계직은, "인심을 소통시켜 국가의 맥을 견고하게 하려면 반드시 사람들이 하고 싶어 하지 않는 것을 괴롭게 추진해서는 안 된다."라고 하며 광산 개발 등과 같은 예를 거론했다. 두 사람이 우리나라를 위해 대책을 건의하면서 이처럼 내용이 다른데 조정에서는 누구의 의견을 따라야 할까?

한신의 「조선부강팔의」에 동조하는 사람은 이렇게 말한다. "우리나라는 오금(五金)과 매탄, 철광석이 곳곳에 산재하니 다음 내용에서 이를 증명할 수 있다. 역대에 전하는 나라이름을 살펴보자. '조선(朝鮮)'은 붉은 금속의 색이 아침 태양의 선명한 색과 같다는 뜻이고, '신라(新羅)'는 방언으로, 좋은 품질의 금속이라는 말이고, '구려(勾驪, 고구려)'는 방언으로 동을 뜻하기도 하고 개구리를 뜻하기도 하는데, 청금(靑金) 덩어리가 개구리와 같은 빛깔을 가졌다는 뜻이고, '고려(高麗)'는 높은 산과 미려한 물에서 금이 생산된다는 뜻이다.

다만 백성들이 농업을 편안하게 여기고 외국과 상업을 해보지 않았기 때문에 광산을 업으로 삼지 않은 것일 뿐이다. 또 각 도의 철 생산지가 모두 70여개 읍이고 매탄과 철이 연결돼있다는 사실로 볼 때 그 양이 풍부하다는 것을 알 수 있다. 더구나 각 지역마다 매장지의 깊이, 질의 순도, 매장 층의 깊이, 광정의 너비 등의 차이가 있는데 백성들이 아는 것은 백분의 일, 이에 지나지 않는다. 서양 사람들은, "각국의 성쇠는 광산의 생산량으로 결정된다."라고 말한다. 만일 우리나라에서 우수한 광사(鑛師)를 초빙해서 넓은 범위의 탐사를 실시해 바위 깊이 매장되어 있는 것까지 모두 확인하면 정말 세상에서 아주 부유한 국가가 될 것이다. 더구나 지금 서양은 오금과 매탄과 철을 너무 많이 채굴한 탓에 굉도가 너무 깊어서 드는 비용이 많고 쓰는 힘 또한 크다. 따라서 우리나라의 금속 질과 매탄 내용을 보면 반드시 침을 흘릴 것이다. 이전처럼 지내며 남들이 이익을 엿보도록 놔두는 것이 우리가 직접 개발해서 좋은 값으로 판매해 국가 재정을 충당하는 것만 하겠는가.”

　계직의 「조선선후육책」에 동조하는 사람은 다음과 같이 말한다. “다른 나라 사람들이 우리나라에 처음 오면, 자본과 기계만 있으면 산을 조사하고 광산을 개발해 매탄을 채굴할 수 있을 거라는 생각만 하고 우리 백성들이 외국인 보는 것을 싫어한다는 사실을 모른다. 다른 나라 사람들에게 정성을 보이게 해도 국가가 속임이나 당하길 바라고, 또 장래에 이익이 발생한다고 해도 목전의 자신에게 힘든 내용만 들먹인다. 무덤을 파헤치면 원망하고, 전답과 주택을 파헤쳐도 원망하고, 곡식 값이 폭등해도 원망하고, 관가에 아전들이 자주 발걸음해도 원망한다. 돈과 곡식으로 환산해서 각각의 물품을 사들일 때 이런저런 연유로 부조리가 발생하고, 외국인들이 왕래하며 매탄을 수송해 항구를 나갈 때 이런저런 징발이 발생한다. 처음에는 관을 원망하고 국가를 원망하다가 결국 외국인에게로 원성이 옮겨간다. 결국 갖가지 변고가 발생해 미처 수습할 수 없는 상황을 맞게 될 것이다. 설령 여기까지 이르지 않는다 해도 다른 문제가 또 있다. 과거 일본이 처음 광산을 개발할 때 서양 사람들로부터 큰 속임을 당했는데 근년에 와서야 겨우 그 피해액을 보상 받았으니 이는 거울삼을 것이 멀리 있지 않은 것이다.

　뿐만 아니라 광산 개발 초기에는 반드시 큰 자금이 필요하다. 지금 광산을 개발하려면 형편상 차관을 빌려와야 하는데, 이는 계직이 말한 대로 사람을 술법으로 어리석게 만들어서는 안 되는 일이다. 서양의 작은 나라들은 대부분 차관으로 인해 큰 나라들로부터 압박을 당한다. 처음 국채를 빌려올 때는 관세와 광산의 이익을 보증의 근거로 삼지만 결국 이권이 다른 사람의 손에 넘어가게 되고, 차관을 상환해야 하는 즈음에는 또다시 파란이 일어 차관을 다시 빌려야 한다. 이것이 몇 차례 반복되면 국가는 더욱 가난해지고 백성은 더욱 곤궁해져서 이름은 자주국이지만 실제로는 남의 손에 의해 조종된다. 이는 나라 전체가 그들의 술법에 빠져들어도 끝내 자각하지 못하는 상황이 되고 마는 것이다. 계직이 세운 대책으로, 뭇사람들의 뜻을 거역하여 혼란을 야기하는 것을 경계한 것이 네 가지인데 그중에 광산 개발의 피해가 가장 크니, 어찌 이를 논할 것이 있겠는가."

나는 이에 대해 다음과 같이 생각한다. 두 사람이 건의한 대책은 제각기 타당성이 있으며 그 설에 동조하여 전개한 논의 또한 모두 틀리지 않다. 만일 이 양자의 견해를 잘 헤아려 선택한다고 할 때 우선 금광 문제는 계직의 대책을 따르고 매탄과 철 문제는 한신의 대책을 듣는 것이 옳다. 생산되는 금 가운데 광산에서 채취한 것은 백광(白鑞), 동(銅), 석(錫) 따위가 섞인 채로 생산되는 것이 매우 많고 모래에서 추려내는 것은 금사이다. 한신이 논한 것처럼 반드시 오금을 함께 채취해야만 이익을 얻을 수 있다. 하지만 금광은 사업비가 많이 들고 손실이 발생하기도 쉽다. 만일 우리 백성들만 시키게 되면 채굴 기계는 이롭지 않다. 근래 삭주(朔州, 평안북도 소재)에서 광산을 개발할 때 들어간 비용이 7만 민(緡)이었지만 획득한 금은 겨우 4백 냥 정도여서 소득이 비용을 보전하지 못했다. 이런 상황에서 서양의 광사를 초빙하는 것은 과거 일본이 속임을 당한 예들이 앞서 거론한 것처럼 존재하고, 그렇다고 일본 사람과 일을 같이하면 과거 자신들이 속임 당한 것으로 우리를 속일 염려가 있다. 따라서 이 세 가지는 모두 제대로 된 계책이 아니다. 더구나 국가에 일을 할 적임자가 적고 백성들이 농사에 게을리 할 우려가 있는데, 어느 날 갑자기 닫혀 있는 것을 모두 열자고 하면 당국에서는 반드시 서둘러 대처할 좋은 계책이 없을 테고 결국 채굴할 때마마 탈루가 발생해서 이익이 국가에 넘어오지 않은 채 한낱 혼돈의 구렁텅이만 파고 말 것이다. 이는 계직이 절대 안 된다고 한 것에 해당할 뿐만 아니라 한신이 어려워하고 신중해야 할 점이 없지 않다고 한 것이기도 하다.

　매탄을 채굴하는 일은 이전에 없었던 국가의 큰 사업이지만 그 폐해 또한 금광과 대략 유사하다. 만일 판매선이 조금 멀리 있으면 매탄이 발견된다고 해도 반드시 광사가 지나치고 돌아보지 않을 것이니, 오금을 채굴한 광산처럼 곳 곳이 시끌벅적한 것과 다를 것이다. 그리고 오늘날 시론을 주도하는 이들은 절반이상이 개화 쪽 사람들로서 광산의 이익만 쳐다볼 뿐 광산의 폐해를 모르고 있어서, 아마도 멈출 것을 권유하며 모두 그만두어야 한다고 한 계직의 건의 쪽에 서지 않을 것이다. 또 국고가 거의 고갈되고 외교가 나날이 다급한 상황에서 재정을 마련함에 있어 백성의 세금을 증가시키지 않으면 반드시 수령의 봉급을 축내야 해서 그 폐해가 광산 개발보다도 더 심할 것이다. 이에 대한 논의를 차치하고 바닷가 몇몇 읍을 선택해서 우선 시험 삼아 분위기를 만들어 보자고 하는 것 또한 시무를 잘 안다고 할 수 없다. 개발하지 않으면 안 되는 것이, 매탄 연료가 아니면 연소를 시켜 기계를 움직일 수 없고, 정밀한 철이 아니면 기계를 만들어 잘 활용할 수 없다. 그밖에 총과 포, 직물 기계 등 필요치 않은 것이 없다.

　백성들이 하기 싫어하는 것을 억지로 하게 하기 위해서는 반드시 먼저 좋아 따르는 것을 많이 시행해야 한다. 마치 훌륭한 의사가 병을 치료할 때 오장육부를 먼저 다스리는 것과 같고, 거문고를 연주할 때 먼저 현을 조절해 긴장을 알맞게 조성하는 것과 같다. 또 훌륭한 장인이 일을 잘 이끌기 위해 반드시 먼저 도구를 잘 다듬는 것도 이와 같은 이치이다. 서둘러 청렴하고 능력이 있는 관리를 선발하여 쌓인 폐해를 바로잡고 잘못 부과된 세금을 줄여서 백성을 위해 아픈 것을 어루만겨 주고 가려운 곳을 긁어 주어 그들로 하여금 눈을 씻고 귀를 기울이도록 해야 한다. 물산의 출입을 잘 살펴 인도하고 외국인들이 필요로 하는 물품을 미리 준비하게 해 백성들로 하여금 각자 생업을 유지할 수 있게 해야 한다. 한 고을과 한 면(面)의 신망이 두터운 사람을 공개 선발해 모범이 될 좌수로 삼은 뒤 그로 하여금 백성들을 계도하여, 이 일이 국가를 살찌게 할 뿐만 아니라 백성들에게도 이익이 된다는 사실을 분명히 알게 해야 한다. 민심이 어느 정도 돌아오면 중국 사람을 초빙하여 먼저 좋은 장정(章程)을 만든 뒤 가장 좋은 생산지를 차지하게 해, 다른 나라에서 엿보거나 침을 흘리는 것을 단절시켜야 한다.

그리고 판매처를 미리 확보하여 업무가 정지되거나 자금을 기다려야 하는 폐해가 발생하지 않도록 해야 하는데, 그 자금이 매우 크면 반드시 중국의 상업 자금을 모아야 된다. 또 공정하고 충직하고 국가와 한 몸이 돼 내정과 외무를 잘 아는 신하를 파견하여 그 일만 전담시켜 반드시 성과를 내도록 해야 한다. 그에게 채광사들을 감독, 관리하고, 일꾼들을 모으고, 일을 관리하는 두목들을 선택하도록 하고, 물길의 거리를 살피고, 굴착할 굉도를 살펴 그 품질을 판별하고, 판매 장소를 모색토록 한다. 또 도신(道臣, 도백)과 읍 책임자들이 유기적으로 서로 도와 한마음으로 일을 추진하게 하고, 인맥에 의한 비리를 감찰하고, 산지의 소송을 중지시키고, 백성들을 인도해 상업을 일으키고, 은화를 유통시켜 일꾼들의 급여 지급이 편리하도록 해야 한다. 조정에서는 선발에 노력을 다해야 하지만 일단 위임하고 나면 가만히 지켜봐야 한다. 경차관(京差官)[3]을 자주 보내 폐단의 실마리를 먼저

---

3) 경차관(京差官): 서울에서 파견한 관리이다.

만들어 명나라 말의 전철을 밟지 말아야 하고, 광산의 이익을 너무 채근해 중도에 장애가 발생해서 외국인들로부터 비난을 사는 일이 없도록 해야 한다. 정말 이렇게만 한다면 계직이 말한 인심을 소통하는 것에 부합되니 이것이 바로 일을 잘 운용하여 성과를 거두는 것이지 않겠는가.

그리고 매탄의 채취와 철의 제련은 한 번에 두 가지 이익을 얻는 것으로 공사비가 금 채취보다 조금 적게 들고, 또 채취하고 나서 새나가거나 유실되는 염려도 없다. 질이 떨어지는 매탄은 나무를 대신해 연료로 쓸 수 있어서 산림에 들어가 벌목하는 일이 적어져 민둥산의 우려를 씻을 수 있고, 질이 좋은 매탄은 반드시 항구에서 통상을 통해 높은 값을 얻을 수 있다. 자연의 재물을 취하여 자강의 기틀을 세운다면 이로부터 항구에는 윤선들이 증가하고 해안에는 축대가 쌓이며 무기들을 정밀하게 제조해 병사들을 잘 훈련시킬 수 있는 등 어느 것 하나 안 될 것이 없다. 아, '예즉입(豫則立, 미리 대비하면 성립된다)' 세 글자는 일을 실행하는 부절(符節)[4]로 삼아야 한다. 더구나 우리 백성들이 눈으로 보지 못하고 귀로 듣지 못하는 일을 일으킴에 있어, 일을 시작하기에 앞서 반년 정도를 미리 준비하지 않으면 아무리 타고난 재능이 뛰어난 사람이라 해도 갑자기 이를 운용해서 잘 이끌어나갈 수 없을 것이다.

내가 예상하건대, 훗날 조정에서 외국인의 건의를 거부하기 어려운 터에 가난을 벗어날 방안을 서둘러 찾은 나머지 그 건의를 실행에 옮기지 않을 수 없는 상황에 처하게 되면 해당 책임자는 평소 신뢰가

---

4) 부절(符節): 돌이나 대나무, 옥 따위로 만든 물건에 글자를 새겨 다른 사람과 나눠 가졌다가 나중에 다시 맞추어 증거로 삼는 물건이다. 신표.

구축되어 있지 않고 해당 지역 또한 먼저 마련한 자금이 없어 외국인을 위해 준비해야 할 물품이 백에 하나도 마련돼 있지 않게 될 것이다. 또 관장할 책임자들을 갑작스레 충원하게 되면 모두가 해당 일에 문외한이어서 조정에서 일을 잘 운용하지 못할 거라는 염려 때문에 멀리서 조정권을 발휘해 경차관이 끊임없이 간섭하여 일마다 장애가 발생하게 된다. 그러면 결국 백성들만 소란스럽게 해 이익과 효과를 거두지 못할 뿐만 아니라 불가론을 고집했던 이들에게 선견지명이란 말만 얻게 하고 말 것이다. 더구나 일본과 서양의 자금을 빌린 대가로 그 이권을 외국에 넘겨주어, 오금과 매탄과 철을 일시에 개발해서 그들이 속이고 훔치도록 놔둠으로써 우리 백성들의 분노를 사 뜻밖의 변고가 발생한다. 광산의 이익이 바람을 붙잡는 것처럼 아득해질 뿐 아니라 차관에 대한 배상과 잘못을 사죄해야 하는 일들이 반드시 뒤따를 것이니, 어찌 위태롭지 않겠는가.

뽕나무 심기를 권장하는 문제는 수출에 있어 꼭 필요하므로 한신이 건의한 대로 속히 시행해야 한다. 그렇지만 제대로 된 책임자를 얻어야만 그 효과를 거둘 수 있을 것이다.

開礦井以裕財用

瀚臣曰 生財之道 開礦宜先 季直曰 欲通人心 以固國脉 必不苦人之所不樂爲 如便議開礦等事 兩君爲我邦代籌 而其言之不同如此 朝家將孰從而得其可哉

有宗瀚臣八議者曰 我國五金煤鐵 無處不産 何以徵之 歷代建邦之名 曰朝鮮 以赤金之色如朝日之光鮮也 曰新羅 卽方語好品金之謂也 曰勾驪 卽方語銅之謂 又蛙之謂 靑金之塊 形色如蛙也 曰高麗 以金産於高山麗水也 特以民安畎稼 而商不通外國之故 不以礦爲業也 又査各道産

鐵 凡七十餘邑 煤與鐵緣 其旺可知 且況各礦之地 産有深淺 體質有純雜 層次有厚薄 穴井有寬狹 而國人所知 不過爲十百分之一二乎 泰西人謂 各國盛衰 其以礦産定之 我國若延頭等礦師 廣探徧尋 使岩穴深藏盡爲透露 則誠爲天下至富之國矣 況今泰西 五金煤鐵 開採已多 井道過深費款甚鉅 用力亦大 若見我國金質煤苗 必皆垂涎矣 與其因循致生遠人覬覦 曷若自我開挖 早爲善賈 以充軍國之需也

有宗季直六策者曰 他邦之人 初來我邦 只知有貨本機械 則便可看山開礦尋苗挖煤而已 殊不知我民惡見外人 不信朝令 雖使遠人輸誠 但願朝家見欺 且使將來有利 但說目前厲已 破其墳墓則怨 壞其田宅則怨 穀價騰踊則怨 官隷頻行則怨 錢穀換用各物貿入之際 夤緣生奸 遠人往來輸煤出港之際 徵調自煩 始則怨官怨國 終復移乙[5] 遠人 變之層生 必不暇救 借使幸不至此 亦有不可 昔者日人初興礦務 大爲西人所欺 至近年僅償其害 此殷鑑之不遠也

且開礦之始必需鉅款 今欲興辦 勢將借款 此又季直所謂不愚人以術者也 夫泰西小邦 多因借款 爲大邦所困 盖借國債 始指關稅礦利爲憑據 畢竟利權爲人所執 迨此款方還 忽一波又起 勢必借 如是數次 國益貧民益窮 名爲自主之國 實操縱由人 是將擧國而陷於術中 終莫之覺者也 季直之策 以違衆召亂爲戒者有四 而開礦之害 最爲甚焉 如之何其可議也

余則曰 兩君代籌之論 各有定見矣 宗其說而曰可曰不可者 亦皆不錯矣 若得斟酌於可不可之間 則無如姑舍金礦以從季直之策 而只議煤鐵 亦聽瀚臣之議也 夫金之所産 采於礦者 雜白鑞銅錫之類 出産甚多 淘於沙者 爲金砂 須五金幷採 利可兼收 洵如瀚臣所論 然金礦 工本旣多 漏失且易 若只使我民 則器械不利 頃者朔州開礦 費錢七萬緡 得金僅四百

兩 其得不補失 旣如此 若聘泰西礦師 則昔者日人見欺 而其爲殷鑑又如
彼 若與日人共事 則又恐以昔之見欺者欺我 此三者 皆非計之得也 且況
朝家少辦力之員 民業有惰農之慮 而乃議一朝盡開封禁 則當局諸公 必
無速辦之勝筭 隨採隨漏 利不在公 徒鑿混沌之竅而已矣 非但季直之大
謂不可 抑亦瀚臣之不無難愼也

挖煤之事 雖爲此邦前所未有之大役 而其弊又與金礦畧相埒然 苟銷
路稍遠 雖見煤苗[6] 礦師必過之而不顧 非若五金之礦 隨處致鬧也 且今
之主時論者 過半開化之人 只羨礦利 未睹礦害 恐非季直之策所可勸止
而盡作罷論也 且國帑罄竭 外交日亟 苟且生財 如非增民之斂 則必侵守
令之俸 其爲貽害 反甚於礦務者乎 如不議 擇濱海數邑 而先試之以關風
氣 則又不可謂達於時務也 且不得不開者 非煤火不能化汽動機 非精鐵
不能製器[7]利用 將爲製造槍礮畊織機器 無所不需也

夫欲强民之所不樂爲者 必先多行其樂從之事也 譬如良醫治病 先調
臟腑 又如彈琴 先理其絃 使緊緩得中 又如良工 欲善其事 必先利其器
皆一理也 宜亟選廉能之牧 矯革積瘼 裁省橫斂 爲民摩痛爬痒 使民拭目
聳聽 察物産出入 而利導之 預備遠人接濟之需 使民各寓生理 公選一鄕
一面之望 擇定座首風憲之任 使之開導愚蠢 莫不曉然知此擧非惟裕國
亦將益民 及乎民心稍回 只延中國人 先立善章程 先占産最佳處 以絶他
邦覬覦流涎之心

且預究銷路 免致停工待款之弊 則其款甚鉅 必先集中國商款而後可
也 且派公忠體國熟諳內政外務之臣 專管其事 俾責成效 使之督同礦師
集工役 擇管事頭目 視水口之遠近 審開挖之井道 卞[8]其品質 籌其銷場

---

6) ‘苟’는 ‘苗’의 오류로 보여 ‘苗’의 의미로 수정, 번역했다.

7) ‘器’는 같은 글자의 중복으로 보여 수정, 번역했다.

又使道臣邑宰 相輔事權 同心共濟 察夤緣之奸 息山地之訟 導民興商
流通銀貨 以便工役 朝家則勞於簡選 逸於委任而已 勿頻送京差 以致先
啓弊端 蹈明季之轍 勿速責礦利 以致中途掣肘 貽遠人之譏可也 誠如是
則亦合於季直所謂通人心者矣 豈不善事而底績哉

且挖煤煉鐵 一擧兩利 而其工本 較采金稍少 亦無挖後漏失之慮 而其
質劣者 可以代薪爲炊 斧斤少入山林 而可免童濯之患 其品好者 海口通
商 必獲重價矣 如取自然之財 以立自强之基 從此海添輪船岸築石＋聚
臺 精製軍械 訓鍊士卒 無所往而不可矣 嗚呼 豫則立三字 爲辦事之符
訣 而況興吾民目所未睹耳所未聞之役 如無半年經營於始事之前 則雖
有才智素優之人 無以倉卒措設 而善其事也

愚料朝家他日重違遠人之議 亟求起貧之方 而事到不能不行之境 則
長吏旣無素孚之恩信 該地亦乏先劃之錢穀 遠人接濟之需 百無一存差
備 分管之任 倉卒苟充 皆爲昧事者 朝家又慮其不能善就也 而遙授節制
京差絡繹 以致事事製肘 則豈不徒爲撓民終無利效 而使堅執不可之論
者 獲先見之名也 況借日本泰西之國款 授利柄於他邦 五金煤鐵 一時幷
擧 任其欺竊 激怨我民 惹起意外之事變 非惟礦利之茫如捕風 抑亦賠款
謝過之勢 所必至也 豈不殆哉 至於勸課種桑 誠爲出口最需之貨 一如瀚
臣所議 可亟行之 然亦須長吏得人 可收成效矣

---

8) '卞'은 '辨'의 오자로 보여 '辨'의 의미로 수정, 번역했다.

전답과 농작물을 조리 있게 관리하여 둔전(屯田) 개간사업을 일으켜야 한다

토지는 국가의 큰 근간이다. 근간이 확보되면 모든 일이 타당성을 갖지만, 근간이 문란하면 모든 일이 타당성을 잃는다. 국조(國朝, 조선)의 전답제도는 결(結)과 부(負)를 기준으로 여섯 등급으로 나누어 그 세액을 정하고 나머지 전답은 지속과 강등의 구별이 있다. 새로 개간한 전답은 삼 년간 세금을 면제시킨다. 폐해를 바로잡아 바른 것으로 귀결시키는 방안을 깊이 고민하여 이십 년에 걸친 개량의 규칙을 확정했는데 어찌하여 백여 년 동안 일찍이 한 번도 수정하지 않은 채 답습과 관습에 젖어 인맥과 농간의 장이 형성되고 만 것인가. 공납이 절반 정도 유실돼 국가에서 민간에 세금을 물릴 때 곱절이나 더 징수하는 일이 발생했다. 이를 통괄해 조사 정리하는 것은 실로 그만둘 수 없는 일이지만 세상 사람들이 강구하지 않음을 들어, 지난날에는 용이했던 법을 매우 어려운 일로 간주하면서 "인재가 없느니, 재정이 궁핍하다느니, 백성을 소란스럽게 하느니" 따위의 말을 한다.

아, 인재에 대해 말하자면 사리를 어느 정도 이해하고 법식을 가르칠 만한 계산력만 갖추어도 충분히 일을 맡길 수 있는데 어찌 안자(顔子)와 민자건(閔子騫)[9] 같은 덕행과 사마천, 반고(班固)[10]와 같은 문장, 장량(張良)[11], 진평(陳平)[12]과 같은 계략을 갖춘 사람이어야만 비로소

---

9) 안자(顔子)와 민자건(閔子騫): 모두 춘추시대 현자이다. 공자의 십대 제자 가운데 덕행 분야에 뛰어난 제자로 평가 받았다. 『논어』「안연(顔淵)」

10) 반고(班固): 후한(後漢) 시대 역사가이자 문장가로, 『한서(漢書)』를 저술했다.

11) 장량(張良): 자(字)가 자방(子房)으로 유방의 중요 모사(謀士)이다. 진(秦) 말기에 무리를 거느리고 봉기를 일으킨 뒤, 유방에게 귀순했다. 여러 차례 뛰어난 계책을

쓸 수 있단 말인가. 비용에 대해 말하자면 소반, 끈, 종이, 기름, 붓, 먹 등 들어가는 돈이 얼마 되지 않아 결(結)로 배정할 수도 있고, 관에서 비치할 수도 있고, 공납으로 계산할 수 있는 등 모두 가능하다. 실행에 대하여 말하자면 한두 사람의 근실한 사람으로 하여금 왼쪽에는 먹줄, 오른쪽에는 제도구를 들고 농부나 시골 촌로와 함께 전답을 측량하면 되는 일인데 백성을 소란스럽게 할 일이 뭐가 있겠는가. 간악하고 호기를 부리는 자가 있다 하더라도 힘으로 전답을 끼고 바다를 건너갈 수도 없고 지혜로 땅을 거두어 세상에서 도망갈 수도 없다.

나는 국가를 여유롭게 하고 백성을 편리하게 하기 위한 계책으로 개량(改量)[13]보다 좋은 것은 없다고 생각한다. 하지만 먼저 기강을 일으키고 훌륭한 관리를 선택해 보내지 않는다면 애초에 시작하지 않는 것만 못하다. 왜냐하면 등척(等尺)을 증감하는 것은 반드시 정초(情鈔)[14]의 다과를 살펴야 하고 묵은 것을 다시 일으키고 버린 것을 존치하는 것 또한 형세와 힘의 유무에 따라야 하는데, 폐해를 정리하는 대책이 한낱 폐해만 증가시키고 백성을 편안하게 하는 방법이 도리어 백성을 소란스럽게 하기 때문이다.

아, 재정을 꾸리는 법은 먼저 내게 있는 것을 추슬러 그 근본을 세우고 나서 남에게 있는 재화를 불러올 수 있는 것이어야 한다. 본디

세워 서한(西漢)의 건립과 세력을 공고히 하는 데 큰 공을 세웠다.

12) 진평(陳平): 서한 초기의 대신이다. 한(漢) 혜제(惠帝), 여후(呂后), 문제(文帝) 등 세 왕조에 걸쳐 승상을 역임했다. 일찍이 주발(周勃) 등과 힘을 합해 여씨(呂氏)들을 소멸시키고 한 왕실을 보호했다.

13) 개량(改量): 전지의 변동이 있을 때 그 면적과 과세(課稅)를 정리하기 위하여 다시 측량하는 일이다.

14) 정초(情鈔): 미상.

가지고 있는 산업을 돌보지 않고 밖에서 이익을 획득한다는 말은 듣지 못했다. 오늘날 본디 개량 정책에 어두워 한낱 관세만 이야기하는 것이 이것과 무엇이 다르겠는가. 한신이, "둔전 개간 사업을 일으켜야 하고 길주 북쪽에 수리사업을 일으켜야 한다."고 했는데, 둔전 개간은 반드시 공전이 있어야만 가능하건만 지금 팔도는 모두 사전으로 돼 있고 길주 북쪽은 험준한 산기슭으로 이루어져 화전만 일굴 수 있는데 산비탈에서는 수리를 일으킬 수 없다는 사실을 모른 것이다.

淸田畮以興屯墾

夫土地 有國之大本也 大本旣擧 百度從而無一不得其當 大本旣紊 百度從而無一失其宜也 國朝田制 以結負爲率 分爲六等 定其稅額 餘田有續降之別 新墾免三年之稅 深斟矯弊歸正之方著爲卄年改量之規 奈之何百餘年來 未嘗一次大修擧 因循捱過之習成 夤緣偸弄之奸滋 公納失牟國之賦民間有倍徙之徵 一統査整 誠不可已者 而擧一世之人 未或講究 乃以在昔容易之法 看作至難之事 曰無人才也 乏財力也 撓動百姓也

噫 以言乎人才 則不過粗解事理籌數 可授法式 足以任事 豈其德行如顔閔 文章如遷固 運籌決勝如良平而後 始可適用乎 以言乎財力 則不過盤纒紙油筆墨 所入未爲幾許 或結排 或官備 或以公納計除 無所不可 以言乎事爲 則不過使一二謹飭之人 左執繩 右持尺 與田夫野老 行於隴畝而已 何撓動百姓之有哉 雖有奸胥豪右 力不能挾田而超海 智不能捲土而逃世

愚則曰 裕國便民計 無踰於改量一事也 雖然 如不先振紀綱 擇遣長吏 亦不如不爲也 何者 等尺增減 必視情鈔之多寡 起陳存拔 亦隨勢力之有無 釐弊之謨 徒爲添弊 安民之術 反爲撓民而已

嗚呼 理財之法 先理在己者 以立其本 而後可致在人之貨矣 未聞不
顧本有産業 而能經營獲利於外者也 今之素昧量政 徒說關稅者 何以異
此 瀚臣曰 以興屯墾 又曰吉州以北 興脩水利 殊不知屯墾必有公田乃
可 而今八道 皆私田也 吉州以北 皆重岡峻嶺 只可焚畬山瘠 不可以創
興水利也

은초(銀鈔, 화폐)를 유통시켜 거래를 편리하게 해야 한다

우리나라는 중엽 이전에 민간에 유통되던 은화가 아주 많아서 국가
가 일찍이 가난하지 않았다. 그런데 동전(銅錢)이 만들어지면서부터
백성들이 모두 은화를 중시하고 동전을 천시하여 동전이 거의 유통되
지 못했다. 주사(籌司, 비변사)와 호조(戶曹)가 동전을 주조하는 족족 은
화와 바꾸어 이를 관 창고에 거둬들이고 나서야 동전이 팔도에 크게
유통됐다. 그런데 통역꾼들이 백여 년에 걸쳐 해마다 각 기관 관리들
에게 뇌물을 주고 빌린 은으로 연경에 들어가 비단을 매입한 뒤 돌아
와서는 동전으로 납입하면서 저장한 은이 모두 소진되어 나라에 은이
없게 되었다. 이는 인삼을 쪄서 홍삼으로 만들기 이전의 일이다. 지금
천병(天兵, 청나라 병사)이 오랫동안 주둔하며 은으로 동전을 바꾸고 있
는데, 돈의 순환 이치를 알 수 있다. 만일 동전을 주조하기 이전처럼
유통에 어려움이 없다면 어찌 가난을 구제할 하나의 단서가 되지 않
겠는가. 아, 그런데 십여 년 동안 화폐정책이 여러 번 바뀌면서 백성
들이 그 폐해를 입은 탓에 불신이 쌓여 장차 폐해가 발생하지 않을까
의심하고, 은전을 지난날의 당백전(當百錢)[15]과 중전(中錢)[16]처럼 머
지않아 사용이 정지될 것이라 생각한다. 이는 서양이 통상을 하고 나

서 은을 중요한 가치로 여기고, 동전의 낮은 가치는 일본의 지폐와 차이가 없다는 사실을 모르고 있는 것이다. 서울 사람들도 여전히 의혹을 해소하지 못하고 있는데, 하물며 지방 먼 곳의 어수룩한 백성들에게 어찌 이를 유통시킬 수 있겠는가.

오늘날 가장 중요한 것은, 곧장 부강할 방책이 있다고 해도 민정에 위배되는 내용이라면 갑작스레 논의해서는 안 된다는 것이다. 그런데 은화가 유통되지 않으면 외국과 잘 교섭해 상업을 발전시킬 수 없다. 따라서 백성들이 모두 불편하게 여겨도 다양한 방안을 마련해서 반드시 유통시켜야 한다. 아, 기강이 진작되지 못하고 사랑과 신뢰가 확보되지 못한 상태에서 강제로 실시하면 의심과 거짓만 늘어나고 그대로 놔두면 큰 변화를 기약할 수 없다.

한신이 유통의 세 가지 법을 대신 논했는데 그 대략은 이렇다.

호조가 주조하는 돈이 적지 않지만 한번 태환하고 나면 모두 저잣거리에 분산 저장돼 한 번 가면 되돌아오지 않을 것이니, 동산(銅山)의 동을 다 채취해 주조를 독촉한다 해도 어느 순간 소진되는 상황을 면치 못할 것이다. 백성들이 은이 귀중하다는 것을 모르는 건 아니지만, 일찍이 무역하던 것을 보면 저울로도 그 무게를 확정할 수 없고, 색으로도 그 진위를 구분할 수 없으며, 때로는 싼 값으로 재화와 바꾸기도 했다. 그리고 여전히 돈을 태환할 곳이 없는 것을 문제로 여기고 있으

---

15) 당백전(當百錢): 1866년(고종 3년) 10월부터 약 3년간 쓰였던 화폐. 대원군이 경복궁을 다시 지을 때, 필요한 경비를 마련하기 위하여 발행했다. 법정 가치는 상평통보의 100배였지만 실제 가치는 이에 크게 미치지 못하여 화폐 가치의 폭락을 가져와서 결국 재정난을 해결하지는 못하고 오히려 물가를 치솟게 만들고 체제를 위태롭게 하였다.

16) 중전(中錢): 미상.

니 이것이 동전을 중시하는 이유이다. 사용하는데 편리하기 때문이다. 지금 돈을 막힘없이 유통시키려면 반드시 먼저 계획을 바꾸어 은화를 사용해야 한다. 여기에는 세 가지 방법이 있으니 시국을 잘 보좌할 것이다.

첫째, 은화를 주조한다. 호조에 고로를 설치하여 백은을 녹인 뒤 둥근 모양의 철 틀로 1냥, 2냥짜리 작은 은괴와 5냥짜리 은화를 주조하고 둥글고 길쭉한 철 틀로는 10냥짜리 작은 화폐와 50냥짜리 큰 화폐를 제조하되 면을 평평하게 하고 색을 곱게 한 뒤 면 위에 '호조'와 함께 발간 연월을 새겨 넣는다. 이를 시장에 배포하여 백성들로 하여금 은화 또는 식량과 바꿀 수 있고 재화와 같은 값어치를 갖게 한다. 만일 외국에서 은화를 가지고 오면 호조로 가서 본국의 신주화폐와 바꾸는 것을 허락하되 양 화폐를 동등한 무게로 계산하면서도 한 냥에 약간의 수수료를 매겨 주조비용을 충당한다. 자주 바꾸고 자주 주조하게 되면 작은 이익이 쌓여 큰 이익이 발생하게 되니 이는 상거래의 편리에만 그치지 않는 것이다. 만일 금광이 개발되면 이를 기준 삼아 그 용도를 확대할 수 있을 것이다.

두 번째는 태환이다. 호조에 전매국을 설치하여 시장에서 유통되는 동전을 수합해서 새로 주조한 은화와 바꾼다. 은 한 냥에 동전값이 얼마라는 것을 전매국 문에 게시하여 많은 사람들이 보게 한다. 만일 값에 변동이 발생하면 그때마다 다시 게재한다. 사람들에게 은화가 통용되고 또 휴대와 보관에 편리하다는 것을 알게 한다면 이전에 쌓아두었던 은들이 자연스레 나올 것이다. 이로부터 동전은 각국의 수요를 넉넉하게 할 수 있고 은화는 민간의 부를 축적할 수 있을 것이니 이는 일거에 두 가지를 다 얻는 것이다. 그렇게 되면 어찌 돈의 원천이 부족하다고 걱정할 필요가 있겠는가.

　세 번째는 공고(公佑, 검인)다. 지금 은화나 동전을 주조하는 것은 단지 본국의 용도만 감안한 것이다. 따라서 앞으로 항구에서 무역을 하게 되면 이런 형태를 일괄적으로 유지할 수 없다. 중국에서는 지난 날 백강(白鏹, 은)으로 된 무역전(貿易錠)을 사용했다. 서양 각국에서 사용하는 은양전(銀洋錢, 은화)에는 진짜와 가짜의 구분이 있는데 1원의 무게는 7전 2푼이다. 그 밖에 대개(對開, 2의 1), 사개(四開, 4분의 1), 팔개(八開, 8분의 1) 등의 작은 양전(洋錢)이 있어서 소액의 용도로 쓰인다. 각국에서 처음 주조한 것은 원래 하나의 원칙이 적용되었지만 두루 유통되는 과정에서 농간을 부리는 무리가 생겨, 동 바탕에 은피를 입히거나 은을 파내 납을 주입하거나 은 주조물에 동을 섞는 등 갖가지 방법으로 가짜 돈이 판을 쳐서 기만당하기가 매우 쉽다. 따라서 관련 부서를 설치하여 은화의 진위를 구분해내는 사람을 초빙해 관련 부서를 맡게 해야 한다. 시중에서 유통되는 은화는 먼저 관련 부서에 보내 그 진위를 감별한 뒤 검인 도장을 찍어(도장은 부드러운 송납[松蠟, 호박琥珀]으로 만들며 밑면에 문자를 새긴 뒤 은화 위에 묵인(墨印)한다) 통행의 근거 자료로 삼는다. 그리고 별도로 은화 1냥과 양화 1원에 대해 고인전(佑印錢, 공인 수수료) 2~3문(文)을 받아 관련 부서의 비용으로 충당한다. 그밖에 중국의 금보(金寶, 금괴의 일종) 금조(金條, 막대형 금괴) 금엽(金葉, 얇은 금조각)과 서양 상인들이 만든 크고 작은 금양전(金洋錢)은 모두 은전을 보좌하는 용도로 쓴다. 하지만 금은 그 가치를 결정하는 데 있어 미세한 것까지 따지므로 더더욱 검인국의 설치를 소홀히 해서는 안 된다.

　한신이 그 시행을 보지 못한 상태에서 내게 말하기를, "생철(生鐵)로 모형틀 수십 개를 주조하는 것은 이십 금이면 충분하며 고로는 벽돌과 회(灰)를 사용해서 만들면 된다. 그리고 매입해야 하는 제련기계는 중국에 모두 있는 것들이다. 중국에서는 주은포(鑄銀舖)를 설치할 때 삼십여 금 정도를 들여 큰 고로가 있는 제조 건물을 완성했다. 또 은화를 주조하는 것은 가장 쉬운 일이어서 비용이 아주 미미할 뿐더러 색을 입히고 물로 마무리했을 때의 이익은 아마 귀국에서 새로 주조하는 작은 은화보다 더 클 터인데 어찌하여 이를 실험하지 않는 것인가. 귀국을 위해 매우 안타까운 일이다. 그리고 우리 대군이 귀국에 주둔할 때 은화가 끊기면 오랫동안 머물기 어렵다는 것을 미처 예상치 못했거니와 통상이 눈앞에 다가온 지금 은화가 아니면 소통이 불가한 상황임에야 더 말할 나위 있겠는가. 지금 비록 주전(鑄錢)을 변경했지만 오랫동안 유지할 대책은 아니지 않을까 싶다."라고 해, 내가 그 고견에 탄복하면서도 대답할 말이 없었다.

그런데 그 뒤에 생각해 보니 은화의 사용보다 더 좋은 법은 없지만 유통할 수 없다는 폐해 또한 논의 밖에 존재한다. 첫 번째는 백성들이 은화 값이 갈수록 떨어지는 것을 의심하는 폐해이고 두 번째는 백성들이 상평통보만이 가치를 유지할 수 있다고 믿는 폐해이니, 훗날 은화의 값이 오늘날 계산한 것과 상반될지 누가 알겠는가. 옛날 돈을 주조하기 이전에는 전국에 유통되는 은이 대략 오육백만 량 정도였는데 근래에 와서는 부녀자들의 비녀나 반지 외에는 볼 수가 없다. 그런데 어떻게 청나라 대진(大陣)에서 바꾼 것이 십만 량에 지나지 않는데도 갑자기 값이 떨어지는 지경에 이른단 말인가. 이는 민심이 예스럽지 못하여 아무렇게나 의심을 자아내고 각 항의 상하에 있는 자들이 오부(五部)17) 밖을 벗어나 보지 못했기 때문이다. 또 해관을 설치하여

---

17) 오부(五部): 조선시대 수도 한양의 행정구역 단위. 도성 내부를 동부, 서부, 남부, 북부, 중부의 5부로 구획하고 그 내부에 현재의 동에 해당하는 방을 두었다.

통상을 하게 될 때 각국의 교역이 반드시 은화를 사용하고 상평통보를 사용하지 않게 된다면 항구를 왕래하는 자들이 은화만 바꾸고 상평통보는 바꾸지 않는 걸 보게 될 것이다.

그리고 중국은 1량 은화 값이 동전 10조(弔)[18]이고 10조는 1600문(文)인데, 그럼에도 서양 사람들은 중국은 은화 값이 낮고 동전 값이 비싸다고 한다. 그들이 우리나라의 은 1량 값이 동전 750문이라는 사실을 알게 되면 반드시 기계를 사용해 상평통보전을 많이 찍어서 마치 중국의 동전처럼 값을 떨어트림으로써 결코 은화 값만 낮아 교역이 불리해지는 일이 없게 할 것이다. 더구나 근래에 주조한 것은 모두가 제련하지 않은 동(銅)에 초설(硝屑, 초석, 칼륨의 질산염)을 뒤섞어 내구성이 떨어지는 값싼 재화이기까지 하니 더 말할 나위가 있겠는가. 그리고 은화가 유통되지 않아 상업이 왕성하지 않게 되면 조정에서 상평통보를 영원히 폐지하자는 논의가 일게 될지도 모르는 일이다.

아, 귀하지도 않고 오랫동안 유지하기도 힘든 것이 어수룩한 세속의 무리들에게 사랑을 받아, 상업 재화가 유통되지 않고 관세 징수에 장애를 일으켜 결국 국가와 백성이 그 병폐를 안게 된다면 훗날 쌓인 의혹이 저절로 해소되는 때가 온다고 해도 어찌 만시지탄이 발생하지 않겠는가.

通銀鈔以便市廛

我國中葉以前 銀貨流通民間者甚夥 而國未嘗貧也 迨鑄銅錢 民皆貴銀賤銅 而錢幾不行 籌司戶曹 隨鑄輒換 以爲官庫封樁 而後銅錢大行八道矣 衆譯輩 歲賂各司官吏 貸銀入燕 大貿紗緞 還以銅錢備納者 約百

---

18) 조(弔): 동전의 단위. 1조는 1000전(錢)에 해당한다.

餘年 而封椿掃盡 通國無銀 此燕造紅蔘以前事也 今天兵久駐 以銀換錢
可見循環之理 苟得流通無難如未鑄錢之時 豈不爲起貧之一端 而嗟嗟
十餘年來 錢幣數改 民受其病 積其未信 疑將有害 視銀如頃者之當百與
中錢 未久而停用也 殊不知泰西通商後 惟銀爲寶 而銅錢之賤 無異於日
本紙幣也 京師市民 尙未解惑 況能流通於遠方愚氓乎

　爲今之計 縱有立致富强之術 苟其事之違拂民情 悉不可遽議也 惟銀
貨不行 無以善交涉而旺商務 雖蚩蚩者 擧皆不便 必多般設法 期於流通
乃已也 嗚呼 紀綱未振 恩信未孚 强以威使 則疑訛反滋 任其自然 則丕
變無期

　瀚臣代議流通三法 畧曰 戶曹鑄錢 不謂不多 一經兌換 皆散積市肆
去不還 雖竭銅山鼓鑄 恐亦不免有時告匱耳 民間非不知銀之爲貴 而嘗
見貿易中 戥莫定其重輕 色不辨其眞僞 或賤價易貨 尙以無處兌錢難之
此所以重錢利其便於用耳 今欲錢源流暢 必先變計用銀 其法有三 精禅
時局 一曰鑄銀 就戶曹設爐 傾鎔白銀 以圓式鐵模鑄一兩二兩之錁[19] 五
兩之錠 以橢式鐵模鑄十兩小寶 五十兩大寶 平足色佳 面加戶曹 年月戳
記 頒示行市 令民間可繳銀粮 可値貨物 如各國携來銀洋 許赴戶曹 兌
換本國新鑄錁錠 重數相準 每兩另加貼水分釐 以備火耗 頻換頻鑄 利可
積微成多 此不獨濟用便商而已 若金礦將開 正可類推 以啓其用也

　二曰兌錢 由戶曹設一專局 收市上銅鑄 以易新鑄之銀 每銀一兩 定錢
價若干 揭書榜於局門 衆目周覽 或有增減 隨時更書 使民間旣知銀可通
用 又便於藏携 則易前積之銀 自然源源而至 從此錢可裕各國之需 銀可
藏民間之富 是一擧而兩善備焉 又何患錢源支絀也

---

19) '課'는 '錁'의 오자로 보여 수정 번역했다. 錁는 화폐로 쓰이던 작은 금괴나 은괴
　를 가리킨다.

三曰公估 今鑄銀鑄銅 只濟本國之用 將來口岸通商 勢不能一槪而輸
且中國向用白鏹貿錠 泰西各國所用銀洋錢有本洋鷹洋之別 每一元重
七錢二分 另有對開四開八開小洋錢 爲零星之用 在各國初鑄成色 原屬
一律 迨展轉流通 間有奸徒 每造銅質 外裹銀皮 或挖銀灌鉛 或銀水吊
銅 種種以贋亂眞 最易受騙 是宜設局延聘善辨銀洋之人 主持其局 凡市
中交易銀洋 先送該局 估看眞僞 加盖公估戳記〔戳記以松蠟爲之 其質
柔軟 刻篆於面 加墨印於銀洋之上〕以憑通行 另定銀每兩洋每酌收估
印錢二三文 補貼局費 再中國之金寶金條金葉 西商所製大小金洋錢 皆
濟銀之用 然金色高下 所以辨織毫 是估局之設 尤不可忽也

旣而瀚臣不見其施行 乃語余曰 翻砂鑄生鐵模數十介 不過二十金足
矣 再用磚灰造爐 及買鎔鍊之器 皆中國所有之物 故中國設鑄銀舖 不過
數三十金 已成大爐巨肆 且鑄銀最易之事 費工甚微 且有加色補水之利
恐較貴邦新鑄小銀錢 有益無損 何不試之 甚爲貴邦惜也 且大軍住防貴
國 不思用銀斷難久居 況通商在邇 尤非用銀不可 今雖變鑄錢 恐非持久
之計耳 余服其高見 而無以應也

旣又思之 用銀之法 雖無以加之 其不能流通之弊 亦在所議之外 一曰
民疑銀價日低之弊 二曰民恃常平可久之弊 豈知來後錢銀低昂 相反於
今日所料乎 昔在未鑄錢之時 通國流行之銀 約五六百萬兩 挽近以來 婦
女釵環之外 不得見焉 豈以大陣所換 不過十萬兩 遽至於日低乎 職由人
心不古忘[20]生疑訛 而各頃上下者 不出五部之外故也 且設關通商之後
各國交易 必以銀貨 不以常平 則往來港口者 將見換銀 而不見換錢矣

且中國銀一兩 値錢十吊 十吊爲一千六百文 泰西人猶謂中國銀低錢
昂 如見我國銀一兩値錢七百五十文 必用機器多鑄常平 使之賤如中錢

---

20) 忘: 앞뒤 문맥에 의거 '妄'의 오기로 보아 '妄'의 의미로 번역했다.

決不使銀價獨低 而於交易不便也 況近年所鑄 無非未鍊之銅 雜攙硝屑
不能耐久 尤爲賤貨乎 且銀不流通 商務不旺 則廟議之永罷常平 亦未可
知也 嗚呼 以不足貴且難恃久之物 而見愛於貿貿之俗 徒使商貨不湊 關
稅掣肘 畢竟民國備受其病 久久縱有積惑自懈之日 豈不晚無及時歟

윤선(輪船, 증기선)을 마련해 수군을 훈련시켜야 한다

계직이 말하기를, "굳이 서양 사람들을 본받아 수십만 금을 들여
전선을 구입할 필요가 없을 뿐더러 그럴 여력도 없다."라고 했는데,
이는 목하의 형세가 불가능한 일을 강요해서는 안 된다는 것을 안 것
이다. 한신이 말하기를, "증기선을 구하여 각 항구에 배치시켜 날마
다 화포용사(火砲勇士)에게 배 위에서 손쓰는 법과 걸음걸이 등을 훈련
시켜야 한다."고 했는데 이처럼 하지 않으면 강한 힘을 길러 적을 방
어할 수 없다고 여긴 것이다.

일찍이 서양의 선박들을 살펴보니 상선과 병선으로 분류돼 있다.
병선이 가진 힘으로 상선을 보호하고 상선에서 낸 세금으로 병선을
유지시키는 탓에 선박 수가 많아도 유지하는 데에 어려움이 없다. 제조
한 증기선의 형태를 살펴보니 전선은 길이가 길면서 중앙 부분이 좁고
화물운반선은 길이가 짧으면서 중앙 부분이 넓다. 그 윤기(輪機, 증기선
의 엔진)의 명암(明暗, 차광판의 밝기)과 끽수(喫水)[21]의 깊이와 매탄 사용
의 양이 전혀 다르다. 조운(漕運)의 폐해가 고질화돼 항구의 업무를 새롭

---

21) 끽수(喫水): 흘수(吃水). 선박이 물 위에 떠 있을 때 선체가 가라앉는 깊이, 즉
선체의 맨 밑에서 수면까지의 수직 거리를 가리킨다.

게 가다듬어야 하는 지금, 의당 상선으로 미곡과 재화를 운반하여 묵은 폐해를 혁파하고, 이들 상선에서 새로 거둔 세금과 여유 자금으로 전선을 구입하여 항구를 선택해 수군을 훈련시켜야 한다. 상선의 증가에 따라 병사들을 선발하고 전선에 이름을 붙여 각 항구에 주둔시키는 것은 모두 차례대로 이루어질 일들이다. 이와 관련한 일들은 모두 한신이 논한 대로이며 나는 이에 대해 더 이상 덧붙일 말이 없다.

아, 전 세계에 탄환을 가진 국가가 어찌 한둘이겠느냐만 그들은 모두 수십 척의 전선을 구비하여 자신을 보위하고 있다. 그런데 삼천리 넓은 영토를 가진 국가가 아직도 증기선 한 척 없어서 각국으로부터 비웃음을 사고 있다. 경대부(卿大夫)들이 다른 나라에 미치지 못함을 큰 수치로 여긴다면 전선을 배치하기 전에 벌써 국가에 새로 일어설 분위기가 형성되고 있음을 보게 될 터인 바, 수군을 완벽하게 단련시키고 난 이후에야 더 말할 나위가 있겠는가.

置輪船以鍊水師

季直曰 不必效泰西人所爲 費數十萬金 購一戰船 亦無此餘力 盖知目下事勢 不欲强其不能也 瀚臣曰 置輪船分駐各口 逐日勤操砲勇在船練手法步伐 盖以不如是 則不足以圖强禦侮也

嘗查泰西船制 有商船兵船 以兵船之力衛商船 卽以商船之稅養兵船 所以船雖多 而餉無缺 所造輪船制度 備戰者長而中狹 運貨者短而中寬 其輪機之明暗 喫水之淺深 用煤之多寡 截然不同矣 今漕弊已痼 港務將新 宜須商船運米載貨 以革舊弊 收新稅及有餘力 購置戰船 擇港鍊師 隨商船之增 簡兵添號令駐各口 皆次第件事 一如瀚臣所議 愚無容更贅也

嗚呼 宇內彈丸之邦何恨[22] 皆有戰船數十號以自衛也 乃獨以三千里

幅員之廣 尙無一汽船 爲各邦所笑 爲卿大夫者 如皆以不及他邦爲深恥
則實船之前 已見國家有幾分起勢 況水師練熟之後乎

군의 구조를 정비하여 전투와 수비에 대비해야 하고, 지형과 지세에 의거해 해안 방위를 굳건히 해야 한다

한신의 "군의 구조를 정비하고 지형과 지세에 의거해야 한다."는 두 가지 논의는 계직의 "군사제도를 개혁하고 변방을 굳건히 해야 한다."는 두 가지 책략과 함께 마땅히 참고해야 한다. 하지만 일반적인 생각으로 짐작하더라도 평소 전쟁에 어두운 서생도 전쟁에서 수비에 대한 대책을 어떻게 세워야하는지 안다. 우리나라는 북쪽으로 러시아, 동쪽으로 일본과 이웃하고 있는데 국가를 보전할 방법을 생각한다면 병사를 훈련시켜 스스로 강한 힘을 갖는 것보다 중요한 것이 없다. 더구나 지금은 과거와 견주어 전쟁의 내용이 다르지 않는가. 군영과 총과 포 등을 대략이나마 구비하려 한다면 계직이 건의한 대책이 알맞으며 완벽하게 구비하려 한다면 한신이 건의한 대로 해야 하는데, 이것은 모두 오늘날 매우 시급하고 절실한 일이다.

하지만 강한 병력을 구축하려면 반드시 먼저 재정적 부를 추구해야 하니, 재정이 부유하지 못한 나라로서 갑자기 강한 병력을 도모한다면 반드시 병력이 정돈되지 않아 국가를 보위할 수 없을 것이다. 근래 군사의 변고는 먹을 것을 요구하는 데서 나왔으니, 이의 중요성을 확

---

22) '恨'은 문맥으로 보아 '限'의 오기로 보여 '限'의 의미로 수정, 번역했다.

인할 수 있는 것이다. 그리고 오늘날 재정을 손보는 일은 일반 백성들이 쉽게 이해하고 즐겁게 따르는 것이 아니다. 더구나 수많은 병사 업무를 일시에 다 거행한다면 역내에서 수많은 일들이 벌어질 터인데 추구하는 일들이 이루어지기를 바랄 수 있겠는가. 오직 상하 모두가 적극적으로 힘을 합쳐 잘 이끌어가려는 마음을 게을리 하지 않고, 와신상담의 의지를 더욱 견고히 해서 먼저 변방의 방어를 견고히 하고, 역량에 맞춰 점차 진전시키면서 병력이 강해질 때까지 멈추지 않는다면 거의 효과를 얻을 수 있을 것이다.

내가 부족한 견해로 『선후육책善後六策』에 대한 보완책을 논의한 것은 다음과 같은 이유에서다. 천병(天兵, 청나라 병사)이 철수하기 전에 오장경의 군영에 두 사람의 편장(偏將)[23]을 파견해 달라고 요청해서 해군과 육군 각 한 영을 맡아 교련하게 한다면 그 법과 제도를 확보할 수 있을 것이다. 그리고 가난에서 벗어날 무렵이 됐을 때 이미 훈련받은 병사들을 각 진에 파견하여 새로 모집한 장정들을 가르치도록 하는 것이다. 이는 결코 하루아침에 팔도의 병사들을 모두 손본 나머지 군량 지급을 유지하지 못함으로써 마치 어린아이가 장난치다가 말듯이 군사 물자는 마련하지 못한 채 사람들만 소용돌이에 몰아넣자는 것이 아니다.

簡營伍以資戰守 據形勢以固海防

瀚臣簡營伍據形勢二議 當與季直改行陣固邊陲二策 可參看 而以意斟酌之 雖素昧兵學之書生 亦知所以策戰守矣 我國北接俄國 東隣日界 苟思保邦之道 莫若練兵以自强 況今昔戰事不同 營伍槍砲 若求粗備 則

---

23) 편장(偏將): 전군(全軍)에서 일부 군대를 이끌며 대장을 보좌하는 장수이다.

如季直所策可矣 若欲盡美 則如瀚臣所議乃已 無非當今切急之務

然凡求兵强 必先求富 若以未富之邦 遽圖其强 則兵必不戢 無以衛國
矣 頃者 軍變出於索餉 此其事可知也 且今治財之事 皆非愚民易知而樂
從者 況可以許多兵務 一時並擧 紛紛多事於域內 望其一一奏績哉 惟大
小同力 不懈求治之心 益堅臥薪之志 先固邊陲 量力漸進 不至乎兵强不
止 庶乎其有效也

愚以一得之見 談龍於六策補 盖欲天兵未撤還之前 請吳軍門派遣二
員偏將 設海陸軍只各一營 試爲敎鍊 可得留其法制 以俟起貧之後 更議
分遣已鍊兵弁 以授各鎭新募之丁也 非謂一朝盡治八道之兵 以致餉需
不繼 徒爲撓衆 軍物未辦 如同兒戲而止也

학원을 설립하여 인재를 축적해야 한다

한신이, "네 개의 사숙을 나누어 개설한 뒤 어린 아이 160명을 선발
하고 훌륭한 교사들을 초빙, 교육해서 활용할 인재를 축적해야 한다."
고 하면서 마련한 법이 매우 완비되어 있으니 참으로 지당한 논의이
다. 이에 대해 나는 다음과 같이 생각한다. 수사(水師, 항해사), 격치(格
致, 물리, 화학 등 자연과학), 무군(武軍, 군사학), 기예(技藝, 기술) 등은 모
두 언어와 서양의 글을 먼저 깨치고 나서 서숙 별로 해당 과목을 가르
쳐야 한다. 조정에서 병자년(1876)에 일본과 조약을 맺고 나서 십년이
지났는데도 아직 한문(漢文)을 번역하지 않은 실정이므로 전문 어학관
을 개설하여 가르치는 일 또한 시급한 업무이다.

나는, 관련 인재는 반드시 초림(椒林. 사대부가의 서얼에 대한 속칭)에
서 선발해야 한다고 생각하는데 여기에는 세 가지 장점이 있다. 무릇

다른 나라말을 익히려면 반드시 유려한 말솜씨가 필요한데 마음속에
답답함을 품고 있는 이는 말을 잘하게 돼있다. 지금 젖을 막 뗀 어린
아이가 말을 배울 때 굳이 감독과 교육에 의하지 않고도 쉽게 말을
배우는 것은 무슨 이유 때문이겠는가? 갓난 아이 시절에는 언제나 마
음속으로 어른들이 자신의 마음을 잘 알아주지 못한다고 답답해하므
로 굳이 애써 가르치려 하지 않아도 저절로 말이 유창해지는 것이다.
어린 아이의 예를 근거로 그들과 같이 마음이 울적한 사람을 찾을 때,
오직 초림들만이 조물주의 보이지 않는 도움이 있는 듯하다. 안타깝
게도 그들은 누군들 못났겠느냐고 자신하지만 스스로 고급 관리들과
차단이 돼 자신을 알아주는 사람이 없다는 한을 품고 지내니, 그 답답
함이 어린 아이와 다름이 없음을 알 수 있다. 우울한 마음을 열기 위
해서는 입으로 소리를 내는 것보다 더 좋은 것이 없는데, 각국의 사정
에 정통하고 교섭과 관련된 임무는 말소리가 큰 사람이 아주 알맞다.
그래서 그들은 세상에 발탁되는 것을 좋아하게 되는데, 마음 속 울적
함이 트이게 되면 바로 혀가 유창해져 반드시 다른 사람보다도 갑절
이나 쉬울 것이니 이것이 첫 번째 이유이다.

　어학은 통상의 계제 역할을 한다. 어학과 기예가 완숙되면 이어서
상무를 익혀야 하는데 세금의 규칙과 관련된 문제는 저잣거리 더벅머
리 친구들의 억측으로 강구해낼 수 있는 것이 아니다. 반드시 글을 읽
은 사대부의 힘을 빌려 관리되고 참조돼야만 경륜이 늘어나 국가를
위한 계책에 손해가 없을 것이다. 그렇지만 화려한 집안의 큰 뜻을 가
진 자제들로 하여금 자신이 해야 할 일을 저버리고 경전을 내팽긴 채
자신들이 잘 하지 못하는 것을 억지로 시켜 새로운 공부를 하게 할
수 없다면, 각 항구를 오가며 교섭을 하고 상업을 일으키는 임무를 초
림 말고 누구에게 맡기겠는가. 초림들은 일을 할 때 반드시 적친(嫡親)

과 논의할 터인데, 경대부들 가운데 식견 있는 자가 멀리서 상권을 집행하고 재력을 가진 자가 그 상업 발전을 도울 수 있을 것이다. 그리하여 세금과 관련된 일이 정연하게 정리되면 저절로 어려운 일이 없을 것이니 이것이 두 번째 이유이다.

초림이 비록 소통(疏通)[24)에 우호적인 답을 얻었지만 결국 형식에 그치고 말았고, 한편으로 의관이나 역관과 어울리는 것을 부끄럽게 여기면서 삶 또한 궁핍하여 식자들의 안타까움을 산 지 벌써 몇 백 년이 된다. 각국에서 끊임없는 변화가 이루어지고 있는 지금 그들에게 언어를 익히도록 하는 것은 진출의 길을 열어주는 것이고, 타고난 능력에 맞춰 네 개의 서숙에서 나눠 가르쳐 하나의 기예를 습득하도록 하는 것은 인재 시험의 방도를 넓히는 것이다. 상업에서 발생하는 세금의 융성과 쇠퇴는 국가의 계책과 크게 관련된 것인데 그들로 하여금 항구 업무를 관장하도록 하는 것은 먹고살 길을 구하게 해주는 것이다. 나아가 조정에 있어서도 온화한 기운을 맞이하는 새로운 단서가 되지 않겠는가. 이것이 세 번째 이유이다.

서울에 어학 관련 기구를 설치한다면 각 도의 큰 도시에는 의료관을 개설할 만한데, 이는 종전의 의술이 병을 치유하는 데 부족하다는 뜻이 아니다. 무릇 적폐를 혁파하고 미미한 지식을 계도하는 것은 사대부의 책무인데 지금 팔도는 의심과 허위가 나날이 극심해서 백성들이 마음을 안정시키지 못하고 있다. 이른바 사대부는 절반 이상이 서울에 살고 있는데, 나머지 대부분은 관직만 도모하는 부패한 식자들로서 평소의 식견이 도리어 고질로 작용하고 있다. 만일 사대부 밖에서 한 사람을 선발하여 계도할 책무를 부여하고 시키지 않아도 스스

---

24) 소통(疏通): 서얼 출신 자손을 일반 관리에 임용하는 것이다.

로 행동하게 하려 한다면 의업을 권장하는 것보다 더 좋은 것은 없다. 사람이 병에 걸리면 반드시 의원을 찾아 치료약을 구한다. 따라서 벽촌에 살아도 사람들이 찾아오는 것은 경대부 집안과 차이가 없다. 만일 한 사람의 의사가 새로운 식견을 날마다 개발한다면 수 백, 수 천 명 환자의 적폐가 저절로 사라질 것이다. 그리고 새로운 방법을 들으면 바로 시험해 보려고 하는 것이 그들의 속성이고 새로운 종자를 얻으면 바로 심어서 길러내려고 하는 것이 그들의 본업이다. 그 이치를 대략이나마 알고 있는 이 인재들은 평소 초목과 조수(鳥獸)의 생산에 대하여 잘 알고 있다. 그들에게 서양의 농학, 식물학, 동물학 등을 의학과 함께 가르쳐야 한다. 또 약재의 무역과 판매에 경험이 있으면 상무와 관련된 일에 선발 활용해야 한다.

이 모든 것과 관련해 정부에서는 각 도에 관문(關文. 공문)을 발송해 의술을 업으로 하는 자와 약포를 경영하는 자들을 다 기록해서 책자를 만들어 보고토록 하되, 요역(徭役)을 져야 하는 사람은 제외시키고 문벌이 있는 사람은 임용해서, 특별히 우대한다는 뜻을 보여주어야 한다. 각 도에서 큰 도시를 선택해 해당 기관을 설치하고 관에서 해당 장소와 약을 제조하는 그릇과 씨앗을 뿌리고 채취하는 기계 등을 공급하는 한편, 원숙하여 일을 잘 알고 기술과 사업에 대해 잘 아는 사람을 발탁해 해당 도 약점포의 매매 일을 관리토록 하고 생산되는 곳에서 원재료를 감별, 확정하도록 한다. 각 읍에서는 몇몇 학생들을 모아 그들에게 생활비를 대주고, 서적을 구입해주고, 기술을 가르치면서 동시에 사람의 치료, 동물의 치료, 약의 제조, 약재의 판매, 약재의 파종과 약재의 채취를 실험해보도록 한다. 그리고 산간의 유휴지를 공급하여 농사를 짓고, 채전을 가꾸고, 나물을 심고, 동물을 기르게 하되 세금을 면제시킨다. 만일 약재를 다루는 읍에서 금하는 법을 어기고 사적으로 매매하는 일이 발생하면 장물죄로 처단하여 규율이 분명히 서도록 한다. 새로운 처방에 효험이 있고 새로운 종이 완성되었을 때는 그때마다 장려하고 상을 내려야 한다. 이렇게 되면 수출 품목이 나날이 증가하고 미곡의 탈루가 나날이 감소할 것이다.

관 내의 경우 사계(私契, 사적인 계모임)를 모방해 해당 규칙을 마련해서, 이익이 날 경우 절반은 관의 공물로 간주하고 절반은 당사자 개인의 이익으로 잡아야 한다. 그리하여 의료관을 오가는 사람들이 모두 부러워해 들어가기를 원하고 일정한 생산이 없는 사람들이 농업과 식목업과 축산업에 돌아오게 한다면 가깝게는 그들을 계도하는 효과가 있고 멀리는 수출의 이익을 거두게 될 것이다.

設學院以儲人才

瀚臣議遴選幼童百六十名 分設四塾 延名師敎之 以爲儲才收用 其立法甚備 誠爲至當之議 愚謂如水師如格致如武軍如技藝 皆必先通語言洋文 而後可分塾更課也 且朝家於丙子與日本約 十年後不譯漢文 語學之設舘課督 亦急務也

竊謂其選必椒林〔士大夫家庶孽之俗稱〕而可者 有三焉 夫隷習殊語必用利口 而惟鬱於心者 能利於口矣 今夫免乳小兒 學言不待敎督 而能之者何哉 盖自呱呱之時 其心常鬱於長者莫曉其意 故不勉而口自利也觀乎小兒 而取其心鬱者 惟椒林獨若有造物陰相也 嗟其爲人 曾誰之不若 而自畫名쫍 常懷莫我知之歎 其鬱無異小兒 可知也 宣心之鬱 莫若聲出於口 而通各國事情任交涉之事 尤係言聲之大者 故自喜見用於時心鬱纔洩 舌根漸利 比之他人 必爲倍易 一也

語學爲通商之階梯 語藝旣熟 商務繼講 而稅則利害 有非市竪臆智所可究悉 必賴讀書士大夫 爲之照管 庶經綸日生而國計無損矣 雖然 亦不

可使華貫自期之子弟 棄其箕裘 束閣經傳 强其不能 從事新藝 則凡往來
各港交涉興商之事 又捨椒林而誰畀哉 椒林臨事議質 必其嫡親 而卿宰
有識見者 可以遙執商權 有財力者 可以助其興販 於是乎 稅事就緒 自
可無難 二也

　椒林雖蒙疏通優批 而恒歸文具 羞與醫譯爲伍 而亦乏生涯 有識矜悶
已歷幾百年所 今値各國事變不窮 而使之隷語 所以開進身之路也 隨性
所近 分課四塾 使之通一藝 所以廣試才之道也 商稅盛衰 大關國計 而
使之管港務 所以設就食之處也 在朝家 豈不爲導迎和氣之一端 三也

　京師旣設語局 亦可繼創醫舘各道大都會矣 非謂從前醫藥不足治病
也 夫力破積習 開導淺識 卽士大夫之責 而今八域疑訛日甚 民無定志
所謂士大夫 過半京居 餘皆功令腐儒 平日識字 反爲痼疾 若於士大夫之
外 議選一人 畀以開導之責 又欲其不令自行 則莫妙於勸獎業醫者也 人
有疾病 必尋醫問藥 故雖居僻陋鄉曲 而人客往來 無異卿宰之門 苟一醫
之新識日拓 則千百病人之積習 自除矣 且聞一新方 亟欲嘗試經驗 卽其
恒性也 得一新種 輒欲栽植長養 卽其本業也 粗曉脉理 已是凡民俊秀
而素諳草木鳥獸之産 凡西人農學植物學動物學 皆可幷醫學而敎之也
且有閱歷於藥物貿買 則亦可選用於商務也

　宜自政府發關各道 凡業醫者 設藥舖者 錄名成冊以報 有徭役者免之
有地閥者調用 顯示別般優待之意 各道中擇大都會寘舘 自官造給屋宇
製藥器皿種採械具 擇其老成解事術業精明者 使之管領該道藥舖貿買
之事 卜定草材於所産 各邑聚集學徒幾人 繼其饌料 購頒書籍 且敎且試
醫人醫獸製藥買藥種藥採藥 給以山溪空閑之地 使之課農治圃植木畜
獸 勿爲徵稅 凡藥材營邑 如有拘禁私賣 論以贓律 著爲令式 若見新方有
效 新種成養 隨事以獎 隨物以賞 庶出口之物名日增 米穀之漏越稍減矣
　舘中之事 宜仿私契 成給節目 凡屬利殖 半爲舘中公物 半爲當者私利

使往來醫舘之人 無不羨慕願入 使無恒産者 歸業農圃植畜之事 則近而
有開導之效 遠而收港務之益矣

육책팔의재보 六策八議再補

김창희

법령 개정을 신중히 하여 국가의 신뢰를 확보해야 한다.

본국의 법률제도는 본래의 뜻이 모두 훌륭하다. 그런데 근래에 와서 법을 빙자한 폐단이 생기면서 백성의 삶이 궁색하고 움츠려들어 그 형상이 크게 한숨을 자아내게 하고 있다. 그리고 폐해가 발생했다면 원래 있던 법을 근거로 그 폐해만 제거하면 되는데 이를 도모하지 않은 채 새로운 법령을 만들어서 소란과 곤란을 증대시켜 또다시 눈물을 흘리게 하는 상황을 만들고 있다. 그리고 이미 새로운 법령을 반포하였다면 아주 완벽하지 못하다고 해도 힘써 실행해서 그 효과를 거두려 해야 하는데, 이를 생각하지 않은 채 한두 가지 장애되는 일이 발생한 것을 이유로 들어 곧바로 예전의 것으로 복원해서 그저 웃음만 자아내게 하니 그 처사가 참으로 통탄스럽다.

법이 폐해를 낳는 것에 대해 말하자면 새 법이 원래 법보다도 더하고, 법을 반드시 실행해야 된다는 측면에서 말하자면 원래의 법으로 되돌아가는 것이 새로운 법을 흔들지 않는 것만 못하다. 한 차례 오류를 범한 뒤 재차 오류를 범하고 다시 여러 차례의 오류를 계속해서 범하고 있다. 관가의 세금과 규정 제도와 운영 규칙들이 이십여 년을 지내오며 마치 어린 아이 장난처럼 수많은 내용들이 사라져 버렸다. 법령이 하달될 때 백성들이 머지않아 폐지될 거라고 예견하면 실제 그렇게 진행되고, 법령이 바뀔 때 백성들이 반드시 원래 법으로 되돌아갈 것이라고 예견하면 정말 그렇게 돼버린다. 어지럽게 바뀌는 즈음에 갖가지 요인들이 개입하여 부정이 발생하고 불신이 쌓여 자신들을 힘들게 한다고 여긴다. 비록 뒷일을 잘 마무리 할 좋은 방법이 있다고 해도 백성들은 필경 따르지 않을 것이고 강압적으로 따르게 할 경우 그저 원망과 탄식만 증가시킬 것이다.

지금 외국과 관련된 업무가 나날이 극심해서 원래의 제도에 장애가 많은 상황인데, 나의 추측으로는 이런 상황에서는 반드시 외국을 추종하는 이들이 새로운 법령을 많이 만들어내 백성들의 실정을 거스를 것이고, 또 한편에서는 옛 것을 고수하자는 논의가 일어서 원래의 질서를 따르는 것을 좋아하고 불편한 것을 싫어하는 상황을 만들면서 위의 것을 흔들 것이다. 그리하여 반드시 삭제의 빈도가 지난날보다 갑절이나 더해져서 나라꼴이 엉망이 될 것이다. 앞으로의 일을 대비해 새로운 대책을 세운다고 할 때, 정말 어쩔 수 없이 새로운 것을 만들고 이전의 것을 바꾸어야 하는 일이 발생한다면 반드시 조정의 신료들을 두루 모아 여러 차례 상의하고 논의한 뒤 재단, 확정해야 한다. 그리고 법령이 반포되었으면 불편함이 뒤따른다고 해도 마땅히 효과를 거두도록 해야 하고 곧바로 다른 의견을 내지 말도록 해서 국내외 사람들에게 조정의 법령이 결코 추후에 바뀔 일이 없다는 확신을 심어준다면 국가의 기강이 점차 진작되고 모든 일이 거행될 수 있을 것이다.

그리고 기강이 진작되지 못한 때에 국가를 위해 쓸모없는 것을 도태시키자는 논의를 제안할 때도 제대로 된 방법을 찾아야 한다. 만일 제대로 된 방법을 찾지 못하면 원망만 쌓이고 국가에 도움 되는 계책이 되지 못하여 그저 폐해만 늘어날 것이니 이는 애초에 논의하지 않느니만 못하다. 여기에는 다음과 같은 이유가 있다. 서울과 지방의 수많은 병폐들을 한데 모은 뒤 속히 혁파하고 모조리 제거해야 하는 구습을 포착해 그 폐해의 근원을 영원히 막아야만 대책을 세우기가 조금은 쉽다. 그 이름을 모두 혁파하지 않은 채 지나친 것만 재단하거나 줄이는 데 그친다면 폐해의 근원이 두절되지 않아 정리하고 다스리기가 매우 어려울 것이다. 만일 혁파해야 할 것을 먼저 선택해서 흔들림 없이 실행에 옮겨 조정의 대책이 반드시 시행된다는 것을 보여준다면 기강도 자연스레 펼쳐지고 그에 따라 매우 어려웠던 것도 점차 어려움 없이 진행될 것이다. 만일 이런 방법을 도모하지 않고 다 혁파할 수 없는 것에서부터 시작하여 갑자기 지나친 것을 재단해야겠다고 나서다가 장애가 발생해 실행에 옮기지 못하게 되면 기강도 자연스레 땅에 떨어질 것이고 그에 따라 조금 쉬웠던 것 또한 점차 어려움에 처하게 돼 결국 어찌할 수 없는 상황을 맞게 될 것이다. 지금 감생청(減省廳)[1]에서 강구하는 것 가운데 어느 것 하나 장애의 단서가 아닌 것이 없지만, 나의 생각으로는 서울 관청의 정비(情費)[2]가 가장 큰 고질병이다. 하지만 이는 점차 교정해 나가야 하며 결코 서둘러 줄이려 해서는 안 된다. 병을 치료할 때 먼저 병이 발생하게 된 원인을 살피는 것과 같은 이치다.

공납(公納)을 조종하여 해마다 잘못된 규례가 증가되는 원인을 살펴

---

1) 감성청(減省廳): 고종 19년(1882)에 나라의 경비를 줄이기 위하여 임시 개설한 관아이다.
2) 정비(情費): 조세(租稅)를 바칠 때 비공식적으로 아전에게 주는 잡비이다.

보면, 근래 수십 년에 걸쳐 경대부라는 자들이 모두 공허한 직함에만
사로잡힌 채 한 가지 일도 감히 스스로 하지 못하고 각 관청의 일체
권한이 모두 서리(胥吏)들에게 주어진 데서 연유한다. 그 형세가 이미
겹겹이 쌓여서 되돌릴 수 없고 그 폐습이 하루아침에 바꿀 수 있는
것이 아니다. 지금 상태에서 가장 알맞은 계책을 세운다면, 그 전권을
하루속히 경대부에게 돌려주되, 점진적으로 관리하도록 해야 하고 너
무 지나치지 않도록 해야 한다. 만일 권한을 빼앗는 것을 먼저 고려하
지 않고 갑자기 경비만 감소시키면 응당 먹어도 되는 것으로 간주해
버릴 것이니 이 어찌 가죽옷을 만들려 하면서 여우와 그 가죽에 대해
논하는 꼴이 아니겠는가. 아, 한 두 사람의 공허한 이름만 가진 관원
이 어떻게 실권을 가진 뭇 서리들을 조종하고 단속할 수 있겠는가. 더
구나 임시로 개설한 감생청의 당랑(堂郎)[3]이 본사(本司)의 관원보다
권력이 더 약하니 더 말할 나위가 있겠는가. 감쇄의 명칭만 있으면 공
납이 창고 밑에서 정체되고, 감쇄의 실체가 없으면 읍의 형세가 결국
은 많은 세금을 걷는 데에 이르게 될 터이니, 그렇게 되면 팔도에 단
한 사람이라도 조정의 법령을 믿는 이가 있을 수 있겠는가.

　부자(夫子, 공자)께서는 "그 사람이 있으면 그 정책이 실행된다."[4]고
했다. 오늘날 정치를 이야기하는 이들은 곧잘 사람이 없는 것을 구실
로 내세우고 있다. 하지만 나는, 힘을 잃은 경대부로 하여금 제각기
해당 관직에서 자신에게 주어진 권한을 다시 갖게 하지 않는다면 비
록 곳곳에 자리가 배치돼 그에 걸맞은 사람을 앉힌다고 해도 그 정책
을 실행할 수 없을 것이라고 생각한다. 정비(情費)의 감소가 결국 감소

---

3) 당랑(堂郎): 같은 관아에 속하는 당상관과 당하관의 통칭이다.
4) 그……실행된다: 『중용』 제20에 나오는 내용이다.

하지 않은 것만 못하다는 것을 알게 된다면 내 말을 잊어서는 안 된다는 것을 알게 될 것이다.

六策八議再補

愼改令以昭國信

國朝法制 本意皆美 挽近憑法生弊 民業窘蹙 其事已堪太息 旣爲生弊 宜因舊章 祗祛其弊 而不此之圖 刱爲新令 益其撓困 其事又堪流涕 旣頒新式 縱未盡善 祗可力行 以收來效 而不此之圖 因有一二掣肘之端 旋復舊例 徒爲貽笑而止 其事誠可痛哭 以言乎法之生弊 則新法甚於舊例 以言乎令之必行 則復舊例不如無撓新令也 一誤再誤 或至屢誤 官方賦稅典禮營制 廿餘年來許多銷刻 皆同兒戱 一令纔下 民曰不久當罷 已而果然 一法纔改 民曰必復舊例 已而又果然 紛更之際 夤緣生奸 積其未信 以爲厲己 雖有善後良法 民必不從 强以行之 只增怨咨而已

今當外務日劇 舊制多碍 愚料必有逐外之人 多刱新令 違拂民情 又起一邊守舊之論 只喜因循 且惡不便 從而撓之 銷刻之頻 必將倍甚往日 而國不可爲國矣 爲善後計 如有萬不獲已刱新改舊者 必廣集廷僚 屢加商確 裁擇而定之 令旣頒矣 設有難便 當圖補效 勿便[5]更議 使中外咸信 朝令必無追改 庶紀綱漸振 而百度可擧也

且夫爲國家 建汰冗之議於紀綱未振之時者 其辦事有術焉 苟不得其術 徒爲任怨 無補國計 究其添弊 反不如初無其議之爲愈也 何者 集京外衆瘼 而觀之其可以亟罷其事而悉除舊謬者 弊源永塞 而建白稍易也 其無以盡革其名 而只可裁省太濫者 奸竇未杜 而厘減甚難也 若先擇其

---

5) '便'은 문맥으로 보아 '使'의 오기인 것으로 보여 '使'로 수정, 번역했다.

可罷者 而亟行無撓 以示朝令必伸 則紀綱隨而稍振 故其甚難者 亦皆漸
就無難也 苟不此之圖 先從其無以盡革者 而亟議裁濫 以致格碍不行 則
紀綱隨而掃地 故其稍易者 亦皆漸難 而不可爲也 今減省廳所講究 何莫
非掣肘之端 而愚以京司情費 爲第一痼瘼 可以徐矯 不可以亟省也 譬如
治病 先察其所以受病矣

究其操縱公納歲增謬例之故 專由挽近屢十年來爲卿大夫者 皆麋虛
銜 一事罔敢自專 各司一切之權 悉歸吏胥而然也 其勢已積重不返 其習
非一朝可改 爲今之計 惟亟反其權於卿大夫 可以使漸入繩束 不至太濫
也 若不先思奪權 遽減 看作印定之應食 豈非製裘而與狐謀皮歟 嗚呼
一二虛麋之官員 何能操束有權力之衆吏胥也 且況一時權設之減省廳
堂郎 較之本司官員 尤爲無權乎 有減之名 則公納愈滯於倉底 無減之實
則邑勢終至於重斂 而八域之內 豈有一民復信朝令者哉

夫子謂其人存則其政擧 今之談治者 輒以無人爲口實 然愚獨曰如不
使失勢之卿大夫 各隨其官 復執自專之權 雖濟濟備位 盡得其人 亦無以
擧其政也 觀於情費之減 終不如不減 則可知吾言之不忘也

사면을 없애 간악한 자를 응징해야 한다

국가가 평화 속에 지낸 지 오래되어 위로는 경대부로부터 아래로는
서민에 이르기까지 인심이 흩어진 채 거두어지지 않고 나태하여 진작
되지 않으며 어리석어 밝지 못하니, 비유하자면 잠에 빠진 사람이 수
백 번 불러도 귀머거리인 것과 같고 오랫동안 게을러 나자빠져 있는
사람이 두 발이 절름발이가 된 것과 같다. 근래에 군사 변란(임오군란)
과 천병(天兵, 청나라 병사)의 주둔이 있었는데도 맹렬히 반성하고 경계

하며 힘차게 일어나 앞을 향해 나서지 못하고 있다. 명령이 막히고 실패로 돌아가는 것이 이전과 다름없고 간악한 무리들이 좀먹는 것 역시 이전과 다름없어서, 조목조목 문제를 지적하고 거듭거듭 경고를 내려도 듣는 자는 마치 아무것도 아닌 듯 넘어가서 서신 발송의 노고와 종이와 먹의 낭비만 발생할 뿐이다. 이 때문에 세상에 분격하는 사람들이 날마다 날선 비판을 쏟아내며 "죽이지 않으면 징계되지 않는다."고 소리쳐도 관용만 판치는 분위기 속에서 반성할 줄 모른다. 법또한 실제 실행되지 않아서 백성들만 그물에 가두고 원망을 자아내게할 뿐이다.

나의 생각으로는, 법령을 바꾸지 않은 채 사람들의 귀와 눈을 새삼 숙연하게 하려면 오직 원래의 법에 의거하여 죄가 있으면 용서하지 말고 경축할 일을 맞아도 사면하지 말아야 한다. 대개 파직과 견책은 조정 대신이 아닌 경우 형법을 가볍게 해서 사형을 유배형으로 감면하는 것인 바, 이것으로 이미 충분한데도 조정에 경축할 일이 있을 때마다 큰 사면령이 내려져 파직과 견책을 당한 자들이 죄과가 모두 씻겨 풀려나고, 잡범으로 이미 배소(配所)로 출발했거나 아직 출발하지 않은 경우까지 포함해 모두 석방의 범위에 든다. 이것은 해마다 있는 일이다. 구속 기간이 오래라 해도 일 년여이고 빠르면 몇 개월에 지나지 않는다. 결국 범한 죄과는 전생(前生)에 속한 것이 되고 사건은 공허한 것이 되고 만다. 참으로 명예를 돌아보고 의리를 생각하는 군자가 아니면 어느 누가 잠시의 경고와 몇 개월 견책의 길을 두려워하여 국가의 법을 범하지 않고 왕의 법을 침해하지 않으려 하겠는가.

나는, 이비(吏批)[6]와 병비(兵批)[7]와 세초(歲抄)[8]에서, 진하(陳賀)[9]와

---

6) 이비(吏批): 이조에서 임금에게 주청(奏請)하여 윤허를 받는 벼슬, 또는 그에 관

반교(頒敎)[10]에 사면 구절을 넣지 않도록 그 규례를 완전히 바꾸도록 해야만 탐욕스러운 관리가 몸을 움츠려 백성들이 삶을 편안하게 누리고 간악한 자가 사라지며 법령이 저절로 실행될 수 있을 것이라고 생각한다.

無赦宥以懲奸宄

國家昇平已久 上自簪紳 下至閭巷 人心散而不收 惰而不振 頑而不爽 譬如熟睡之人 百呼若聾 久倦之身 兩足如跛 雖有頃者之軍變 天兵之威 駐 猶不足使之猛省知警蹶起急步 敎令之廢格如前 奸宄之蠹害如前 雖 條上紛紛 申飭累累 而聽之者若罔聞知 徒多書發之勞 紙墨之費 是以憤 世之士 日爲刻厲之論曰 不殺不懲 殊不知驟猛於積寬之餘 法亦不行 徒 爲罔民興怨而已

愚謂不變律令 使人肅然改視易聽 惟因舊憲 有罪勿恕 遇慶勿赦而已 夫罷譴 非廷紳 輕典刑 配爲貸死次律法 如是足矣 而每有駕儀 輒降大 需 罷譴者蕩滌甄叙 雜犯已發配未發配 幷入放秩 殆課歲有之 久則周年 速可數月 罪屬先天 事已雲空 苟非顧名思義之君子 孰肯畏暫時論警 幾

한 문건이다.

7) 병비(兵批): 병조에서 임금에게 주청하여 윤허를 받는 벼슬, 또는 그에 관한 문건이다.

8) 세초(歲抄): 해마다 6월과 12월에 이조와 병조에서 죄가 있는 관리를 초록(抄錄)하는 것이다. 세초를 상주(上奏)하면 여기에 수록된 자는 왕명으로 감등(減等) 혹은 서용(敍用)하도록 하였다.

9) 진하(陳賀): 나라에 경사가 있을 때 하례하는 의식의 통칭이다. 대개 치사(致詞), 전문(箋文), 표리(表裏) 등의 글을 올린다.

10) 반교(頒敎): 나라에 경사가 있거나 큰 사건이 있을 때 임금이 백성들에게 반포하는 교서이다.

0

月行譴 而不冒邦禁 不干王法哉 愚謂陳駕[11] 頒敎 不添赦句 吏兵批歲抄
永革其例 庶貪吏戢 而小民安業 奸究息 而令禁自行矣

외교문서를 잘 다듬어 외국과의 교섭을 잘 이끌어야 한다

약한 나라가 신중히 해야 할 일은 오직 외교문서뿐이다. 춘추시대
에 막강한 진(晉)나라와 초나라 사이에 끼어있던 정(鄭)나라에 자산(子
産)이 재상으로 있었는데 나라 안에 별다른 전쟁이 없었다. 외교문서
를 작성함에 있어 대체적인 틀을 짜는 비심(裨諶)과 옳고 그름을 판단
하는 세숙(世叔)과 말씨를 다듬고 꾸미는 자우(子羽)가 있었고 이를 토
대로 자산이 직접 문장을 윤색했다.[12] 그래서 당시에 주변 강국들이
모두 그 예의에 존경을 표하고 그 인물들을 두려워했다.

우리나라는 문관 가운데 전망(前望)[13]이 많기는 하지만 그들은 모
두 대국과 주고받는 외교문서에 일찍이 관심을 두지 않을 뿐더러 중
국과 서양의 근래 사무에 대해서도 어둡다. 그러다가 갑자기 자문(咨
文)[14]과 서계(書契)[15]를 지어야 하는 일을 맡게 되면 매우 뛰어난 문장

---

11) ‘駕’는 문맥으로 보아 ‘賀’의 오기로 보여 ‘賀’의 의미로 수정, 번역했다.
12) 춘추시대에……윤색했다: 춘추시대 정나라에서 외교문서를 꾸릴 때 해당 분야
　　적임자에 의해 해당 문서가 완벽하게 꾸며진 사실을 가리킨다.『논어』「헌문(憲問)」:
　　“외교 문서를 만들 때 비신(裨諶)이 초안을 잡고, 세숙(世叔)이 검토하여 의견을
　　제시하고, 외교관 자우(子羽)가 문장을 수식하고, 동리(東里) 사람 자산이 최종 마무
　　리했다.”(爲命 裨諶草創之 世叔討論之 行人子羽修飾之 東里子産潤色之)
13) 전망(前望): 앞서 추천한 후보(候補)이다.
14) 자문(咨文): 중국과 주고받은 공문서. 외국과 주고받는 외교문서를 가리키기도
　　한다.

력을 갖춘 인물이라도 저절로 생각이 멍해지고 붓길이 막혀서 결국 문장이 내용을 전달하지 못하는 결과를 면하지 못하게 된다. 그것이 작은 나라를 사랑하는 상국(上國, 중국)에게는 용서를 받는다 해도 문젯거리를 찾는 이웃나라에게는 모욕을 당할 우려가 있으니 그 중요성을 생각하면 참으로 간담이 서늘하다.

살며시 내 생각을 말하고자 한다. 조정의 정승 가운데 서너 사람을 선발하여 그들에게 외교문서를 전담하게 한다. 식견을 취하기도 하고 문장력을 취하기도 하고 박학을 취하기도 해서, 외교문서를 작성할 때가 되면 그들을 모두 한 곳에 모이게 해서 각기 장점을 발휘하여 초고를 작성하고 내용을 토론하고 수식하고 윤색하기를 정나라 대부처럼 하면 된다. 뿐만 아니라 우리나라가 지금 시점에서 스스로 진작하여 내적인 강화를 도모하지 않으면 미국, 영국 등의 나라들과 바로 평화조약을 맺는다고 해도 그 조약을 완전히 믿을 수는 없다. 공법(公法, 국제법)이 있기는 하지만 공법 또한 드러내 놓고 어기는 경우가 많다. 왜냐하면 저들은 강하고 우리는 약하여 강한 자가 언제나 그 권한을 갖고 있기 때문이다. 적이 염려스러운 것은 앞으로 끝없이 많은 변화가 발생할 거라는 것이다. 그리고 책임자가 신중히 대비할 줄 몰라, 반드시 문제가 발생하고 재앙을 부르게 될 문제는 우리 쪽에서 파견한 사신일 것이다. 사신은 책임이 막중하여 정말로 제대로 된 사람을 임명하지 못하면 결국 다른 나라에 구실만 제공하고 말 것이다. 만약 평이함과 험난함을 가리지 말아야 한다는 신하의 의리에 입각하여 위에서 강제로 명령을 내려 파견하고 아래에서 마지못해 가게 되는 경우가 발생하면 반드시 담력이 움츠려들고 능력이 부족하여 주관 없는

---

15) 서계(書契): 조선시대에 일본 정부와 주고받은 외교문서이다.

행동을 보이고 말 것이다. 그래서 저들은 처음에만 어려워하다가 사신을 살피고 나면 그의 내공을 알아차리고 공감을 하며 많은 요구를 할 것이다. 반대로 스스로 임용되는 것을 좋아하고 위태로운 곳에 가는 것을 즐기는 자가 사신이 되면 담력이 임무를 감당하지 못할 정도여도 스스로 뛰어난 재능을 가졌다고 자부한 나머지 마음이 거칠고 기세가 오만할 것이다. 그러면 저들은 사신의 태도를 잘 살핀 뒤 사신이 좋아하는 것을 이용해 순응하는 채하며 속임수를 써서 결국 자신들의 요구를 이끌어내고 말 것이다. 그런 상황이 되면 비록 다시 사신을 파견해 그 오류의 수정을 요구한다 해도 저들은 반드시 구실 삼을 말을 내세울 것이다. 그들의 주장을 따르게 되면 나약해지고 그들의 주장을 반격하면 변고가 생길 터, 결국 훗날 저들이 맘껏 요구하는 상황이 만들어지는 데 있어서 필시 우리가 그 빌미를 제공한 셈이 된다.

근래 청의 흠차대신(欽差大臣) 숭후(崇厚)[16]가 이리(伊犂)[17]사건으로 러시아에 곤욕을 치렀는데 바로 전권(全權)이라는 직함을 갖고 있었기 때문이니, 이 어찌 좋은 본보기가 되지 않겠는가. 훗날 이리사건의 예를 억지로 찾아 대조하며, 숭후를 욕보였던 것으로 우리 사신에게 따르기 어려운 억지 요구를 해오지 않으리라 누가 장담할 수 있겠는가. 그리고 사람이 태어난 고향을 떠나 만 리 밖에 나서게 되면 타고난

---

16) 숭후(崇厚): 완안숭후(完顏崇厚). 청말의 대신으로 자는 지산(地山), 호는 자겸(子謙)또는 학사(鶴槎)이다. 광서 4년(1878) 내대신(內大臣銜)의 직함을 가지고 러시아에 사신으로 가 공의를 거치지 않은 채 러시아와 조약을 맺었는데, 여러 곳에 통상 거점을 만들어 관세 혜택을 부여하고 이리성(伊犂城) 일대를 러시아가 영원히 점거한다는 내용이었다. 이로 인해 전국에서 반대 의견이 들끓어 결국 체포, 구속되었다.

17) 이리(伊犂): 신강성(新疆省) 서북부의 요충지. 1881년 완안숭후(完顏崇厚)에 의해 러시아가 이리(伊犂) 지방을 점거한다는 조약이 체결되었다.

자질이 강건한 사람이라도 해당 지역의 물과 생산물을 먹고 병이 나지 않을 수가 없다. 육지 길도 그럴진대 하물며 겹겹이 바다를 건너야 함에랴. 만 리도 아닌 수만 리 거리라면 더 말할 나위가 있겠는가. 배 안에서 공급된 물도 부족한 상황에서 갑자기 그곳에서 나는 샘물을 마시면 바로 병이 생겨 십중팔구는 죽게 될 것이다.

그런데 정두(情竇)[18]가 아직 열리지 않은 어린 사내는 능히 바다 건너 먼 지역의 물과 생산물을 먹을 수가 있다. 근래 중국의 관련 기관에서 말을 익힌 뒤 서양에 보내져 기예를 배운 이들은 모두 어린 아이들이다. 내 생각에는, 만일 어쩔 수 없이 서양과 교류해야 하는 일이 발생하면 일찍부터 재능이 탁월한 어린아이를 선발하여 사신의 직함은 갖지 않은 채 서계(書契)만 주어 갔다 오도록 해야 한다. 그리고 국가와 운명을 함께하는 정승들을 선발하여 전권의 직함을 갖게 해서 난처한 단서를 제공해 숭후의 전철을 밟게 해서는 안 된다.

謹辭命以善交涉

弱國之所可致慎 惟辭命一事耳 春秋時 鄭居晉楚之間 子産爲相 國無兵革 賴有草刱大意之裨諶 討論可否之世叔 修飭言辨之子羽 而又爲之潤色文章於己手 故當時强國 莫不敬其有禮畏其有人也 我國文任 前望雖多 皆其平日未嘗留意事大交隣文字 亦復茫昧中西近年事務 及其倉卒應旨文書契撰出之役 雖原文甚優之人 自致意思索然 筆路不開 終未免辭不達意也 縱見恕於字小之上國 恐貽侮於尋端之隣邦 念其關係 誠

---

18) 정두(情竇): 사람이 성장하면서 인정이나 남녀 사이의 애정이 처음 싹트는 것을 이른다. 체면치레를 알게 되는 것을 뜻하기도 한다. 『예기』「예운(禮運)」: "따라서 예의란……천도(天道)를 달성하고 인정을 순조롭게 하는 큰 숨통이다."(故禮義也者……所以達天道順人情之大竇也.)

極寒心

竊謂宜選卿宰三四人 均畀撰述之任 或取其識見 或取其文華 或取其博據 每當選進 使之齊會一處 各出其所長 而草刱之 討論之 修飭之 潤色之 如鄭大夫可也 且我國如不及今自振以圖內强 則雖與美英諸邦立有和約 而和約不足專恃 也知有公法 而公法亦多顯違也 何者 彼强我弱而强者常操其權也 竊慮來頭事變無窮 而當局者不知可愼 必至於啓釁召禍者 其惟自我派使乎 夫使臣責任慕重 苟不得人 遂貽遠邦口實 若以夷險不擇之義 上以勒令差遣 下而黽勉往役 必其膽怯才弱 胸無主宰 彼稍與爲難 使者便思遷就 彼必知其底蘊 故爲恫喝 大肆要求矣 或有自喜見用樂赴危地者 雖其膽力可堪差遣 然亦必自負通才 心粗氣傲 彼善於窺伺 投其所好 將順欺蒙 及至信口允從 雖至更爲派使 請改其誤 彼必藉口有辭 隨則削弱 激則變生 使彼肆其誅求於他日者 必我使爲之階也

且頃者 欽使崇厚 以伊犁事見困我[19](俄)邦 以帶全權之銜也 豈非不遠之前鑑乎 安知他日不照强索伊犁之例 以辱崇厚者 困我使臣勒求難從之請也 且人離其胎鄕萬里之外 雖其禀質堅强 未有能服其水土不生疾病者也 連陸尙然 況越重溟乎 萬里尙然 況數三萬里乎 旣乏艦中呑水忽飮彼岸泉勺 驟生疾病死者 常八九也

惟有情竇未開之童男 能服隔洋水土 近歲中國設局款語遣泰西學藝者 皆童秀也 愚謂如有萬不得已通信泰西之擧 選童生夙慧者 勿假使銜只齎書契往還可也 切不可選同休共戚之卿宰 假以全權之銜 致生難處之端 使踏崇厚之轍也

---

19) '我'는 '俄'의 오류로 보여 '俄'의 의미로 수정, 번역했다.

비정상의 관행을 억제하여 관직세계를 투명화해야 한다

중국과 일본, 서양 사람들이 처음 이 나라에 오면 첫 번째, 만나는 사람이 뛰어난 인물이 아닌 것에 언짢아하고, 두 번째, 문벌을 중시하는 것을 문제 삼고, 세 번째, 당파만 배치하는 것에 불쾌해 한다. 또 재야에는 버려진 현자들이 많지만 문벌에 국한되고 당파에 구애 받아 대신이 관리를 전형할 때 이 사실을 알면서도 천거하지 않는 것에 대하여 의아해 한다. 그리고 관리의 자격요건을 일거에 혁파하여 기존의 원칙을 넘어선 발탁을 해 조정에 바로 배치하지 못하는 것에 대해 매우 애석해 하지만, 인재가 출현하지 않는 문제가 이 몇 가지에만 있지 않다는 사실을 잘 모르고 있다. 가문들이 서로 위세를 부리고 논의의 주도권을 굳건히 지키며 관리를 전형함에 있어 기존 질서를 벗어나지 못하도록 하는 것은 조선 중엽이전의 사대부들이 근래보다 훨씬 더했다. 그럼에도 임진년의 혼란을 감내해 내고 남한산성의 포위를 풀어 국가를 반석에 올려놓는 등 혁혁한 공로를 세운 인재들이 연이어 출현했다.

지금 상황에서 이에 대한 대책을 마련하려면 오직 상과 벌을 공평하게 하여 선을 권장하고 악을 징계해야 한다. 중간 정도의 인재는 분발하고 수정해서 노력을 통해 더 위로 올라갈 수 있도록 하고, 하등의 재능을 가진 자는 명분을 두려워하고 법을 두려워하여 실수를 범하지 않고 잘못을 줄이게 해야 한다. 이러면 비록 기존의 틀을 바꾸지는 못한다 해도 교섭을 잘 이끌고 상업 업무를 왕성하게 할 인재를 얻을 수는 있을 것이다. 만일 먼저 청탁과 뇌물을 주고받는 관습을 혁파하지 않은 채, 한낱 먼 곳에서 온 사람(외국인)의 의견을 꺾기 어렵다는 이유만으로 애써 관리의 자격요건을 혁파한다는 공허한 이름만 내걸

고 갑자기 비루하고 한미한 자들을 과정도 거치지 않고 발탁해버린다
면, 아무 내공도 없는 그들은 마치 거북 등에서 털을 깎는 것과 다름
없을 것이니, 그들 모두가 "나는 훌륭하다."라고 외친다 해도 누가 암
컷 까마귀인지 수컷 까마귀인지 분간할 수 있겠는가. 이는 결국 인재
를 얻는 효과는 없고 한낱 부스러기만 넘쳐나는 폐단만 증가시킬 것
이다.

속담에, '원망의 관청을 열지언정 은혜의 굴을 열지 말라.'라고 했
는데 원망의 관청은 닫기 쉽지만 은혜의 굴은 막기 어렵기 때문이다.
몇 사람의 억울함을 해소시키기 위해 뭇 사람들이 굴복하지 않는 문
제를 야기하고 한정되어 있는 관직으로 수없이 많고 분수에 맞지 않
는 추천에 응하는 것이 과연 옳은 일이겠는가. 그리고 장이 되는 관리
를 추려 뽑는 것이 오늘날 참으로 절실한 문제이기는 하지만, 반드시
제 사람을 얻는다는 보장도 없이 자격 요건을 뛰어넘어 관리를 임용
하는 것은 차라리 일반의 예상을 벗어난, 직위 높은 자를 선발, 파견
하는 것만 못한 것이다.

뜻밖에 좌천을 당했으면서도 여전히 뇌물을 주고받는 습관을 갖는
것은 전혀 수치를 못 느끼는 자가 아니면 하지 않는다. 정말 일말의
자존심이라도 있다면 비정상적인 방법을 통해 분에 넘치게 임용되는
자보다 훨씬 더 명분을 두려워하고 법을 두려워한다. 만일 뛰어난 성
적이 있을 경우 직급을 올려 불러들여도 과하지 않은 것은 그 공로에
대한 보답을 응당 후하게 해야 하기 때문이고, 만일 잘못을 범할 경우
해당 법을 갑절이나 더 적용해도 감히 원망하지 못하는 것은 조정을
욕보인 죄가 크기 때문이다. 이러한 것들이 어찌 관리 세계를 투명하
게 하는 방책이 아니겠는가. 예날 관북(關北, 함경북도 일대) 지역에 수
해가 발생하자 우리 익고(翼考, 翼宗)[20]께서 문신인 가선대부(嘉善大夫)

와 통정대부(通政大夫)를 해당 읍 수령으로 파견했는데 모두 우수한 성적을 내 곧바로 반얼(藩臬)21)로 옮긴 자도 있고 곧바로 정경(正卿)에 발탁된 자도 있다. 당시의 구황 정책에 대해 먼 곳에 사는 백성들마저 오늘날까지 칭송하고 있다. 대성인(大聖人, 익종)의 신묘한 계산과 심오한 대책은 본디 일상의 것에서 훨씬 벗어난 것으로, 오늘날 새로운 일을 시작하고 일으킴에 있어 어찌 더욱더 계승, 발전시켜야 하지 않겠는가.

내 생각에는, 직급은 높은데 직책이 낮은 경우에 모두가 부끄럽게 여긴다. 임금을 가까이 모시는 경대부들 가운데 작은 과실이 있는 자들에게 외직에 보임하는 법을 시행하는 것은 근거 삼을 예가 많아서 각자 할 말이 없다. 변방의 장수로 좌천된 자들 가운데 성과가 나와서 본직에 나아갈 때 그 이력을 인정토록 한 것은 바로 한나라 때 관직을 승진시킨 예와 같다. 묘당(廟堂, 의정부)에서 건의할 때 마땅히 이것을 첫 번째로 삼아야 한다.

抑徼倖以澄仕塗

中東泰西之人 初來此邦 一不樂於所遇非才俊 二不是於專尙門地 三不快於排擬色目 又疑野多遺賢 而爲門地所恨22)色目所拘 大臣詮官 雖

---

20) 익고(翼考, 翼宗): 조선 제23대 순조의 세자이며 헌종의 아버지이다. 이름은 영(旲), 자는 덕인(德寅), 호는 경헌(敬軒). 어머니는 순원왕후 김씨로, 김조순의 딸이다. 부왕 순조의 명으로 4년 동안 대리청정을 하며 왕실과 인척 관계를 맺지 않은 인물을 중심으로 인재를 널리 등용하여 권력의 새로운 기반을 조성하고 왕권 강화에 노력했다.
21) 반얼(藩臬): 지방군대에 대해 통솔권을 가진 감사(監司), 병마절도사(兵馬節度使), 수군절도사(水軍節度使)를 가리킨다.
22) '恨'은 전후 문맥으로 보아 '限'의 오류로 보여 '限'의 의미로 수정, 번역했다.

知之 而不薦者 然深惜其不能一朝破盡資格不次拔擢 而布列于朝也 殊
不知人才之不作 其咎不在此數者也 夫家世之相高 論議之膠守 銓格之
莫越 中葉以前士大夫倍甚於近日 而猶能勘壬辰之亂 解南漢之圍 屢奠
國勢於磐泰 其賢勳勞績 磊落相望也

爲今之計 惟公賞罰以勸懲之矣 其中材 奮發修礪 可勉而上也 其下焉
者 畏名畏法 亦不失寡過也 雖不改舊格 猶可得善交涉旺商務之人矣 若
不先革干謁苞苴之習 徒以重違遠人之議 黽勉取破格之虛名 倉卒擢卑
微以不次 則儲養無素 殆同刮毛龜背 具曰余聖 誰知雌雄之烏哉 竊恐終
無得人之效 只滋濫屑之弊而已

諺云 審開怨府 無啓恩竇 盖以怨府易閉 恩竇難塞也 乃以數人之疏鬱
而致衆心之不服 以有限之名器 而應無窮匪分之望者 其可乎哉 且夫擇
選長吏 誠爲目下最切之務 然與其越資超授未必得人 不如以秩高者差
遣 出其意慮之外也

夫以意外左遷 而猶循苞苴之習 非甚無恥者 不爲也 苟有一分自好之
心 其畏名畏法 亦倍甚於僥倖濫除者矣 如有著績 則陞秩召還 而不爲濫
者 以酬功宜厚也 如其償誤 則加倍用律 而不敢怨者 以辱朝廷之罪大也
是豈非澄敍官方之一術歟 昔關北有水災 我翼考以文臣嘉善通政差遣
灾邑守令 皆著優績 有旋移藩臬者 有旋擢正卿者 當時救荒之政 遐方之
民 至今稱之 大聖人神籌遠謨 固出尋常萬萬 而在今日刱興新務之源 尤
豈非所可繼述者歟

愚謂秩高職卑 恒情所恥 卿宰侍從之有微眚薄過者 輒施補外之典 多
有已例可據 而人自無辭矣 邊禦梱帥之左遷者 待其有績 就本職許用履
歷 卽漢時增秩故事也 廟堂建白 當以此爲第一也

장수를 잘 가려 뽑아 군사의 마음을 하나로 묶어야 한다

속담에, "천 명의 군사는 얻기 쉬워도 한 사람의 장수는 찾기 어렵다."라고 하고, 또 "장수가 병사를 모르면 병사를 적에게 거저 주는 것이다."라고 했는데 이는 군사 문제에서 장수의 선발을 가장 중시해야 함을 강조한 것이다. 더구나 현재와 과거는 전쟁의 내용이 다르고 무기 체계도 전혀 다른데, 국가가 평화를 구가한 지 오래되어 명망 있는 무관의 집안에서 충성스러운 후예가 태어난다 해도 군사 운용의 법칙과 군사를 이끌 방법을 배울 길이 없음에야 말할 나위가 있겠는가. 그런데 참으로 다행스럽게도 근래에 천 명의 병사를 모집하여 좌, 우영의 친위군을 설립하고 몇 사람의 천장(天將, 청나라 장수)이 수고를 아끼지 않고 정성을 다해 교육하고 조련하여 몇 달 만에 군사의 보무와 정렬이 볼 만해졌다. 만일 이러한 즈음에 두 영의 예에 의거하여 해당 중군(中軍)[23]과 천총(千摠), 파총(把摠)[24] 자리를 이 시대에 가장 뛰어난 인물로 임명해서, 그로 하여금 협력하여 교육, 조련하게 하고 또 승리로 이끌 방책을 배우도록 한다면 병사 훈련은 물론 장수를 훈련하는 방법까지 터득하게 될 것이다.

조정에서 큰 계책을 세우는 분들이 어찌 이를 생각하지 않는 것인가. 천장이 더 이상 머무르지 못하고 결국 철수하여 돌아가게 되면, 그때 갑자기 장수를 찾는다 해도 그는 반드시 군사에 대해 잘 모르는

---

23) 중군(中軍): 조선 시대 각 군영(軍營)에 속한 종2품관으로 군영의 대장 혹은 사(使)를 보좌하는 전문 무관이다. 총리영(摠理營), 수어청(守禦廳), 진무영(鎭撫營), 관리영(管理營)과 각 도 감영(監營)의 순영 중군(巡營中軍)은 정3품직이다

24) 천총(千摠), 파총(把摠): 조선시대 각 군영(軍營)에 소속된 무관직(武官職)으로 천총은 정3품, 파총은 종4품이다.

장수일 것이다. 아, 염파(廉頗)를 대신한 조괄(趙括)도 부친의 글을 읽었다[25] 했고 사마의(司馬懿)를 막은 마속(馬謖)은 그 변론이 충분히 대중을 현혹시킬[26] 만했으니, 훗날 두 영에 소속된 병사들이 갑자기 임명된 장수를 경외, 신뢰하며 그 호령을 듣고 그의 약속을 존중할지 모르겠다. 정말 제대로 된 장수가 없다면 병사가 훈련돼 있다고 해도 훈련되지 않는 것이나 다름없을 것이다. 근자의 군사 변란은 탁지부에서 여러 달 군비를 지출하지 않은 데에서 연유했지만 쇠약하고, 탐욕스럽고, 야비하고, 신뢰를 얻지 못한 장수와 무능한 총수가, 병사들이 억울함을 호소하는 상황에서도 그들을 잘 어루만져 주지 못했기 때문이기도 하다. 장수가 제 인물이 아니면 병사가 하나로 뭉치지 못하니 이 또한 지난날의 징계 삼을 예가 아니겠는가.

簡將材以維軍心

諺云 千軍易得 一將難求 又云 將不知兵 以兵輸敵 盖言治兵當以選將爲先也況今昔戰事不同 兵械殊制 而國家昇平日久 名武之家 雖産忠

---

25) 염파(廉頗)를……읽었다: 전국시대 조나라의 명장 조사(趙奢)의 아들 조괄이 부친의 병서를 공부한 것을 말한다. 그 뒤 충분히 공부했다며 그가 자신만만해 하자, 조사와 당시의 명장인 염파가 경계의 말을 했다. 훗날 그는 염파를 대신한 장수가 되어 진(秦)나라와 겨룬 싸움에서 40만 대군을 잃고 자신도 목숨을 잃고 말았다. 『사기』 권81 「염파인상여열전(廉頗藺相如列傳)」.

26) 사마의(司馬懿)를……현혹시킬: 마속은 촉한의 장군으로 형 마량과 함께 재능과 명성이 있었다. 유비가 임종 전 제갈량에게 "마속은 말이 사실보다 과장되니 중용하지 말라."고 유언했지만, 그는 제갈량을 수행해 남정(南征)에 나설 때, "마음을 공격하는 것이 상책이고 성을 공격하는 것은 하책이며, 심리전이 상책이고 무기를 이용한 싸움은 하책이다."라고 하여 제갈량의 중시를 받았다. 하지만 제갈량의 제1차 북벌 때 군사를 거느리고 가정(街亭)을 맡아 지키다가 제갈량의 당부와 왕평(王平)의 권고를 외면하고 융통성 없는 병법을 쓰는 바람에 대패하여 결국 제갈량에 의해 참수를 당했다. '읍참마속' 참고.

膽之子 亦無從而學行陣之法 馭衆之術矣 何幸近日募兵一千 設親軍左
右營 天將數員 不憚其勞 實心敎操 數月之間 步伐止齊 已井井可觀 若
於此際 依他營例 各該中軍千把摠之窠 極一時之選 使之協同敎操之事
又使之請學制勝之畧 則鍊兵之暇 兼得鍊將之術矣

廟堂碩畵 何不念此 天將旣不可以當留 畢竟有撤防還渡之日 竊料倉
卒求將 必爲不習兵之帥矣 噫代頗之括 猶聞能讀父書 拒懿之稷27) 其
辨足以惑衆 未知他日二營兵丁 何所畏信於驟拜之將 而聽其號令 遵其
約束哉 苟爲無將 則兵雖已鍊 與未鍊等耳 頃者 訓局軍變 雖因度支多
月闕餉 亦由衰邁貪鄙之夫 承乏元戎 不能撫定於申訴之際也 帥非其人
兵之不戢 亦豈非前事之可懲乎

지방의 권한을 중시해서 백성의 이익을 진흥시켜야 한다

국가를 다스리는 방법은 한두 가지가 아니지만 결국은 백성을 편안
하게 하는 것으로 귀결되고, 혼란을 야기하는 단서도 많긴 하지만 모
두 백성을 흔드는 데서 연유한다. 오늘날 외국과의 교류가 갈수록 급
박해져서 백성들이 소요를 느끼지 않을 수 없지만 그 소요를 안정으
로 전환시키기 위해서는 첫 번째, 감사(監事)의 권한을 확대하고 두 번
째, 수령(守令)의 청렴을 함양시켜야 한다.

지방직은 중앙직보다 조금은 자신의 결정권이 보장된다. 하지만 규
례에 따라 기존의 원칙만 고수하여 그 권한을 확대하지 않은 채 새로

---

27) '稷'은 문맥으로 보아 '諛'의 오류로 보여 '諛'의 의미로 수정, 번역한다.

운 일을 창안하거나 시작하는 것을 논한다면 이는 권한이 적어 실행하기 어려운 상황을 면치 못한다. 근래 감사들 가운데 치적이 훌륭하다는 말을 듣는 사람들을 살펴보면 봉급을 절약하고 높은 부채에서 벗어났거나, 곡부(穀簿, 곡식 장부)의 잘못된 예를 답습하지 않았거나, 부하 보좌관들로부터 속임을 당하지 않았거나, 송사가 벌어질 때 뇌물이 통하지 않았거나, 미약하고 힘없는 수령에게서 한두 가지 오류를 잡아내 고과(考課)의 책임을 지도록 하는 정도에 지나지 않았다. 또한 시간이 흘러 임기를 다 채우고 떠난 지 일 년 가까이 된 경우에, 자기로 말미암아 뒤늦게 폐해가 발생하지 않아서 떠나고 난 뒤에도 비난받는 것을 모면하는 정도에 지나지 않는다. 탐욕과 방종을 일삼는 기세 좋은 아전에게 파직과 견책을 내리지 못하고, 기한을 어긴 공납을 엄하게 감독하지 못하고, 권력가 집을 드나드는 간악한 향리들을 법대로 집행하지 못한다. 왕의 교화를 펼치고 백성의 아픈 곳을 다독여주며 폐지된 법전을 다시 거행하는 것이 자신의 본분인 줄 잘 알면서도 이쪽과 얽히고 저쪽과 연관되어 결국 하나도 실행하지 못한다.

지금 먼저 그의 권한을 확대하는 것을 논하지 않은 채 억지로 그를 시켜 백성에게 상업을 일으키고, 병사를 모집, 훈련하고, 은화를 유통하고, 광산을 개발하고, 기계를 제조하고, 기예의 학습을 실시하도록 하면 실무를 맡은 아전이 그 명령을 잘 따르겠는가. 이것이야말로 몽둥이는 준비하지 않은 채 사람들의 볼기를 치라고 명령하는 것과 무엇이 다른가.

수령과 읍의 업무를 함께 하는 향리(鄕吏)들을 잘 선택해야 하는데, 정말 좌수(座首)가 제대로 된 인물이 아니면 면(面)과 리(里)가 모두 그 폐해를 입는다. 드러나는 치적 가운데 간악하고 교활한 무리를 없애는 것이 중요한데, 만에 하나 이방(吏房)이 거리낌 없이 만용을 부리면 각 창고들이 모두 간악의 폐해에 물들게 된다. 근래 수령들의 행태를 조사해 보면 자부심을 가진 사람들이 대부분이어서 국가를 위해 보답할 생각이 없지는 않지만, 관으로부터의 제공이 한계가 있고 선물 공세가 끝이 없으며 빚이 나날이 늘어나서 이를 완전히 정리할 방법이 없음에야 그들 또한 어찌하겠는가.

물론 법이 무서워 감히 공적인 재화를 버젓이 훔치지 못하고 명성이 두려워 감히 백성의 재화를 억지로 빼앗지는 못한다. 하지만 순영(巡營, 감영)으로부터 큰 보호를 받고 어사의 보고에서도 논의되지 않는 것이 서북 지방 좌수의 천채(薦債, 추천 채권)와 삼남지방 이방의 예납(例納, 전례에 따라 바침)인데, 소송에서 뇌물이 오가는 탐욕에 비하면 조금은 가벼운 것이기는 해도 이런 관행이 오랫동안 유지되며 일상의 것으로 간주되고 있다. 아! 좌수가 납입하는 것은 각 면과 각 리의 천체이며 이방이 수납하는 것 또한 각 방(房)과 각 창(倉)의 임의적인 전례이다. 이런 상황에서 관의 위엄이 어떻게 손상되지 않고 금지 법령은 또 어떻게 실행될 수 있겠는가. 이 때문에 아전의 장으로서 능력이 있는 자는 법을 빙자해 일을 만들어내기도 한다. 그리고 장차 탐욕을 부리기 위해 아무렇게나 뇌물을 먹지도 않는데, 이는 잠시 청렴하다는 명성을 사려 하는 것이 아니다. 뇌물을 통해 임용된 향리들은 모두 무지몽매하거나 방자한 무리여서 뜻대로 부릴 수도 없으니 이는 악의 무리들이 서로 돕는 것과 다름없다.

더구나 지금 부강의 대책을 논하면서 여전히 뇌물을 주고받는 습관을 속히 정리하지 않은 채 청렴을 길러낼 방법을 찾아 잘못된 습관의 자취를 벗어나고 근면하고 능력 있는 인물을 추려 뽑아야 한다는 것이 개화론자들의 주장인데, 그들의 지혜는 탐욕에 찌든 아전들보다 오히려 못하다. 한낱 부강을 추구하는 생각에만 사로잡혀 그들로 하여금 뽕나무, 차나무를 많이 심게 하고, 도로를 닦아 상업을 일으키게 하고, 호구를 조사하게 하고, 누결(漏結)을 확인하여 군사비용을 충당하게 하고, 시골 백성들을 잘 일깨워 새로운 업무에 종사토록 한다면, 평소 무지몽매한 자들이 과연 폐해 없이 거행할 수 있겠으며 또 평소 오만방자한 자들이 이런저런 일을 꾸미며 간악한 일들을 꾸미지 않을 리 있겠는가. 이것은 땔나무를 제거할 생각은 하지 않은 채 끓는 물을 멈추게 할 방법만 찾는 것과 무엇이 다른가. 아! 권한이 없는 감사와 염치를 잃은 수령과 무지몽매한 보좌와 방자한 서리들이 함께 그 일을 이끌고 있는데, 면과 리의 소요를 일으키지 않고 부강의 효과를 거두는 게 있을 수 있는 일이겠는가.

重藩權以興民利

致治之術不一 而同歸安民 召亂之事多端 而皆由擾民 今外交日亟 民不能無擾 而其所以轉擾爲安者 一曰重監司之權 二曰養守令之廉而已

夫藩司 較內曹稍得自專 若使按例因循 固不必加重其權 苟議剙興新務 猶未免權輕而難爲也 查挽近監司稱善治者 不過節俸廩免高債 不襲穀簿謬例 不爲幕裨所欺蔽 訟牒之于賂不行 覓一二昏謬於殘小無勢之倅 塞考課之責 久而滿瓜 近則周年 未嘗由我生弊 而免謗於去後而已 至於貪縱之大吏 不能罷遣也 愆滯之公納 不能嚴督也 出入權門之奸鄕猾胥不能盡法也 凡宣王化 恤民隱 擧廢典 雖知爲職分內事 而東牽西掣 終不能究一經綸也

今不議先重其權 强使之勸民興商 募兵訓鍊 通銀貨 開礦井 製機器 課學藝 則試之長吏 果恪遵其令飭乎哉 是奚異不使制梃而令其撻28)人也

---

28) '檴'은 문맥으로 보아 '撻'의 오류로 보여 '撻'의 의미로 수정, 번역했다.

夫守令之與共邑事者 惟鄕任是擇 而苟座首非其人 各面各里 無不受
病矣 治績之所以著者 以息奸猾爲要 而苟吏房無忌憚 各庫各倉 盡滋奸
弊矣 査年來守令 亦多自好之士 非無圖報之念 其奈官需有限 苞苴無窮
債帳日高 了勘無術

且畏法而不敢顯竊公貨 畏名而不敢勒奪民財 其爲巡營所深恕 繡啓
所不論者 惟西北之座首薦債 三南之吏房例納 較之訟賂貪聲稍輕 行之
旣久 看作尋常 噫 座首所納 卽各面各里之薦債也 吏房所納 亦各房各
倉之任例也 官威何以不喪 而令禁何以行乎 是以 長吏能者 或憑法生事
將肆其貪 亦必不食任賂 非爲暫沽廉名 誠以用賂得差之鄕胥 皆爲闒茸
(무지 몽매함)姿橫之輩 無以任使如意 亦無異同惡相濟也

況今議行强富之策 猶不亟茸苞苴之習 而議養廉之方 俾免謬習之踵
而使擇勤幹之人 是開化主論者 其智反出貪吏之下矣 徒以求富之心 强
令其廣植桑茶 修治道路 以旺商務 査戶口 核漏結 以充軍國之需 誘導村
氓 從事新務 則試思素闒茸者 果能擧行無弊 而素姿橫者 亦不夤緣生奸
乎哉 是奚異不思去薪而求其止沸也 嗚呼以無權之監司 傷廉之守令 闒
茸之丞憲 姿橫之胥隸 共辦其事 而不致面里之擾 能收强富之效者 有是
理哉

법 집행을 느슨하게 하여 백성들의 피해를 줄여야 한다

미곡이 다른 지역에서 탈루되는 것이 매우 고민스런 문제가 아닌
것은 아니다. 하지만 내 생각에는 조미(漕米, 배로 쌀을 운반)를 농간하
는 일은 내지에서 벌어지는 일로, 관련 법률이 엄격해서 이를 범하면
의당 법대로 엄단해야 한다. 그런데 사상(私商)이 몰래 판매하는 것은

금할 수 없을 뿐만 아니라 굳이 금할 필요도 없다. 왜냐하면 금할 때 제대로 된 법이 적용되지 않으면 그 폐해가 권장하는 것보다도 더 심하기 때문이다.

지금 농경에 이용되는 소를 함부로 도살해서 보석금으로 납입한 것이 호남에서 농우(農牛)의 도살을 거듭 금지한 이유가 아니겠는가. 개발을 금지한 산을 함부로 개발해서 판매한 것이 영남에서 소나무 채취를 엄금한 이유가 아니겠는가. 신분이 낮거나 미천한 것에 상관없이 모두 향안(鄕案)29)에 기록한 것이 관북에서 기강을 정돈한 이유가 아니겠는가. 아무 곳에서나 광산을 개발하여 마을을 소란스럽게 한 것이 관서에서 사적 채취를 징벌한 이유가 아니겠는가. 이름만 들으면 매우 바르지만 내용을 들여다보면 상반되고, 문서만 보면 법을 지킬 듯하지만 백성의 실정을 들여다보면 결국 큰 피해를 안긴다. 관리 가운데 교묘한 자는 이름만 빌린 채 자신을 살찌우고 목사 가운데 졸렬한 자는 사실에 어두워 속임을 당한다. 그리하여 근래 몇 십 년에 걸쳐 백성들을 줄곧 간악으로 인도해왔다.

만일 위에 거론한 네 가지 건에 대해 국가에서 법을 만들지 않았다면 경작 시기를 놓치고, 산들이 민둥산이 되고, 명분이 문란하고, 개발이 낭자한 것이 이토록 심하지는 않았을 것이다. 미곡에 대한 금지법을 계속 유지한다면 그 폐해는 위 네 가지 것과 견줄 수 없는 정도가 될 것이다. 왜냐하면 한 읍의 재화에 대한 권한은 여유 있는 백성에게 있는 듯하지만 유수(遊手, 거간꾼)와 관리들에 있기도 하기 때문이다. 만일 금지법을 없애면 판매의 결정은 당사자가 어떻게 결정하

---

29) 향안(鄕案): 그 지방 출신 사족(士族)의 성명, 본관, 내력 등을 기록한 유향소의 기록 문건이다. 향록(鄕錄)이라고도 하며, 경재소의 경안(京案)에 대비된다.

느냐에 달려 있다. 만일 금지법을 만들어 법령이 내려지면 간악한 무리들이 모두 나서고 서로 부추겨서 혼자 이익을 챙기라고 권유하기도 하고, 판매와 운반을 주선하기도 하고, 현장에서 범행을 확인, 체포하기도 하고, 뇌물을 쓰기도 하고, 빼앗아서 국가에 귀속시키게도 하고, 남몰래 다른 방법을 찾게 하기도 하고, 앞에 있었던 일로 위협하여 다시 시행하도록 하는 등 갖가지 유혹과 꾐이 난무하여 저마다 금지법을 어기고야 말 것이니, 이는 반드시 벌어지고 말 형세이다. 그렇다면 어찌 애초에 금지법을 느슨하게 적용해서 일본인들로부터 비웃음 사는 것을 모면하는 것만 하겠는가.

오늘날 사대부들이 금지법을 권장하는 것이 실제와 상반된다는 것을 분명히 알고 명분과 내용이 서로 어긋난다는 사실을 확실히 안다면 어찌 관리들의 혼란만 다스리는 데에 그치겠는가. 재정을 관리하는 데에도 어려움이 없을 것이다. 내 생각에는, 기강이 진작된다면 금지의 법망이 조밀한 것은 신경 쓸 일이 없다. 그런데 기강이 퇴락하여 진작되지 않는다면 더욱 법조항을 줄여 형식적인 법문의 폐해를 구제해야 한다. 더구나 지금 외국과의 교류가 나날이 빈번한 때에 무익한 법을 느슨하게 하지 않는다면 탐욕스런 아전과 간악한 서리들이 법을 빙자해 백성들을 압박할 자료로 삼지 않겠는가. 그렇게 되면 어떻게 새로운 일을 만들어내고 일으켜서 법령이 물결처럼 시행되고 백성들이 메아리처럼 호응하기를 바랄 수 있겠는가.

弛法禁以息民害

米穀之漏於他境 非不切悶也 然愚謂漕米幻弄 事在內地 其律已嚴 苟有犯越 固宜盡法 至於私商潛賣 不惟不能禁 乃不必禁也 何者 禁之不得其道 其弊反甚於勸之也

今夫亂屠畊力以納贖者 非湖南之申牛禁乎 亂斫封山以發賣者 非嶺南之嚴松禁乎 不計卑賤 輒錄鄕案者 非關北之整紀綱乎 隨處開礦 致鬧村閭者 非關西之懲潛采乎 聞其名則甚正 顧其事則相反 見文牒若將守法 察民情竟貽大害 官之巧者 假名肥己 牧之拙者 昧事見欺 挽近幾十年來 導民以奸 亦已久矣

向使四者不設邦禁 畊作之失時 山嶺之童濯 名分之紊亂 掘鑿之狼藉 猶不至若是甚矣 米穀之禁 如爲之續 其弊又非四者比也 何者 一邑貨權 雖若在於饒民 亦復在於遊手及官屬也 若使無禁 則興販肯不肯 只在當者自守張如何而已 苟或有禁 而令飭一下 則衆奸齊勸 羣猾相賀 有勸其獨自興利者 有爲之周旋貿載者 有使之現捉者 有使之用賂者 有奪之屬公者 有陰開其逕者 有以前事威脅使之再擧者 百般誘導 期於人人犯禁而後已 此必至之勢也 曷若初弛其禁 免致日人之笑也 今之士大夫 如能深知勸禁所以相反 的見名實所以相乖 則豈但吏治其擾 抑亦理財無難矣 愚謂紀綱苟振 固無事乎禁網之密也 如頹靡不振 尤宜亟省科條 以救應文之弊也 況値外交孔亟之日 猶不弛無益之禁 徒爲墨吏奸胥 憑法厲民之資乎 將何以挾興新務 而望其令行如流 民應如響也哉

운송제도를 마련해 화물 운반을 편리하게 해야 한다

옛날 초정(楚亭) 박제가(朴齊家)가 중국에서 돌아와 『북학의(北學議)』를 저술하여, 농기계, 방직기계, 기와 굽기, 도자요, 운송 수레, 목축 등과 관련된 내용을 대략 논하며 중국을 잘 배우면 위로는 국가의 재정을 이롭게 할 수 있고 아래로는 백성의 생산을 늘릴 수 있다고 했으니 그 말을 증거로 내세울 만하다. 내 생각에는 수레의 운행 제도를 모방하는 것이 오늘날 가장 절실한 일이라 생각한다. 항구에서는 무역이 쉽게 이루어지지만 백성들은 이를 운반하는 데 어려움을 겪고 있다. 만일 편리한 제도를 마련해서 인도하지 않으면 어떻게 상업의 흥성을 기대할 수 있겠는가.

아! 동해에서 비목어(比目魚, 넙치류의 물고기)가 잡히는 것은 세상이 다 아는 사실이지만 서남 지역에 거주하는 사람은 일생동안 그 물고기가 어떻게 생겼는지 모른다. 남쪽과 북쪽 연해에서는 모두 미역을 하찮게 여기지만 산골 아낙네들은 아이를 낳을 때 아욱국으로 대신하고, 칡을 채취하는 아이는 새우젓을 모르고, 관동에 사는 백성은 절인 산사(山楂)를 장의 대용으로 쓰고, 해주의 청어는 산골에 사는 선비를 살찌우지 못하고, 양주(楊州)의 생률은 먼 지역 제사상에 제공되지 못하고, 강 물고기와 자라, 봄 채소와 여름 과일은 백리 밖을 벗어나지 못하고, 서북 지역에 사는 사람은 감과 감귤을 구분하지 못하고, 민어와 석어(石魚, 조기)는 가장 많이 생산되는 물고기지만 철령(鐵嶺) 이북 지역에서는 특별한 맛으로 간주되고, 메기와 미꾸라지는 흙탕물에 사는 물고기지만 서울에 오면 1국(㪺, 사발)에 몇 문(文)이나 가니 얼마나 비싼가. 육진(六鎭)의 마포와 갑산(甲山)의 동(銅)과 관서의 명주(明紬), 연초(煙草)와 해서의 목면(木棉), 참깨와 양남(兩南)의 딱종이와 내포(內浦)의 어해(魚醢)와 분원(分院)의 자기는 모두 백성들의 일상에서 없어서는 안 되는 것들이다.

천과 대나무는 양남에 종종 있지만 그곳 백성들은 위천(渭川)에 책봉되는 것30)과 맞먹는 즐거움이 없고, 높은 산과 깊은 골짜기에 수천

---

30) 위천(渭川)에……것: 『사기』 「화식전(貨殖傳)」의, "강릉(江陵)에 천 그루 귤이, 제로(齊魯)에 천 이랑 뽕나무와 삼이, 위천에 천 이랑 대밭이 있는데, 그것을 가진

그루의 한 아름 되는 목재들이 있지만 장인들은 그 아래를 지나가면서도 처다보지 않으며, 청산(靑山)과 보은의 수천 그루 대추나무, 황주(黃州)와 봉산(鳳山)의 수천 그루 대나무, 홍양(興陽)과 남해의 수천 그루 유자, 풍기와 개경의 수천 그루 감나무, 임천(林川)과 한산의 수천 밭도랑 삼과 모시, 관동의 수천 통 벌꿀, 청북(淸北)의 수천 부(浮, 가죽의 수량사) 개가죽, 북해(北海)의 수천 근 해삼, 전주와 대구의 수천 병(柄) 절선(節扇, 접이식 부채), 통영과 제주의 수천 잎 양대(凉臺, 갓), 남포(藍浦)와 종성(鍾城)의 수천 방 벼루, 해주와 홍덕(興德)의 수천 통 먹, 강화와 교동(喬桐)의 수천 잎 돗자리, 나주의 수천 잎 칠소반과 수천 부 발이 가느다란 주렴, 용강(龍岡)과 영흥(永興)의 수천 통 누룩, 함양과 평양의 수천 동이 술, 강계(江界)와 장진(長津)의 수천 동이 장, 전주의 수천 근 생강, 황주의 수천 근 숙변, 송도의 수천 근 인삼, 금성(金城)의 수천 근 유황, 대구와 공주의 각종 약재는 백성들이 일상에서 필요한 것들로서 모두가 그것들에 힘입어 삶을 영위하고 싶어 한다. 하지만 이곳에서는 흔하고 저곳에서는 귀하여 이름만 들을 뿐 볼 수 없는 것은 이를 운반할 힘이 없기 때문이다.

사방 수천 리 되는 국가에 물산이 풍부하지 않은 것이 아닌데도 백성의 생활이 이처럼 곤궁한 이유는 한 마디로 수레가 각 지역을 운행하지 않기 때문이다. 갖가지 사물이 그곳에서 생산돼 그곳에서 소비되는 것은 본디 자연스런 일이다. 하지만 길을 잘 닦고 이를 운송 판매할 노새를 마련해, 전국적으로 동일한 궤도의 길에 운행되게 하면 몇몇 항구에는 반드시 각각의 화물들이 폭주할 터인 바, 백성들이 이익을 얻기 위해 앞으로 나서는 데에 어찌 굳이 국가의 명령이 필요하

사람은 삶이 천호후(千戶侯)와 같다."는 말을 인용한 것이다.

겠는가. 땅에서 생산되는 것들 가운데 백성들은 반드시 본디 있는 작물을 광범위하게 심으면서도 본디 없는 작물도 심어 이익을 얻게 해야 한다. 인력에 의해 완성되는 작물은, 백성들이 반드시 평소의 업을 열심히 하면서도 새로운 것을 시험 삼아 생산하게 해야 한다.

내 생각에는, 조정에서 중국의 수레 운행의 제도를 각 도에 반포하여 각 읍들로 하여금 모두 몇 량의 관용수레를 만들게 한 뒤, 물산의 출경(出境, 다른 지역으로 나감)을 조사하여 관용수레를 이용하는 생산물의 운송 판매를 허락한다면 상업을 일삼는 백성에게 가는 혜택이 얼마이겠는가. 또 약간의 수레 이용세를 거두면 충분히 노새를 돌보고도 남을 것이다.

혹자가, "지금 각국에서 운행하는 운송수단은 모두 철이나 증기를 활용하는데 번개처럼 짧은 순간에 천리를 간다. 이를 위해서는 산을 파고 길을 뚫는 등의 공사로 전체 길을 잘 배치해서 남쪽으로는 부산 항구, 서쪽으로는 용만, 북쪽으로는 원산을 거쳐 회령에 이르게 해야만 그 일이 곧장 이루어질 터인 바, 어찌 하루에 백 여리 정도만 갈 수 있는 노새 수레를 사용할 필요가 있겠는가?"라고 문제를 제기하는데, 나는 다음과 같이 말한다. "이는 참으로 가진 역량은 헤아리지 않은 채 용고기 이야기[31]를 즐기는 것이며 『천자문』도 모르면서 갑자기 경전을 읽는 격이니 가당키나 하겠는가."

---

31) 용고기 이야기: 담용(談龍). "하루종일 용 이야기를 해봤자 돼지고기 한 점 먹는 것만 못하다."(終日談龍, 不如食猪肉)라는 소동파(蘇東坡)의 말을 인용한 것이다. 용은 용고기로, 뛰어난 맛을 가진 요리로 간주된다.

頒車制以便輸貨

昔朴楚亭齊家 還自中國 著北學議一書 畧論耕械織機燔瓦窯磁行車
畜牧等事 以爲善學中邦 上可以利國用 下可以厚民産 其言可徵也 愚以
倣行車制 爲目下最切之務 盖以港口市易 民艱運輸 如不創方便之制以
導之 何能望商務之興旺也

嗚呼 東海致比目之魚 天下所知也 而居其國西南之域者 生平不識何
狀 南北沿海 皆賤甘霍 而峽婦産兒 以藜代羹 采葛之兒 不見蝦醢 關東
之氓 沉楂代醬 海州靑魚 不肥峽居之儒 楊州生栗 不供遠鄕之祭 江魚
河鱉 春蔬夏果 不出百里之外 西北之人 不辨柿柑 民魚石魚 最多産也
而鐵嶺以北 看作異味 鮧鮥爲糞田之物 一或至京 一掬數文 何其貴也
六鎭之麻布 甲山之銅 關西之明紬烟草 海西之木綿眞荏 兩南之楮紙 內
浦之魚醢 分院之磁器 俱民生日用而不可闕者也

千畝之竹 兩南往往有之 而民無渭川素封之樂 高山深峽千株連抱之
材木 匠過其下 而不顧 靑山報恩千樹棗 黃州鳳山千樹梨 興陽南海千樹
橘柚 豊基聞慶千樹柿 林川韓山千畦苧枲 關東千筒鑪蜜 淸北千浮狗皮
北海千斤海蔘 全州大邱千柄節扇 統營濟州千立凉臺 藍浦鍾城千方硯
石 海州興德千同煤墨 江華喬桐千立茵席 羅州千立柒盤 千浮細簾 龍岡
永興千同麴 咸陽平壤千甕酒 江界長津千甕醬 全州千斤生薑 黃州千斤
熟芐 松都千斤人蔘 金城千斤硫黃 大邱公州百種藥材 爲民生日用 而莫
不欲相資而相生也 然而此賤彼貴 聞名不見者 職由無力以致之耳

方數千里之國 物産未嘗不饒 而民業若是甚窶 一言蔽之 曰車不行域
中之故 百物生於其中 消於其中 固其宜也 苟能修治道路 造事販驟 同
軌中邦 行之八道 則數三港口各貨 必輻湊 而民之趍利 豈待令飭哉 其
産於地者 民必廣植其所有 而利種其所無矣 其待人力而成者 民必勤作

其素業 而試驗其新聞矣

愚謂若自朝家頒中國車制於各道 使列邑皆造官車幾輛 審物産之出
境 許其借車販貨 則其爲惠商民當何如也 且收車稅若干 亦足以養騾而
有餘矣

或曰各國行車 今皆鐵金汔輪 如電頃刻千里 亦必鑿山通道 一齊布置
南抵釜港 西至龍灣 北歷元山 以達會籌 其事可立辦矣 何用日行百餘里
之騾車乎 愚則曰是誠不知量力 而只喜談龍者也 未解千字 而遽讀經傳
者也 其可乎哉

삼주합존

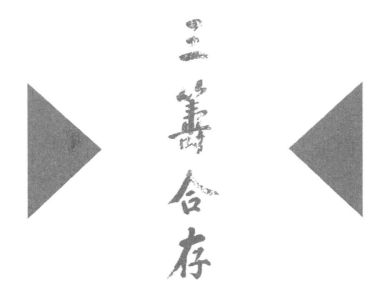

여기서부터는 影印本을 인쇄한 부분으로 맨 뒷 페이지부터 보십시오.

1

三籌合存序

光緒八年壬午七月通州張季直謇隨　欽差吳筱
軒軍門東來與余過從相懽洽季直時言我邦事甚
驚人余知其為大有心人間以善後事宜季直約以
六條撰稿為贈仍軍務忿冗未果八月季直西渡以
病留登州始克脫稿竟踐前約寄書余曰六策已竟
病中不能多寫字稿存節帥處屬示足下審定其
謬計人家國雖空言必求至是非故諉也余讀稿而
既服其識高得書而且感其意厚不揆僭忘乃以愚
見就補其乘未及命之曰善後六策補既而又與皖

江李瀚臣延祐定交得其富強八議復著八議補猶
有所未盡則爲其八條又命之曰六策八議再補噫
居此邦而當艱虞溢目之時猶不改因循之習只以
守舊爲便自托老成厭人激切無一猷爲虛送歲月
乃以民國安危付之天數者是病重而却藥不服也
又有以躁競之心徒以逐外爲事便議改衣服制度
以優俳慕西且不擇何者可先而思於一朝盡擧種
種新務強民之所不樂爲而不悅持重之論欲試無
盖之事而恨不遍示大木之信者是庸醫之亟投峻
劑也若夫季直之策雖以逐外爲戒亦矯本原因循

之病瀚臣之議雖多取人為善亦皆量力而能而度

時不得不行者洵為醫國之扁倉濟民之船筏吾熟

讀兩稿溪顧當寫諸公斟酌而并行之也至於余所

補著言淺文拙雖未免為班門之斧貂尾之續然亦

庶幾乎季直所謂引而申之斟酌以盡乎善之意也

豈盡無可取者哉是歲仲冬下澣海東鈍夫自識三

槐簧屋

朝鮮善後六策　　　　　　張季直

朝鮮今日之變無不知由外交而履霜堅冰其漸之

積不自外交始也善其後者苟斤之外交是務而不

復求諸本原之地甚至如日本變其數百載之衣服

制度以優俳西洋自謂可立致富強之效此其獎非

徒無益而已昔歐陽文忠遇小疾則斂神定氣整衿

端坐以為正氣舒申外感自去此言之理可喻治國

夫居今而泥於古如御方楠之輪格礎而不可行也

薆古而逐乎今如飲攻伐之藥傷賊而不可為也潛

說時苟証以所見次茅標本分為六條世有知者引

一

6

而中之彙而循之斟酌以盡乎善吾知必有禪於朝
鮮爲一也　一通人心以固國脈目前之癰雖倡亂
者一二人附和者數千百無知之輩然自入朝境體
察人心大約惡見外人十居八九原其心迹亦維恐
國家受人挾制憤之不平必執其不通時勢之一端
而緊加以罪立國者將何從易民而治也且民心所
向視士大夫爲轉移朝鮮人士服習程朱之學已數
百年之朝目爲迂遠而驟革之非特理亦不可勢亦
有所不能就使強之而其心不服則日積月累終必
有潰決之應以弱小之國而屢試於禍亂尚可爲乎

7

故欲善外交必先固國脉欲固國脉必先通人心欲

通人心必自士大夫始而通之之道有四不苦人以

所不樂為〔如便議開〕不炫人以所不習見〔如盡改脈〕制脈

不愚人以術〔如興利等事〕不視人以私〔如另設機務等事〕一

切作為懇懇使人絕不疑於君相而曉然知屬

意外交特一時權宜之舉如此則大可卧薪嘗胆

之效小亦派朋黨搆爛之萌君則遠而六七年近而

三四年禍且踵至何治之可圖　一破資格以用人

才朝鮮門地之見甚於六朝其為錮蔽人亦共曉然

登俊求才之教屢下而卒不聞寔有所獲者何也二

8

三執政平時之絕不留心固已世官世祿積數百年
比向不登仕版之家其人自知必無路可以進身守
其業而不復知何者可造於才俊之選亦勢也因其
求之不獲而卒欲示人以大木之信則必隨擧塞責
賢愚並進而其弊適如相等為目前計除其平日所
特以考試人才之漫不中用者用漢策士法令八道
布告士庶各得條陳近日救時良策封進以抉擇之
復就其所言而試以察事其實可用者官之无者不
次擢之此一法也其武者倉卒無從而知其能將與
吾則設為事以考其方畧驗其膽力又必求其不浸

剝不縱弛者不次擢之其有才而或有所偏及才不
乏而行美者次之仍於將梭末秩中隨時甄引其優
者任用之此一法也然其要實攬於宰相大臣及八
道觀察使之公忠明恕者時之留心而所以重宰相
大臣及觀察使之權者又在　國王之寅恭己推
誠相待矣不然於新進則旁求縋丞於老成則倚任
不專何以盡破格之量耶　一嚴澄叙以諫吏治吏
治爲生民之本吏多則民擾吏貪則民困朝鮮國小
財貧閭閻窰墼而考其職官可裁可幷者甚多即外
任交結朝官者苞苴干謁亦復相習成風此而不治

民何由貧是澄叙之方莫亞於汰冗員懲墨吏等一
事而數名者者其同名之事等一官而數員者省其
脩員之官并所以重大并煩以歸簡冗員去則職事
專矣貪之風兆於上必先大吏之貞廉者厚以為表率荒
害中於下必循草野之議以為憑甚若官司奉禄之
次亦終身不用墨吏懲則政治修矣然若官司奉禄
本少而強以伯夷叔齊之行則其事為不近人情而
恩未至者用威亦不能盡法莫若即以所裁冗員之
奉量給於奉入校番之官司俾賢者勸於功名而不
肖者養其廉恥是亦澄叙中仁至義盡之一道也

11

一謀生聚以足財用朝鮮今日練兵設防無在不需

鉅款民間瘠苦賦稅阮必不可加斂以借債開礦設

關尚興利之圖其勢又必至達衆而名亂古人理財

私有因利闡咸鏡道吉州以北十邑其地與俄接壤

賦稅不貢王京近來官吏貪縱民苦其擾漸棄其業

而遁於俄荒廢之地幾數百里又江原道鬱陵島周

回二百里廢棄亦久其中樹木蕃盛百穀咸殖向以

山國稱著若及此時送公正樸實明於事體之大官

經營兩處招募就近人民次第墾闢恩以撫之勤以

督之必使國獲其利而民遂其生官任其勞而民欣

其使至於鹽土木之工慎賞偉之賞劇銀錢之賞賤
兩使不偏塑酌物產之盈匱而使之流通興水利以
便農廣樹藝以生息是在戶曹得人悉心籌畫徐以
牧錢流滿地之效也　一改行陣以鍊兵卒國一日
無脩則弱兵一日不鍊則疲勢也朝鮮自前明用戚
繼光紀效新書法一變府兵之制此為脩昔日之倭
則可施之今日斷乎無用情形不同也且衣販冗長
不利驅走器械不精不利攻戰隊不整不能嚴甫馬
不衡不能馳御如欲精鍊則易邊笠以包巾易長衣
以短衫易綿襪以號足寻易長竿利刺槍易大䖸利

擊隊易散以整使敵不能衝馬易勒以衛使人各自

控一之仿中國湘淮軍制而又實體坐作進退之義

氣用騰縱起伏之法使能避敵禦長而用我長舍我

乘短而攻敵短此最要之畧也至於策求盡善非抽

練不可蓋朝鮮兵皆世籍若沙汰過甚其人必失業

而無以為生不如就一營之中選其精壯者若干人

其不中用者別給以生業如徒其人以宗吉州北十邑及欝陵島難用屯墾法

使務於農亦可或就一家之中凡五隸兵者選其三之選其

二之選其一其與選者量加以餉使之贍其私務造

貴精不貴多之宗約討須重兵之地京畿咸鏡慶尚

14

三道每道各四五千人足矣王京内外極少須七八
千人其餘各道可審其當衝與否而多寡之要之兵
精者一當十兵精而臨敵氣盛者一當百是在將兵
者　一謹防圍以固邊從束策戰必先策守之
難不亞於戰也而論朝鮮之地守易撲朝鮮之勢守
便何者以大海爲重塲禦之不勝防潯之不能守此
不必效泰西人所爲且費數十萬金以購一戰船朝
鮮亦無此餘力而海口及腹地皆重岡疊巘峻嶺崇
山無處不可設防即無處不可扼要故曰守便而守
昜也量財度勢因利乘便譬如十錢以四分購槍三

15

分贐砲又二分贐水雷又一分贐旱雷水雷為防海

先聲旱雷為防陣先聲砲則水陸皆須而槍又陷陣

搉鋒之要其四者惟槍砲必求寢堅寢利水旱雷但

求適用雖補箄重者亦可盍取勝本不必專恃此節

其力亦可多製槍砲也至於仁川口内江華水原近

巖王京固須嚴兵扼堵釜山近對馬島元山近海蔘

威鋭近慶源慶興與戎界隣巨濟密陽浦外密陽在釜山

内江陵屬珍島之其間隘要形勝不一而足有兵以抱

之何難攷一夫當関之效邊固而後戰守之權操

之我矣

16

朝鮮富強八議　李瀚臣

蓋聞衛民必先於富國保邦莫要於強兵音管子治

齊興官山府海之財創執里連鄉之制百廢俱舉霸

業卒成此前事之效可徵爲今按朝鮮八道之地沃

野數千里生齒蕃滋風俗文樸苟揆時勢以導利固

大有可爲也斡旋全寫有治法貴有治人近日所寂

要者約有八爲　一曰籌商務以牧利益也西國以

経商爲本務納貨祝以養兵故富強日臻寒案寓餉於

賈也今阮與之通商立約従此各商雲集於國中設

百貨暢銷將見源之而至必致民財外溢莫塞漏巵

若僅恃關權收十一之稅雖倣英國進口之貨稅僅

出口以利討之終恐無盡有絀海禁況開必求裨益

此不浹不亟思因變達權以興互市之利如煤鐵絲

茶為西人需用大宗急宜教民講求製此外八道

土産皆可互相貿易再倣中國招商局章程合商湊

股每股百金為一稟每人或一股數十股百餘股均

可入夥創始之年集貲六十萬以十萬在漢江口釜

山浦設局立準再以十萬在和約之國近處先立口

尙餘四十萬購造商船四艘船長二十餘丈艙深可

載千餘頓分泊漢江釜山凡本國貨物往來運販逐

18

年添股開埠增船東賣日本之長崎橫濱大坂神戶

箱舘南賣中國之天津烟台上海寧波及於閩粵遠

極新加坡新驀金山以远英美德法諸邦市易日廣

商舶日多其有羡赢以充軍案有事載兵轉糧供億

自便惟望在熟諳商務之員秉時籌畫內求案事外

睦隣交宣非因變計而收補救之效于 二日開礦

井以裕財用也查海西嶺南向出良鐵其煤旺之處

宗與鐵緣而關北關西金之所產示於礦者穰白鏹

銅鉛之類出產寔多淘於沙者爲金砂所得較寡須

五金并乘利可煎收專聘精諳礦帥廣驗礦苗务延

煤司鐵司機司用開礦機器八山採取由官督民售
或集商賈合辦近礦設爐就煤鎔煉之鐵先提鐵中
之鋼之多則鐵質精寠宜製造鋼有純脆鐵有熟生
値亦因之增減試煤則聽煤中水幾分氣幾分硫與
灰各幾分煤質若干以定佳劣如金辨赤黃銅分四
色凡此類推詳察價可居奇再闢餘地廣植荼桑宜
山土避風就陰藪兩節前採苗為荼品寠上節後收
藥色味乃下西人喜飲紅荼綠荼如中國徽閩兩省
采製之法是宜仿效植桑宜於平原惡濕喜肥踈栽
低護春初采葉以飼蠶之長緯絲白絲為上黃色次

之中國潮口無論婦孺皆勤其業故蠶桑之利甲於
天下其法不可不知也其次山產硫磺樟腦水銀雲
母石樹木草藥均可採末與礦利並興但經理游人
成効可以立見裕國利民計無踰於此者　三曰清
田畍以興屯墾也蓋國之賦稅出於民之之供億出
於土此令古不易之論若地有賣陂壙而不墾田已
播種科畍不清宗國計之大關係也寰上丈量公田
清釐賦額凡阡陌餘土許農自墾壋給籽種畊牛以
助其力待成熟升科酌減半賦名為新田俟其子孫
去佃仍課其勤惰予以賞罰似此正供取之戶有宿

21

粮再壹與俄接壤吉州以北數百里荒廢之地行屯

田之法官為經紀招徠農夫興修水利量置營伍營

伍百人〻各授田二十畝有警則徵調立集無事則

自食有餘凡沿海各道有樹木蕃息可畊殖之區皆

宜次萆蓨佃墾闢荒蕪數年生聚而刲鍊庶野無曠

土國無游民不獨上下之積儲賴以饒裕而防邊有

捍衛之固強隣杜覦覬之心矣　四日通銀鈔以便

市廛也放朝鮮圖籍所載初民間交市以貨互易雖

有銀瓶之制旋用旋停造戸曹鑄常平錢與貨并行

刷後數十年始一開爐分鑄雖本國之用且有應其

支絀者况今商務始通首重利用且各國商實閒以
白銅洋錢交易貨物或銀洋不專以金錢濟之故萬
里通行利權在握將來朝鮮開五金之礦尤貴流通
酌古準今是宜及時變計若於通衢設一銀局專鑄
白銀以五十兩為寶十兩為鎰四五兩亦可金亦如
之名於局旁設公佑鋪凡市中金銀洋錢出入歸其
估看成色加蓋戳記以憑交易再設一鈔局專鑄銅
錢源〻相濟乎其準式一律重輕另立牧稅鋪存儲
乔鑄之錢按市上生意長消以定錢價低昂逐日懸
牌註明數目〻無論民商以金銀易鈔者或以鈔易金

銀者平戲劃一均照本日定價兌之並嚴禁私鑄以

及民間舊蓄眾庶責有專歸興利必先除弊從此推廣

八道賦稅固可與銀錢并納布穀亦可仿召鋪行商

誠利國便民之大計不特於通商僅有裨益也　五

曰置輪船以練水師也今欲整頓時局捍衛海防非

兵船不足以固疆圉而禦外侮然設廠仿製経費甚

鉅莫若簡熟語造船之負問中國或外洋賸造諭輪

卧機猶木兵船數艘管本國海口之廣狹以定船式

之短長務取船身堅固鍋爐著煤輪機靈捷砲械精

緻再選精於駕駛之人畀予管帶定制每船管駕官

一員大二三副正二三管輪等六弁砲勇水手各四
五十人舵工升火各七八人均以頭目管之另揀精
壯聰穎之童隨船練習風濤沙線器械汽機其船分
駐漢江大同江釜山各口逐日勤操砲勇在船練手
法步代登岸演陣法入水放水雷槍按旬一次把靶
砲按月一次把靶務在取準命中水手則登高跕桅
泅水採物風帆繩舺板橫具杇使撬之優者記獎
者示懲必使技藝嫻熟心膽俱壯有事折衝海上
雖火彈紛飛人亦無却懼此亦在于為將者又考外洋
有鐵板衝船鐵甲戰船尤利摧堅鐵殼蚊船浮水砲

壘可恃守險其船頭各配巨砲一尊彈子重有七百
磅以至千二百磅洵為攻敵利器是將未亦宜籌備
者也　六日簡營伍以資戰守也嘗聞天下自古無
不可練之兵但求救法何如況今昔戰事不同是宜
因時變制中國自募湘淮軍以末一洗綠營積習按
步營之制五百人為一營以營官將之幫帶官副之
營合五哨各以哨官管之哨長副之每哨分八隊各
以什長領之每隊正勇十人專用洋槍臨陣時勇視
什長隊旗什長視哨官哨旗哨官聽營官號令營官
又聽統帥號令進退起伏悉聽鼓號馬隊之制二百

五十人為一營~分五哨每哨分五隊每隊連什長
十人~各一馬共馬二百五十匹專用馬槍其營哨
各官與步隊同數惟摧鋒逐北則騎隊獨擅其長伙
隱臨高則步兵佐以制勝此騎步不可偏廢也朝鮮
帶甲十數萬若一律變通古法仿立營制汰弱選強
擇將練成勁旅尤須嚴明賞罰軍械精良近束泰西
所造槍砲益求精如兵槍之毛瑟哈乞克司林明
敲馬梯呢馬槍之听嗜士淬均淺膛道子速西且導
砲以德國克虜伯後膛鋼嘗堅利為冣其次阿蒙士
唐瓦~司安士淬龍永炮之佳者至於大藥始用六

角七星繼以棉花強水為製其性尤烈亦謂欲善其

事必先利其器也是宜講求置備以資操演然為將

之道貴識形勢料敵情雖戰陣瞬息之間妙用千變

且西國全恃火器不在鬪勇重在鬪智今之用兵

所以異於古也　七曰據形勢以固海防昔人慮

方輿而言天下險易今則輪舶縱橫海疆偏重故練

水師者須習知水道議海防者立詳考海圖查朝鮮

東西南三面濱臨大洋港汊分岐島嶼羅列其間要

隘如漢江口二百里直達京畿乃王城門戶先事預

防於此為重至於釜山浦偏近對馬島亦東道藩籬

今寺為通商之處扼要控制是不可缺其一也大同
江連接貢使之道近山礦產寂多將束轉運舟車不
可不先為之備再巨文島欝陵島孤懸海邊皆周回
二百餘里或為避風泊船之地或為樹木蕃盛之區
亦宜布置経營以牧地利凡此數江分築砲基訓錬
水師戰艦聲勢相聯永為重鎮然築臺之法以三夾
土為墻砌石為基下廣上銃外濠內池子藥之庫藏
扵臺後駐兵之房園在墻中要害群砲密
布為援臺前臨海有急溜礁砂背偏山林有轉運捷
経鋸高特遠攻之勢對岸牧夫撃之功因地制宜又

存乎作者一旦有警更於各口暗置水雷遙排大筏

木簰蘺索皆可攔阻敵船然有臺須設克敵之炮有

砲須駐精練之兵每大砲一尊分十二人為一隊以

四隊輪替撥之小砲一尊分七人為一隊循

環撥之於海中設木為標離臺近約千碼或二千碼

遠則四五千碼每月一演砲準此校表尺測算度數

命中至於正切之線末得左右過差神而明之勢能

生巧至於扼守隘口設伏山林則用輪車小砲以尽

十管格林砲四管神機砲或野戰以馬車載砲皆取

其便捷隨放亦可隨行此又行軍簡便之大橐也

八日設學院以備人才也今夫立自強之道者尤重
在儲才欲制勝於人者必知其成法若於科運之條
推廣新學遴選幼蒙讀書已有知解自十二歲至於
十八歲相其姿質考其文字先取寂聰俊者約百六
十名分設四塾延名師教之如水師學院教以駕駛
輪機海道槍砲水雷語言洋文之類格致學院教以
箕學天元力學化學光學全石之類武軍學院教以
兵法戰陣地輿大簫武藝之類技藝學院教以汽機
雷報求礦陶冶製造之類每日餘暇傍及經史兵書
使其肄於明理俟入學三月小考一次分為三等上

31

等酌給賣火中等給半下等無給周年流大考一
次定其升降此外按月一考優等賞以花紅芳等示
以簿罰迨至三年學成者優給薪費使其隨師游歷
各邦以廣見識定兩年曰國以才藝超羣者破格擇
用明練時務者補假事權其餘量材分授職事仍定
例每年各院招考新童入塾肄業無論士民子弟均
令赴選或道路遙遠無力之家許其報明地方官造冊
按口糧送其入院投考人數雖有限制取才不妨其
多經費雖由官籌亦許商民捐助或牧額已滿有願
自備賢斧八學者亦聽故國家歛儲人才必先教育

曰

一

況今日伊始可不講求時務哉

或曰此事獲成洵有利矣経營之始鉅費不資不知

欲圖大事者豈惜小費何如汰冗祛浮棠用足濟成

致既著利益自興兵則可使争勝重洋財則可以灌

輸本國所以今日立通商之約棠啓自強之機何不

舉以試之夫歐州各邦始皆島國也彼君臣聘其

心力尚能稱雄海州况朝鮮文物之邦根本篤厚得

人治之韻不駕于其上者有是理哉

余壯投筆歴行間海域十餘年時務習問心焉黙識

今秋随節東渡開幕三韓金石菱史部時或過從訪

反政事知其爲有心人也每於酒酣耳熱獨抱憂時

知其亦懷才未遇也公餘之暇筆述若干以荅盛問

大百外旁觀何能饒舌洊遇知已敢布腹心不以妄

議而敎之則幸甚壬午九月上澣古亮江弟李延祐

拜稿

善後六策補

總論

我國人士所讀之書皆爲借購中國誒說歷代無非

夢中占夢況處海角一隅之地聞見固陋無異井蛙

徒以箕子之舊封自稱曰禮義之國又以地闊相高

之俗習自尊曰士大夫不知當今宇內之大勢膠守

前日開關之論是誠不移之愚固不足深責也亦有

聰明之人留心外交之事自托開化之議津津說關

稅之利舟車鎗礮之制然不滸其要之所在則其所

粗知適以償敗國事反不如彼愚之初無干預也何

者其要之所在可以求諸己不可以求諸人矣居此

邦也羅麗故蹟　本朝典章未嘗稽考凡山川形勢

民俗物産田結戶口軍政詞訟無不茫昧如面墻然

縱使洞悉萬國情形亦不能交涉得宜而通商有利

犹是以李直繞闊口便詭善其後者苟斤口外交是

務不復求諸本原之地自謂立致富強之效此其弊

非徒無益而已蓋以求本原為外交之要非謂外交

為不可也得其要則貪弱之勢漸化富強之基不得

其要則富強之術反滋危亂之萌可不慎哉夫泰西

講藝制器開礦鑄幣築路備海行軍防邊等事無非

36

殫精竭智屢丁年而成者皆為吾民目所未睹月所
未聞而乃以好新之念欲一朝建白丞效種種新奇
事法不知先求國綱之大振民心之丕變是豈非以
無階之厲慾行險而徼倖者歟其弊之非徒無益猶
屬獸語矣

通人心以固國脉

季直曰欲通人心去自士大夫始愚謂欲自士大夫
始不過為轉移間事奈之何兩子以束廟堂之上念
不到此馴致日本五十萬賠欵之事也往雖不陳來
猶可進也書曰事不師古非說攸聞令人之所難前

碩之所易也我 朝五百年來國有大論大議雖自

大內已有定計姑請先扠外庭之議以求大同雖近

文具苟無此例難以解惑四方也頃者 朝家於日

本旣無書契退卻之端又無自我啓釁之義然而自

無知之輩觀之豈不以外國通商為前羿未有之大

事大髪也前之許駐京許開港後之定元山定仁川

皆宜自廟堂丞請愽詢而但若目前岐議不遵已行

成憲使士庶無從而聞其可召宜乎中外疑譸日滋

宜乎苍罵投石無以禁斷宜乎日館終起軍民之變

也若廉愽詢之後朋黨有漸稿機將生則尤宜使人

各自為說辨別取捨以進人才其勢亦不孤而歸咎

亦不專矣況朋黨並起於陰擅國論而禍機不生於

廣採物議平縱或有之與其伏而潛長闖發無已昌

若洩而即消暫擾定也苟依季直之策使人曉然

知屈意外交為權宜之舉者惟遇事輒牧廷議其在

開導愚蠢可以當家喻戶說矣

破資格以用人才

李直見門地之弊欲破資格以矯之然亦知其求之

不獲而隨舉塞責賢愚等進其弊適與相等恐破

格生弊矣有以季直為口實者預為之辨竊嘗初

資格之設蓋爲銓家知人無術務爲可知之法擇才

之方相與口傳必授以恢公道或視品行或考踐歷

以畧矯門地之弊非一二人之私詖乃自然而然者

也中葉之時資格存而人才猶淂挽近以來資格壞

而人才愈失夫家世之進大略以翰注玉堂泙銓提

學爲重然猶考其文學志操以爲次苐至於廊廟臺

垣金轂刋轍藩臬守牧但視之器不問閥閱士欲榮

其身以光門戶錐以淸華之進肴作世業苟志事業

以圖報效必於庸常之職可展其藴且才能相等而

先擧世勳非獨此邦爲然勞績過人而限於門地亦

有疏欝之格大自卜相小至卽署各隨職事莫不有
格苟秉公心衡其輕重士有定價品流自別一官有
闕可以代擬者多不過二三人與臺皆料誰也爲之
已而果然此一去公議也今則挨簿唱注不過曰某
也久闕某也情勢某也未経某也借衡云乙是豈古
格乃許諸武李直之所欲破者乃令之釐格非古之美
格也且李直所謂文試之用漢策士法訛耴言而試
以事察其寮武擧之設爲事而考方畧驗膽力皆非
亞以破格乃增設登科入仕之一二層新格耳儘可
依此爲式廣取才之道亦宜講明舊格嚴陞遷之程

41

庶科弊可矯名器無玷矣否則人之憑藉破格不要

本分以求不次之擢矣凡為國辦事之人雖未嘗畏

事厭事亦不當喜事生事夫以甲微慶地思術才能

以贅動在上者之聽顧其勢如不喜事生事無以洶

發身機會也豈不徒閒偉進之門而長躁競之風只

浮傾危之士而益憤敗之咎日間激切之論而滋紛

更之奬大違李直破格用才之本意乎或曰資格之

不可破誠如子言則草野果無遺賢甲微不產才俊

設或有之亦不可拔擢歟曰人才之不培養久矣雖

有天姿極優之士曾未知學問之為何事亦不知何

42

者可造才後之選徒以切令之不患自詐以能文
陰陽術數之粗解自誇以多識者八域皆是也其有
一二可選之才亦爲躁競自衒之筆取混苟不設三
資格明示何藝可以需時則何以選眞才祛混僞如
錙銖而揀金也且職俸本薄簪紳乘以計子孫門戶
者只有漸次通淸之區乞匿名而已如其破畫門地
之格使貴賤混進而湻者不爲榮失者不爲戚則
朝家又將何藉以磨礪激勸之于昔燕昭王求士郭
隗對以先自隗始爲令之計惟丞於朝廷之上察其
己試之蹟則人才雖曰渺然必有彼善於此者实較

其錙銖以為先後常使物議翕然稱公不過數年而
草野有聞風興起優入選格者亦留心訪
門不懈進覽之誠則可笑豈可令日發破格之令明
日選人於干謁圖囑之中曰比人乃才俊也其闕甚
微可以即擬清班其資甚淺可以不次超遷云甫于
嗚呼才俊固難淂識才俊之人尤十倍難淂余未
知今之薦才俊者為誰也子產云其為美錦不已多
于政為令日不可破格之準備語也

嚴澄敘以諫吏治

季直曰等一官而數負者者其備負之官思謂官兄

之弊猶小官冗而又復數遷之害乃更大也與其者

備員之官不若矯數遷之謬也卿大夫皆不常厥官

周流為貴久居為恥朝閱金穀暮理刑獄倉卒舉職

尖聽或肴恰似初來新婦惟姆保是憑且未知明日

或移或進未審專精會神講究一書之務外官雖不

比京職數遷然縱語民隱必期已熟前人施措迄未

不肯一遷賢愚同歸無治且歷代日頻故陞遷日易

陞遷日易故位著日眾故雖以備員之彙

日周流之常患不足此名器來以日眾公格來以日

壞也嗚呼一官數員尚議汰省況以備員之官一歲

數人可共其職于是以名列卿寧侍從居内而無任
事之權之涎宜之資皆思外職如早望霑求之甚苟
名節已壞淳之甚難債帳已高高何論澄清之志術
良之積于文旦如此隸幕何責為善淺討拔才識先
者充原設之官苟無大故不辭遮如非案病無淳
陳疏呈辭限幾年不出賞資慎惜清遷癃老計其休
退年少學淺給暇讀書貶下絹罷永枉仕銓可也職
事有專自無内輕之獎位著日少亦無外任之難古
人云與其曘貪而後懲不若使之不貪使之不貪之
道先在于其人未嘗求而淳之也

謀生衆以足財用

秉直知賦稅之不可加借債之又有害万欲經營關

北十邑鬱陵島以為理材之因利殊不知北慶壑闢

生衆只可以謹防圍不足以裕國計也關北財賦本

不輸京即　國初募民實邊謨而徒歸武俸私費

延營路遠民不知王化文谷金文忠有摩天以北為

設一道之議挽近貪墨日盛布毳茸貂獺之屬尊

之無節糶糴幻弄債逋族里之徵詒無虛日使之顚

連無訴〻任其流越他境早晚民瘼固宜有之為道臣

者隔遠〻無以撫之倉卒難以安集俄人亦不勞而有

之苟六鎮有警居内地者何能高枕安卧乎誠宜及

令擇文武能之帥舉十邑專畀之財賦刑賞邑鎮

守牧惟意裁處凡招徠墾闢之務練兵製砲之事限

十年責其成效若李牧之禦邊前明之封疆伯在

國計初無所損止門鎖鑰屹為重鎮俄人鎮眈之何

能容易啓釁蔚陵島古之于山國也　國初移民

内地今為天荒東西六十里南北四十里周圍二百

四五十里介在釜元兩港之間日人常停泊見島空

無人久為流涎若比前廢棄誠恐終為日人取有笑

該島樹木長養宛似鄧林地氣既全升種斛出亦宜

及今擇公忠體國之臣畀以東藩使之募民遷屍能
吏畀以全島使之開拓也伐樹為屋捕魚為業不啻
不啻一秋之穫可倮數年之食其奠接何難也苟狗
雞相聞日人亦何能窺覘有主之島哉可以造船積
穀操鍊海軍在　國家豈不為一屏藩也今宇內大
勢地無廣狹惟勤可以自保八道地非不廣民非不
眾奈俗頹人惰無以著手惟此島新闢因其草莽方
興其勢可以展力有為也至於財用求足其道有四
一曰開其源闢之之道莫如先諜吏治二曰通其利
通之之道莫如先厚民俗三曰慈其數慈之之道莫

如先振紀綱四曰節其流節之之道莫如先沐兄還

舍此四者而求其足於關稅礦務等事縱使其利甚

鉅譬如引江河之水終無以家許多漏巵矣況其利

權在人而未嘗在我者乎

改行陣以練兵卒　謹防圍以固邊陸

季直曰自前明用記效新書法此為備昔日之倭則

可施之今日斷乎無用又曰論地守易攻勢守便洵

合乎昔愚見若依此練兵依此策守何難找一夫當

關之敵也夫我國之禦外侮雖曰弱不敵強非無主

客之勢雖曰小不敵大非無山河之固雖曰寡不敵

衆非無攻守之具苟能籌餉養兵以圖內强懷柔待

宜擧不由我則設有意外侵伐自可推延時月以俟

上國之援也我邦自三韓高麗稱補强國 本朝初

業亦因武烈雖恬嬉數百年之久幅圓未嘗蹙財産

未嘗減民丁未嘗少足今圖治猶可以自振也昔栗

谷於 莚中發十萬養兵之議西崖韻非意務反士

辰亂作始服先見之明況今海道四闢外泊日至有

尚云晚矣之嘆幸練陸軍宜咸鏡平安江原三道也

北關地接俄境固守關扼多需陸軍關西關東素多

獮砲若六鎭有事可先調南關袨發兩道也鍊海軍

頁京畿海西三南也京營馬步己多陸軍兵於畿沿

可治海軍海西湖西宜治海軍備船體若畿沿有事

可朝發令夕赴召也嶺沿宜造船運船而航海測水

為海軍之事湖南京治海軍併力嶺南以壯聲威五

道京畿山邑可置陸軍或四五邑為一鎮或六七邑

為一鎮專治槍砲以作步兵可也討京外之兵五分

之內陸軍居其三海軍居其二務責精不責多之宗

如李直㴱策就西北之中擇巨鎮先設陸軍一營兩

南之間擇大港㴱設海軍一營請　欽差吳軍門汰

遣海陸二偏將教鍊如法牧藝院熟乃頒分遣肄練

兵弁以教各鎮新募之丁可也或曰練軍宜先辦軍
需若議重歟已困之民是名亂非修備也如不議生
財軍需又無從而辦焉何日兵者出有死寓而後有
食古者寓兵農於有以也後世兵農分二 我朝壬
辰亂後牧鄉軍身布以養京兵昔以名疤令稱洞布
各邑亦有束伍牙兵以應官門點閱西土不牧布尚
見如兒戲之狀諸道或牧布納兵書或不牧布或一
邑束伍牧不牧不齊奇與兒戲歸於文具借使免布
為兵無以臨陣赴敵兵農各一誠為迂論窃謂為今
之計莫如寓兵於邑也陸軍寓於獵採而山澤之禁

可施海軍寓於漁椑而浦津之稅可還也我國環海
而多山漁獵之利不下於農苟無侵其利以制恒產
撐陳謀藝漁蝦航海移其身布野村農戶而官門點
開可罷也且汰列邑吏胥以增武校倂殘小之縣革
連陸之鎮以省養官之需明家座之簿以定四民之
業則餉需自足充用矣若夫變通之際事之掣時勢
采必有而因地隨俗化導愚氓惟在道帥邑守令之
導其人也

富強八議補

籌商務以牧利益

我國原末雖僻在東隅壤地偏小其紅稻香粳足以
供粢盛絲麻之以備粢服菜牲足以列籩豆鹽鐵不
藉他邦雖民不知通商利用之為何事而其養生送
死足以無憾矣雖有舟輿無乘之雖有甲兵無乘
陳之誠天下一樂國也若使歐巴之人仍處西海如
風馬牛不相及雖貿~如昔不知變計赤復何害其
奈近日輪泊駛至欲與我較計高利於製三港口日
輸淫奇之物易我有用之貨將見我財漸弱彼物無

竆以積貪之勢値尾閭之開而不思来以反彼之權

可與我利者尚謂人而有心于哉是以瀚臣縦開口

便說籌商務以牧利益恩亦以啟關立埠湊胺贈船

為切急之務然其中湊胺一事最為章掣非待循良

之吏先之以開導愚蠢則無以使未信之民出貨入

胺也强以使之是又事直乘謂違衆召亂之一端也

假如頃者嶺伯發關列邑勸課種柔民疑稅絲不惟

不種乃反抜去已有之株況其事有大於種柔而尚

損財素昧利害之禹于夫以不可已之事而又不可

立法以強使之則無寧陰用術智以善誘之也人心

夾向視士大夫為轉移必有一二望重有力之卿辛
私集同志仿立章程先出私財以倡之其次使長吏
絶笆首之輸節身家之用反至廩倖有餘勸以子弟
門生八高興利以為歸後自養之資其次課長吏之
後以無橈富民為第一件事如有興高者官立曲為
周旋指導免致良貝失業其無意者亦不許自官勤
使反生疑端其次如有一人獨湊十股以上者立施
優賞其次京外有志無財者亦何恨如有勸其親知
湊合十股者亦許袤名本局以享一股之利比此五
者皆為術々善誘之術縱未能驟集六十萬欵其興

日須令餙而民愈惶駭者不可同日語也且余嘗觀
我人之買東西於燕市者多爲玩好無用之物亦取
薄芳不耐久之品其主顧無不譏笑也以此推之仁
川元山通高之浚采謂進口之貨必皆無益有損之
物將見侈靡重賣莫塞漏巵笑豈非識者預切傷心
之事乎恩韻進口之貨如珠玉錦補之類非民生日
用之采必需宜如數倍之税固無妨扵貪民亦何害
扵富室也其有益無損者如穀菜樹根可以移種之
類卌械織機可以剏始之類并宜勿税以廣末源如
見新種成養新毘枝敧雜勿吝爵賞以獎勸之可也
一

至於出口之貨彼旣不知有何佳産我民亦莫曉何
物可得善買也查日人之元山貿易已數年矣旣道
土宜高未齊備況初末之英美各高于愚謂將興重
利何否小費導民與高女示已驗丞查各道各邑物
産只求各産單具不必一物多輸物之賤者不過一
二擔産之貴者或若干斤或若干兩皆以公錢給價
貿取精其封裏列之高閣且於物目冊子懸註價錢
若干輸費若干及其出口亦註受銀若干刊布中外
使之曉然知何物可穫重貨何産亦有微利百也夫
天物之每歲只産此數者任之而已其由地力而生

者可以廣植移種也其待人力而成者可以募工課

業也苟能愼擇長吏責其成效則裔務豈有不旺之

理乎

開礦井以裕財用

瀚臣曰生財之道開礦冝先季直曰欲通人心以固

國脉宜不苦人之乑不樂爲如便議開礦等事兩君

爲我邦代籌而其言之不同如此　朝家将孰從而

渀其可哉有宗瀚臣八議者曰我國五金煤鐵無處

不産俰以微之歷代建邦之名曰朝鮮以主金之色

如朝日之先鮮也曰新羅即方語好品金之謂也曰

60

勾驪即方語銅之謂又䃟之謂青金之塊形色如䃟
也曰高麗以金産於高山麗水也特以民安畉稼而
畜不通外國之故不以礦為業也又查各道産鐵比
七十餘邑煤與鐵縁其旺可知且泥各礦之地産有
深淺軆質有純雜層次有厚薄穴井有寬狹而國裒
所知不過為十百分之一二乎泰西人謂各國盛裒
其以礦産定之我國若延頭等礦師廣揆徧尋使岩
穴深藏盡為透露則誠為天下至富之國矣況今泰
西五金煤鐵開採已多井道過深費欵甚鉅用力亦
大若見我國金貲煤苗安皆盡洩矣與其因循致生

遠人覬覦豈若自我開挖早為善賈以充軍國之需

也有宗季直六篆者曰他邦之人初來我邦只知有

賞本機械則便可看山開礦尋苗挖煤而已殊不知

我民惡見外人不信　朝令雖使遠人輸誠但顧

朝家見欺且使將來有利但說目前騰己破其墳墓

則惡壞其田宅則惡穀償騰踊則惡官隸頻行則惡

錢穀換用各物貿入之際寅緣生奸遠人往來輸煤

出港之際微詛自煩始則怨官惡國終復移乙遠人

變之層生尤不暇救倩使幸不至此亦有不可昔者

日人初興礦務大為西人所欺至近年僅償其害此

殷鑑之不遠也且開礦之始亦需鉅欵今欵與辦勢

將借欵此又季直所謂不愚人以術者也夫泰西小

邦多因借欵爲大邦所困蓋借國債始指關稅礦利

爲憑據畢竟利權爲人所執造此欵方還急一波又

趂勢去借　如是數次國益貧民益窮名爲自主之

國實操縱由人是將舉國而陷於術中終莫之覺者

也季直之策以違衆召亂者有四而開礦之害

寡爲甚爲如之何其可議也余則曰兩君代籌之論

各有之見矣宗其說而曰可曰不可者亦皆不錯矣

若將斟酌於可不可之間則無如姑舍金礦以從季

直之策而只議煤鐵亦聽灜臣之議也夫金之所産

來扵礦者雜白鑞銅錫之類出産甚多淘扵沙者為

金砂湏五金共採利可焄牧洶如灜臣𠪚論然金礦

工本旣多漏失且易若只使我民則器械不利湏者

朔州間礦費錢七萬橋浮金僅四百兩其浮不補失

旣如此若聘泰西礦師則昔者日人見欺而其為殷

鑑又如彼若與日人共事則又恐以昔之見欺者欺

我此三者皆非計之得也且况　朝家少辦力之責

民業百惰農之應而乃議一朝盡閉封禁則當窎諸

公文無遽辦之勝笑隨採隨漏利亰在公徒鑿混屯

之竅而已矣非但季直之大韻不可抑亦瀚臣之不
無難慎也挖煤之事雖爲此邦前此未有之大役而
其獎又與金礦署相埒然苟銷路稍遠雖見煤苟礦
師必過之而不顧非若五金之礦隨處致開也且今
之主時論者過半開化之人只羨礦利未嘗礦害恐
非季直之策耶可勸止而盡作罷論也且國帑蠲竭
外交日亟苟且生財如非增民之歛則必侵守令之
俸其爲貽害反甚於礦務者乎如不議擇瀕海數邑
而先試之以闢風氣則又不可謂達於時務也且不
淂不開者非煤大不能化汽動機非精鐵不能製器

器利用將為製造槍礮紝織機器無所不需也夫欲

強民之來不樂為者也先多行其樂從之事也譬如

良醫治病先調臟腑又如彈琴先理其絃使緊緩得

中又如良工欲善其事必先利其器皆一理也宜亟

選廩能之牧矯革積瘼裁省橫斂為民摩痛爬痒使

民拭目聳聽察物產出入而利導之預備遠人接濟

之需使民各寓生理公選一鄉一面之望擇定庄首

風憲之任使之開導愚蠢莫不曉然知此舉非惟裕

國亦將益民及尹民心稍回只延中國人先立善章

程先占產最佳處以絕他邦覬覦流涎之心且預窊

鐵路免致停工待欵之獎則其欵甚鉅亦先集中國

高欵而後可也且派公忠體國熟諳內政外務之臣

專管其事俾責成效使之督同礦師集工役擇菁事

頭目視水口之遠近審開挖之井道卜其品質籌其

銷塲又使道臣邑宰相輔事權同心共濟蔡蠶緣之

奸息山地之訟導民興商流通銀貨以便工役　朝

家則勞於簡選逸於委任而已勿頴送京差以致先

啓獘瑞蹓明季之轍勿速責礦利以致中途掣時貼

遠人之覬可也誠如是則亦合於季直來韶通人心

者笑豈不善事而底績哉且挖煤煉鐵一舉兩利而

其工本較來金稍少亦無挖浚漏失之慮而其質彷
者可以代薪爲炊斧斤少入山林而可免童濯之患
其品好者海口通商亦獲重價矣如取自然之財以
立自強之基從此海添輪船等礮臺精製軍械劃
鍊士卒無不往而不可笑鳴呼豫則立三字爲辦事
之符欤而況與吾民目亦未嘗耳亦未聞之役如無
半年經營於始事之前則雖有才智素優之人無以
倉卒措設而善其事也恩料　朝家他日重遠遠人
之議丞求起貧之方而事到不能不行之境則長吏
旣無素孚之恩信欵地亦之先劃之錢穀遠人接濟

之需百無一存差備分管之任倉卒苟克皆為昧事

者　朝家又應其不能善就也而遽授節制京差絡

釋以致事之製时則豈不徒為撓民終無利效而使

堅執不可之論者獲先見之名也況借日本泰西之

國欵授利柄於他邦五金煤鐵一時爭舉任其欺謗

激惡我民愆怒意外之事變非惟礦利之荒如捕風

柳亦賕欵謝過之勢亦无至豈不殆哉至於勧課

種桑誠為出口最需之貨一如瀚臣來議可亟行之

然亦須長吏得人可牧成效矣

清田晦以興屯墾

夫土地有國之大本也大本既舉百度從而無一不

得其當大本既紊百度從而無一不失其宜也　國

朝田制以結負為率分為六等定其稅額餘田有續

降之別新墾免三年之稅深軫矯弊歸正之方著為

廿年改量之規焉之何百餘年末末嘗一次大修舉

因循推過之謂成彙緣偷尋之奸滋公納失半國之

賦民間有倍徙之徵一統查整誠不可已者而舉一

世之人未或講究乃以在昔容易之法看作至難

事曰無人才也之財力也撓動百姓也噫以言乎人

才則不過粗解事理等數可援法式足以任事豈其

德行如顔閔文章如遷固運籌決勝如良平而後始
可適用于以言乎財力則不過鹽鐵紙油筆墨所入
未為幾許或結排或官備或以公納計除無采不可
以言乎事為則不過使一二蓮餉之人左執鞭右持
尺與田夫野老行於隴畝而已何撓動百姓之有武
雖有奸胥豪右力不能挟田而超海智不能捲土而
逃世愚則曰裕國便民計無瑜於改量一事也雖然
如不先振紀綱擇遣長吏亦不如不為也何者等尺
增減必視情鈔之多寡起陳拔亦隨勢力之有無
糜蘖之謨徒為添蘖安民之術反為撓民而已嗚呼

理財之法先理在己者以立其本而後可致在人之
貨矣未聞不顧本有產業而能經營獲利於外者也
今之素昧量政徒說關稅者何以異此瀚臣曰以興
屯墾又曰吉州以北興脩水利殊不知此墾屯有公
田乃可而今八道皆私田也吉州以北皆重岡峻嶺
只可焚菑山癢不可以創興水利也

通銀鈔以便市廛

我國中葉以前銀貨流通民間者甚尠而國未嘗貧
也迨鑄銅錢民皆貴銀賤銅而錢幾不行籌司戶曹
隨鑄輒换以為官庫封椿而後銅錢大行八道矢衆

譯輩歲賂各司官吏貸銀入燕大貿紗緞還以銅錢

脩納者約百餘年而封橋掃盡通國無銀此蓋造紅

參以前事也今 天兵久駐以銀換錢可見循環之

理苟滯流通無難如未鑄錢之時豈不為起貨之一

端而嘆乙十餘年來錢幣數改民受其病積其末信

疑將有害視銀如項者之當百與中錢未久而停用

也殊不知泰西通商後惟銀為寶而銅錢之賤無異

於日本紙幣也京師市民尚未解惑況能流通於遠

方恩氓于爲今之計縱有立致富強之術苟其事之

違拂民情悉不可邊議也惟銀貨不行無以善交涉

而旺商務雖々者舉皆不便也多般設法期於流

通乃已也嗚呼紀綱未振恩信未孚強以威使則艴

訛反滋任其自然則庶變無期瀚臣代議流通三法

畧曰戶書鑄錢不謂不多一經揆皆散積市肆

去不還雖竭銅山鼓鑄恐亦不免有時告匱耳民間

非不知銀之為貴而嘗見貿易中戥莫定其重輕色

不辨其真偽或賤價易貨尚以無廢兌錢難之此所

以重錢利其便於用耳今欲錢源流暢必先變計用

銀其法有三精神時寫一日鑄銀就戶書設爐傾鎔

白銀以圓式鐵模鑄一兩二兩之譔五兩之鋌以楕

武鐵模鑄十兩小寶五十兩大寶平足色佳面加戶
書年月戳記須示行市令戊間可繳銀粮可值貨物
如各國搢笏末銀洋許赴戶曹兌換本國新鑄鏍鋌重
數相準每兩品加貼水分釐以備火耗頻換頻鑄利
可積微成多此不獨濟用便商而已若金礦將開正
可類推以啓其用也二日兌錢由戶曹設一專局牧
市上銅鑄以易新鑄之銀每銀一兩定錢價若干揭
書榜於局門眾目周覽或有增減隨時更書使民間
既知銀可通用又便於藏攜則易前積之銀自然源
源而至從此錢可裕各國之需銀可藏民間之富是

75

一舉而兩善備焉又何患錢源支絀也三曰公估令

鑄銀鑄銅只濟本國之用將來口岸通商勢不能一

概而輪且中國向用白鏹貿遷泰西各國亦用銀洋

錢有本洋廣洋之別每一元重七錢二分另有對開

四開八開小洋錢為零星之用在各國初鑄成色原

屬一律近展轉流通間有奸徒每造銅質外裹銀皮

式挖銀灌鉛或銀水吊銅種之以贗亂真寔易受騙

是宜設局延聘善辨銀洋之人主持其局凡市中交

易銀洋先送該局估者真偽加蓋公估戳記〔戳記以松蟬為〕

加墨印於銀洋之上〔之其贗素敷刻篆於而〕以憑通行另定銀每兩洋每

元酌收佶印錢二三文補貼局費再中國之金寶金

條金葉西高采製大小金洋錢皆濟銀之用然金色

高下所以辮纖毫是佶每之設无不可忽也既而瀚

臣不見其施行乃語余曰翻砂鑄生鐵模數十介不

過二十金足矣再用磚灰造爐灰買鎔鍊之器皆中

國采有之物故中國設鑄銀舖不過數三十金已成

大爐巨肆且鑄銀最易之事費工甚微且有加色補

水之利恐較貴邦新鑄小銀錢有益無損何不試之

甚為貴邦惜也且大軍住防貴國不思用銀斷難久

居沈通高在通无非用銀不可令雜爰鑄錢恐非持

父之計耳余服其高見而無以應也旣又思之用銀

之法箱無以加之其不能流通之弊亦在乎議之外

一曰民恄銀價日低之弊二曰民惰常平可久之弊

壹知來後錢銀低昂相反於今日乎料乎昔在末鑄

錢之時通國流行之銀約五六百萬兩挽不過十萬兩

女釼環之外不浮見爲壹以大陣所挽不過十萬兩

遍至於日低乎職由人心不古忠生恄訛而各頃上

下者不出五部之外故也且鼓關通商之後各國交

昜必以銀貨不以常平則徃來港口者將見挽銀而

不見挽錢矣且中國銀一兩値錢十吊十吊爲一千

六百文泰西人猶謂中國銀低錢昂如見我國銀一

両値錢七百五十文必用機器多鑄常平使之賤如

中錢块不使銀價獨低而於交易不便也況近年來

鑄無非未鍊之銅雜攪硝屑不能耐久尤為賤貨乎

且銀不流通則廟議之永罷常平亦未可

知也鳴呼以不足貴且難特久之物而見愛於貿之

之俗徒使商貨不湊関稅掣肘竟民國俱受其病

久之縱有積惑自慚之日宣不晚焉反時歟

　　置輪船以鍊水師

李直曰不必效泰西人买為費數十萬金購一戰船

京無此餘力蓋知目下事勢不欲強其不能也瀚臣

曰置輪船分駐各口逐日勤操砲勇在船練手法步伐制

蓋以不如是則不足以圖強禦侮也嘗查泰西船制

有商船兵船兩以兵船之力衛商船即以商船之稅養

兵船兩以船雖多而餉無缺兩造輪船制慶備戰者

長而中狹運貨者短而中寬其輪機之明暗吃水之

淺深用煤之多寡截然不同矣今漕弊已痼港務將

新宜須商船運米載貨以革舊弊收新稅及有餘力

購置戰船擇港鍊師隨商船之增簡兵添鈔令駐各

口皆次苐件事一如瀚臣兩議愚無容更贅也嗚呼

砲若求粗備則如季直丞策可笑若欲畫義則如瀚

邦之道莫若練兵以自強況今苦戰事不同營伍槍

知所以策戰守矣我國止接俄國東隣日界苟思條

二策可叅看而以意斟酌之雖素昧兵學之書生亦

瀚臣簡營伍擾形勢二議當與季直改行陣固邊陲

簡營伍以資戰守　擾形勢以固海防

見國家有幾公起勢況水師練熟之後乎

卿大夫者如皆以不及他邦爲深恥則眞船之前已

獨以三千里幅員之廣尚無一汽船爲各邦所笑爲

宇内彈丸之邦何恨皆有戰船數十艘以自衛也乃

將習其法制以俟起貧之後更議分遣已錬兵弁以

門泒遣二負偏將設海陸軍只各一營試爲敎鍊可

見䂂龍於六策補蓋歟　天兵未撤還之前請吳軍

漸進不至于兵強不止庶幾其有效也愚以一將之

洞力不懈求治之心益聖臥薪之志先固邊陲量力

時并擧絲之多事於域內望其一之奏績哉惟大小

之事皆非愚民芴知而樂涎者況可以許多兵務一

國矣頃者軍疲出於索餉此其事可知也且今治財

求富若以未富之邦遽圖其強則兵亦不戢無以衞

臣采議乃已上無非當令切急之務然兄求兵強必先

82

授各鎮新募之丁也非謂一朝盡沿八道之兵以致

餉需不繼徒為撓聚軍物未辦如同兒戲而止也

設學院以儲人才

瀚臣議選幼童百六十名分設四塾延名師教之

以為儲才牧用其立法甚備誠為至當之議愚謂如

水師如格致如武軍如技藝皆宜先通語言洋文而

後可分塾更課也且朝家於丙子與日本約十年

後不譯漢文語學之設舘課督亦急務也竊謂其選

宜椒林士大夫家庶而可者有三為夫隷習殊語尤

用利口為惟囓囁於心者能利於口矣今夫兔乳小兒

學言不待教督而能之者何哉盖自呱之之時其心

常譽於長者莫曉其意故不勉而口自利也觀乎小

兒而取其心譽者惟椒林獨若有造物陰相也嗟其

為人曾誰之不若而自盡名官常懷莫我知之歎其

譽無異小兒可知也宣心之譽若聲出於口而通

各國事情任交涉之事尤係言聲之夫者故自喜見

用於時心譽綏淺专根漸利比之他人尤為倍一

也語學為通商之階梯語藝院熟商務結講而税則

利害有非市竪臆智乑可窺憲乑頼讀書士大夫為

之照瞥庶經綸日生而國計無損矣雖然亦不可使

華貴自期之子弟棄其實業來閤經傳強其不能誕

事新藝則凡往來各港交涉興商之事又捨椒林而

誰昇哉椒林臨事議質必其嫡親而鄉宰有識見者

可以遙執商權有財力者可以助其興販於是乎稅

事就緒自可無難二也椒林雖蒙疏通　優批而恒

歸文具蓄興醫譯為伍而亦之生涯有識羚悶已歷

幾百年來今值各國事變不窮而使之隸語來以開

進身之路也隨性乐近分課四塾使之通一藝來以

廣試才之道也商稅盛衰大關國計而使之管港務

來以設就食之處也在　朝家豈不為導迎和氣之

一端三也京師既設語苟示可徧創醫舘各道大都

會笑非謂從前醫藥不足治病也夫力破積習開導

淺識即士大夫之責而令八域疑訛曰甚民無定志

天謂士大夫過半京居餘皆切令腐儒平日識字反

為痼疾若柁士大夫之外議一人畀以開導之責

又欲其不令自行則莫妙於勸獎業醫者也人有疾

病尤尋醫問藥故錐居僻陋鄉曲而人客往來無異

卿章之門苟一醫之新識日拓則千百病人之積習

自除矣且聞一新方亟欲嘗試経驗即其恒性也浄

一新種輒欲栽植長養即其本業也粗曉脉理已是

凡民俊秀而素諳草木鳥獸之産凡西人農學植物
學動物學皆可并醫學而教之也且有閱歷於藥物
貿買則亦可選用於商務也宜自政府發關各道凡
業醫者設藥舖者錄名成冊以報有徑役者免之有
地闊者舖用顯示別般優待之意各道中擇大都會
實籠自官造屋宇製藥器四種抹械具擇其老成
解事術業精明者使之管領諉道藥舖貿買之事卜
定草材於采産各邑衆學徒幾人繼其簡料贈須
書籍且教且試醫人醫戱製藥買藥種藥抹藥裕以
山溪空閒之地使之課農治圃植木畜獸勿為徵稅

匜藥材營邑如有拘禁私賣論以贓律著為令式若

見新方有効新種成養隨事以獎隨物以賞庶出匜

之物名日增未穀之漏越稍減矣籠中之事宜仿私

契成給節目匜屬利殖半為籠中公物半為當者私

利使往來醫舘之人無不羨慕願入使之無恒産者歸

棠農圃植畜之事則近而有開導之效遠而牧港務

之益矣

六策八議再補

愼改令以昭國信

國朝法制本意皆美挽近憑法生弊民業寖壞其事

已堪太息既爲生弊宜因舊章祗祛其弊而不此之

劚爲新令益其撓困其事又堪流涕旣須新式縱

圖 未盡善祗可力行以收末效而不此之圖因有一二

掣肘之端旋復舊例徒爲貽笑而止其事誠可痛哭

以言乎法之生弊則新法甚於舊例以言乎令之也

行則復舊例不如無撓新令也一誤再誤或至屢誤

官方賦稅典禮營制廿餘年來許多銷刻皆同兒戲

89

一令纔下民曰不久當罷已而果然一法纔改民曰
必復舊例已而又果然紛紛更之際奧緣生奸積其未
信以為厲已雖有善後良法民亦不泏強以行之只
增怨咨而已令當外務日劇舊削多碍愚科亦有逐
外之人孰知新令遠拂民情又赴一邊守舊之論只
喜因循且惡不便泏而撓之銷刻之頻必將倍甚徒
日而國不可為國矣為善後計如有萬不獲已新新
改舊者必廣莫廷僚屢加商確裁擇而完之令既須
矣誠有難便當圖補救勿便更議使中外咸信　朝
令必無追改庶紀綱漸振而百度可舉也且夫為

國家建汰冗之議於紀綱未振之時者其辦事有術

而苟不濟其術徒為任怨無補國計究其添藥反不

如初無其議之為愈也何者集京外象癏而觀之其

可以亟罷其事而悉除舊謬者藥源永塞而建白稍

易也其無以盡革其名而只可裁者太濫者奸竇未

杜而一厘減甚難也若先擇其可罷者而亟行無撓以

示朝令必伸則紀綱隨而稍振故其甚難者亦皆

漸就無難也苟不此之圖先從其無以盡革者而亟

議裁澄以致格碍不行則紀綱隨而掃地故其稍易

者亦皆漸難而不可為也今減省者廳不謂究何莫非

掣肘之端而愚以京司情費為第一痼瘵可以徐矯
不可以丞者也譬如治病先察其所以受病矣究其
操縱公納歲增謬例之故專由挽近屢十年束為卿
大夫者皆靡匱街一事固敦自專各司一切之權惡
歸吏胥而然也其勢已積重不返其習非一朝可改
為令之計惟丞反其權於卿大夫可以使漸入純朱
不至太濫也若不先思奪權遞減者作印定之應食
豈非製裘而與狐謀皮歟嗚呼一二盧靡之官負何
能操束有權力之衆吏胥也且況一時權設之減省
廳堂卽較之本司官負尤為無權于有減之名則公

納怨滯於倉底無減之寔則邑勢終至於重歛而八

域之內豈有一民復信 朝令者哉夫子謂其人存

則其政擧令之諔治者輒以無人爲口寔然愚獨曰

如不使失勢之卿 夫夫各随其官復執自專之權雖

濟之俻位畫浄其人亦無以擧其政也観於情貴之

減終不如不減則可知吾言之不忘也

無救宥以懲奸宄

國家昇平已久上自簪紳下至閭巷人心欹而不攷

愒而不振頑而不爽擘如熟睡之人一百呼若聾失倦

之身兩足如跛雖有頃者之軍変 天兵之威駐猶

不足使之猛省知警躍起急步教令之廢格如前奸

宄之蠹害如前條條上紛之申飭累之而聽之者若

囙聞知徒多書發之勞紙墨之費是以憤世之士日

為剡鷹之論曰不殺不懲殊不知驟於積寬之餘

法亦不行徒為困民興惡而已愚謂不爽律令使人

甫然政視易聽惟因舊憲有罪勿恕遇慶勿救而已

夫罷譴非廷紳輕典配為貸死次律法如是足矣

而每有　駕儀輒降大霈罷譴者蕩滌甄叙雜犯已

鐖配未發配并入放秩殆課歲有之久則周事速可

數月罪屬先天事已雲空苟非顧名思義之君子孰

肯畏暫時論議幾月行讎而不冒邦禁不干王法哉

愚謂陳駕須教不添赦句吏兵批歲抄永革其例庶

貪吏戢而小民安業奸宄息而令禁自行矣

・謹辭命以善交涉

弱國之所可致慎惟辭命一事耳春秋時鄭居晉楚

之間子產為相國無兵革頻有草剏大意之禪諶討

論可否之世叔修飾言辭之子羽而又為之潤色文

章於已手故當時強國莫不敬其有禮畏其有人也

我國文任前望雜多皆其平日未嘗留意事大交隣

文字亦復羌昧中西近年事務及其倉卒應咨文書

契撰出之後雖原文甚優之人自致意思索然筆路

不問終未免辭不達意也縱見怒於字小之上國恐

貽侮於尋端之隣邦念其關係誠極寒心竊謂宜選

卿宰三四人均異撰述之任或取其識見或取其文

華或取其博擾每當選進使之齊會一處各出其所

長而草創之討論之修飾之潤色之如鄭大夫可也

且我國如不及今自振以圖内強則雖與美英諸邦

立有和約而和約不足專恃也知有公法而公法亦

多顯遠也徇者彼強我弱而強者常操其權也竊應

來頭事變無窮而當局者不知可慎乎至於啓與籌石

96

禍者其惟自我沘使乎夫使臣責任綦重苟不得人

遂貽遠邦口禀若以康隘不擇之義上以勤令羞遣

下而諞勉往役忘其膽怯才弱眶無主章彼稍與為

難使者便思遷就彼忘知其底蘊故為惆唱大肆要

求矣或有自喜見用樂赴危地者雖其膽力可堪差

遣然亦忘自負通才心粗氣傲彼善於窺伺投其所

誂彼忘藉口有辭隨則削弱激則變生使彼肆其謀

好將順欺蒙反至信口允泚錐至更為派使請改其

求於他日者忘我使為之階也且須者欽使崇厚以

伊犁事見困我邦以帶全權之衛也豈非不遠之前

鑋于安知他日不照強索伊犂之例以厚崇者困
我使臣勤求難涯之請也且人離其胎鄉萬里之外
雖其稟質堅強未有能服其水土不生疾病者也連
陸尚然沈越重溟于萬里尚然沈數三萬里于既之
艦中吞水忽飲彼完泉勻驟生疾病死者常八九也
惟有情實未聞之羣男能服隔洋水土近歲中國設
寫穎語遣泰西學藝者皆秀也恩謂如有萬不得
已通信泰西之舉童生夙慧者勿假使衔只費書
契往還可也功不可遽同休戚之鄉宰假以全權
之衔致生難虞之端使殆崇厚之轍也

抑徵偉以登仕金

中東泰西之人初末此邦一不樂於不遇非才俊二
不是於專尚門地三不快於排擠色目又疑野多遺
賢而為門地矛恨色目矛拘大臣銓官雖知之而不
薦者然深惜其不能一朝破盡資格不次拔擢而布
列于朝也殊不知人才之不作其咎不在此數者也
夫家世也相高論議之膫守銓格之莫越中葉以前
士大夫倍甚於近日而猶能勘壬辰之亂解南漢之
圍屢奠國勢於磐泰其賢勳勞績磊落相望也為今
之討惟公賞罰以勸懲之美其牛材舊簇修礪可勉

授末尤資人不如以秩高者差遣出其意慮之外也

且夫擇選長吏誠為目下最切之務然與其越資超

眼以有限之名器而應無窮匪分之望者其可乎哉

易開恩竇難塞也乃以數人之疎薦而致衆心之不

溢屑之藥而已譆云審開恩竇實盖以惡府

曰余聖諭知雄之烏裁竊恐無洿人之效只滋

倉卒擢甲微以不次則儲養無素殆同刮毛龜背貝

苞苴之習徒以重遠遠人之嶬逼勉剸破格之匱名

舊格猶可洿善交涉旺商務之人美若不先革干謁

而上也其下焉者畏名畏法尔不失寡過也雖不改

夫以意外左遷而猶循苟且之習非甚無恥者不為

也苟有一分自好之心其畏名畏法亦倍㥘焉

濫除者矣如有著績則陞秩召還而不為濫者以酬

功宜厚也如其償誤則加倍用律而不敢怨者以厚

朝廷之罪大也是豈非澄叙官方之一術歟昔關北

有水灾我　翼考以文臣嘉善通政善遣灾邑守令

著優績有旋移蕃臬者有旋擢正卿者當時救荒

之政遍方之民至今稱之　大聖人神筭遠謨固出

尋常萬、而在今日兩興新務之源尤豈非亦可繼

述者歟愚謂秩高職卑恒情亦恥卿宰待從之有微

昔薄過者輒施補外之典多有已例可擦而人自無
辭矢邊禦梱帥之左遷者待其有績就本職許用履
應即漢時增秩故事也廟堂建白當以此為第一也

簡將材以雜軍心

諺云千軍易得一將難求又云將不知兵以兵輪敵
盖言治兵當以選將為先也況今昔戰事不同兵械
殊制而　國家昇平日久名武之家雖産忠膽之子
亦無從而學行陣之法取衆之術矢何韋近日募兵
一千設親軍左右營　天將數負不憚其勞棠心教
操數月之間步伐止齊已井ゝ可觀若於此除依他

營例各該牛軍千把摠之案極一時之選使之協同

教操之事又使之請學制勝之署則鍊兵之暇熟諳

鍊將之術矣廟堂碩畫何不念此 天將既不可以

習兵之帥矣噫代頒之拓猶聞能讀父書拒懿之禵

當留畢竟有撤防還渡之日竊料倉卒求將必爲不

其辨足以惑衆未知他日二營兵丁何所畏信於驟

拜之將而聽其號令導其約束苟爲無將則兵雖

已鍊與未鍊等耳頃者刱立軍旅雖因度支多月關

餉亦由衰薾貪鄙之夫承之元戎不能撫定於申飭

之際也帥非其人兵之不戢亦豈非前事之可懲乎

重蕃權以興民利

致治之術不一而同歸安民召亂之事多端而皆由

擾民令外交日亟民不能無擾而其所以轉擾為安

者一曰重監司之權二曰養守令之廉而已夫蕃司

較內書稍浮自專若使按例因循固不忠加重其權

苟議刱興新務猶未免權輕而難為也查挽近監司

称善治者不過節俸廩免高債不糶穀薄糴例不為

幕裨來欺籤訟牒之干賂不行覓一二昏蹇例於殘小

無勢之倅塞考課之責久而滿爪近則周年未審由

我生斃而免謗於去後而已至於貪縱之大吏不能

罷遣也懲滯之公納不能嚴督也出入權門之奸鄉
猾胥不能盡法也旺是王化恤民隱舉廢典雖知為
職分內事而東牽西掣終不能寬一筵一鞭也今不議
先重其權強使之勸民興商募兵剒錬通銀貨開礦
井製機器謀學藝則試之長吏果恪遵其令釣于剗
是矣異不使制梃而令其梃人也夫守令之輿共邑
事者惟鄉任是擇而苟庵首非其人各面各里無不
受病矣治績之所以著者以息奸猾為要而苟吏房
無忌憚各庫各倉盡滋奸蘗矣盡年來守令亦多自
好之士非無圖報之念其奈官需有限邑首無窮債

帳日高了勘無術且畏法而不敢顯竊公貨畏名而
不敢勤奪民財其為巡營釆深愳補啓釆不論者惟
西北之座首薦債三南之支房例納較之訟賂貪瞀
稍輕行之既久習作尋常噫座首釆納即各面各里
之薦債也支房釆納亦各房各倉之任例也官威何
以不喪而今禁何以行乎是以長吏能者或憑法生
事將肆其貪亦必不食任賂非為斬法廄名誠以用
賂洧羹之鄉胥皆為闖茸姿橫之輩無以任使如意
亦無異同惡相濟也况令議行強富之策猶不丞茸
苞苴之習而議養廉之方偉免諗習之疆而使擇勤

幹之人是開化主論者其智反出貪吏之下矣徒以

求富之心強令其廣植桑茶修治道路以旺商務壹

戶口核漏結以充軍國之需誘導村氓從事新務則

試思素闒茸者果能舉行無斁而素姿橫者亦不暇

稼生奸于哉是豈異不思去薪而求其止沸也嗚咿

以無權之監司傷廉之守令闒茸之丞憲姿橫之胥

隸共辦其事而不致吒里之擾能牧強富之效者有

是理哉

弛法禁以息民害

末穀之漏於他境非不切悶也然愚謂漕米幻弄事

在内地其律已嚴為有乢越固宜盡法至於私商潜
賣不惟不能禁乃不必禁也何者禁之不浮其道其
契反甚於勸之也今夫亂厝畊力以納贖若非湖南
之申牛禁于亂研封山以發賣者非嶺南之嚴松禁
平不計旱賊輒錄郷辜者非闗圵之懲潛于随屢
闗礦致開村閭若非闗西之懲潛来于閭其名則甚
正顧其事則相反見文牒若將守法察民情竟貼大
害官之巧者假名肥已牧之拙者昧事見欺挠近糞
十年来導民以奸亦已久矣向使四者不殼邦禁畊
作之失時山嶺之童濯名分之棄亂掘鑿之狼藉猶

不至若是甚矣末藏之禁如為之續其縣又非四者

此也何者一邑貨權錐若在於饒民亦復在於遊手

反官屬也若使無禁則興販肯不肯只在當者自守

張如何而已為或有禁而令飭一下則豪奸齊勸舉

槁相賀有勸其獨自興利者有為之周旋載者有

使之說招者有使之用賂者有奪之屬公者有陰開

其逆者有以前事威勢使之再舉者百姓誘導期於

人之犯禁而後已此必至之勢也當若初弛其禁兔

致曰人之笑也令之士大夫如能深加勸禁兔以相

反的見名實買以相乘則室但吏治其擾柳亦理財

無難矣愚謂紀綱苟振固無事乎禁綱之密也如頹

廢不振尤宜丞省科條以救應文之弊也况值外交

孔亟之日猶不弛無益之禁徒為墨吏奸胥憑法厲

民之資乎將何以荊興新務而望其令行如流民應

如響也哉

　須車制以便輸貨

昔朴楚亭齊家還自中國著北學議一書畧論耕械

織機燔民窰磁行車畜牧等事以為善學中邦上可

以利國用下可以厚民産其言可徵也愚以仿行車

制為目下最功之務盖以港口市場民艱運輸如不

110

創方便之制以導之何能望商務之興旺也噫吁東
海致比目之魚天下孰知也而居其國西南之域者
生干不識何狀南北沿海皆賤甘霍而峽婦産児以
藜代美菜蕷之児不見蝦鹽闢東之甿沉植代醬海
州青魚不肥峽居之儒楊州生棃不侠遠鄉之祭江
魚河鱉春蔬夏果不出百里之外西北之人不辨柿
柑民魚石魚最多産也而鐵嶺以北者作黑味鰊鰍
為糞田之物一或至京一掬數文何其貴也六鎮之
麻布甲山之銅關西之明紬烟草海西之木綿真荏
兩南之楮紙內浦之魚鹽分院之磁器俱民生日用

111

而不可闕者也千畝之竹兩南徒〻有之而民無渭
川素封之樂高山深峽千株連抱之材木匹過其下
而不顧青山報恩千樹棗黃州鳳山千樹梨興陽南
海千樹橘柚豐基聞慶千樹柿林川韓山千畦芛案
關東千筒蓬萊淸止千浮狗皮止海千斤海蔘全州
硯石海州興德千同煤墨江華蕎桐千立菌席羅州
大邱千柄節扇統營濟州千立凍臺藍浦鍾城千方
千立茶鹽千浮細簟龍岡永興千同麴咸陽平壤千
甕酒江界長津千甕醬全州千斤生薑黃州千斤熟
苧松都千斤人蔘金城千斤硫黃大邱公州百種藥

村為民生日用而莫不欲相資而相生也然而此賤
被貴聞名不見者職由無力以致之耳方數千里之
國物產未嘗不饒而民業若是甚窘一言蔽之曰車
不行域中之故百物生於其中消於其中固其宜也
苟能修治道路造事販驛同軌中邦行之八道則數
三港口各貨屯輻湊而民之趨利豈待令飭哉其產
於地者民必廣植其來有而移種其來無矣其待人
力而成者民必勤作其業而試驗其新聞矣愚謂
若自朝家須中國車制於各道使列邑皆造官車
幾輛審物產之出境許其借車販貨則其為惠商民

當何如也且攷車稅若干亦足以養驛而有餘矣或
曰各國行車令皆鉄金汽輪如電頃刻千里亦必鑿
山通道一齊布置南抵釜港西至龍灣址歷元山以
達會寧其事可立辦矣何用日行百餘里之驛車乎
恩則曰是誠不知量力而只喜䭾龍者也未解千字
而邊讀經傳者也其可乎哉

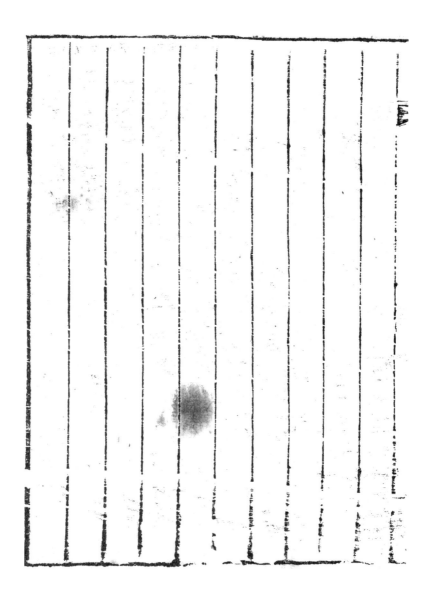

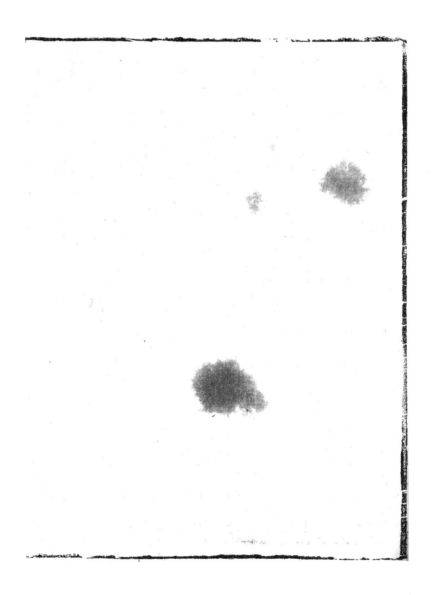

삼주합존

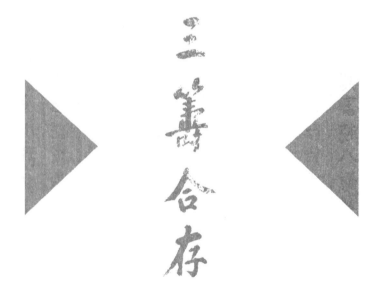

최우길

선문대학교 국제관계학과 교수. 제네바대학교(스위스) 정치학박사. 서울대학교 외교학과 및 동대학원 졸업. 저서로『중국조선족연구』(선문대출판부, 2005), 공저로『중국한인의 역사』(국사편찬위원회, 2011), 『재외한인연구의 동향과 과제』(북코리아, 2011) 등이 있음. 그 외 중국의 민족정책, 조선족문제와 관련한 연구논문이 다수 있음.

김규선

선문대학교 교양학부 교수. 한국외국어대학교 중국어과 학사, 석사, 박사 졸업. 저·역서로『추사 김정희 연구(청조문화 동전 연구)』(과천문화원, 2009), 『왕사정의 문학비평 연구』(한국외국어대, 2008), 『역주 역대시화』(소명출판, 2013) 등이 있으며, 조선시대 한·중 교류자료와 관련한 다수의 저·역서가 있음.

개항기 한중 지식인의 조선개혁론 삼주합존(三籌合存)

2016년 11월 24일 초판 1쇄 펴냄

역 자 최우길·김규선
발행인 김흥국
발행처 보고사

책임편집 이경민
표지디자인 손정자

등록 1990년 12월 13일 제6-0429호
주소 경기도 파주시 회동길 337-15 보고사 2층
전화 031-955-9797(대표)
      02-922-5120~1(편집), 02-922-2246(영업)
팩스 02-922-6990
메일 kanapub3@naver.com / bogosabooks@naver.com
http://www.bogosabooks.co.kr

ISBN 979-11-5516-615-4 93810
ⓒ 최우길·김규선, 2016

정가 20,000원